暗い引力

光文社

岩井圭也

暗い引力

目次

◉ブックデザイン
坂野公一＋吉田友美
(welle design)
◉アートワーク
土屋裕介
「嘘に酔う」２０１０年

海の子

「海太《かいた》」

正座したまま、息子はゆっくりと振り向いた。私が声をかけていなければ、そのまま何時間でも仏壇の前に留《とど》まっていそうだった。

労働で鍛えられた身体。短く刈り上げた髪。彫りが深く精悍《せいかん》な顔立ち。二十歳《はたち》の海太は、若いころの私とどこか似ている。初対面であっても、私たちが親子であることを疑う者はまずいないだろう。

「こっちでお茶でも飲もう」

海太は立ち上がり、仏間のある和室からフローリングのダイニングへ移った。西向きの窓からは日没前の残光が差しこんでいる。長く伸びた光は畳の先にある桂子《けいこ》の骨壺に、少しだけ触れていた。

台所で淹《い》れた緑茶を、海太と差し向かいで飲む。

この半年で茶を淹れるのもずいぶん上手くなったと自負している。桂子が入院するまでは、一度も自分でやったことがなかった。最初は茶こしを使わず、茶葉を直接急須に入れてしまったため、切れ端だらけの茶を啜《すす》ったものだ。

「ちょっと疲れたな」

そう言うと、海太は心配そうに眉をひそめた。

「横になったほうがいいんじゃない」

「いや。体力的にというか……精神的にな」

自然と、壁にかけたカレンダーに視線がいく。保険会社が毎年年末にくれるもので、数字が大きくて見やすいから、と桂子は長年愛用していた。そういえば、生命保険の受け取り手続きもしなければならない。金なんて、という気持ちもあったが、七十二で独り身になった今、頼れるのは金しかない。

桂子の容態が急変したのは、二月一日だった。買い物途中のことだった。

病院からの連絡を受け、すぐに駆け付けた。桂子はすでに意識がなかった。人工呼吸器をつけた桂子の手を握り、名前を呼んだが、反応はない。じきに仕事を抜け出した海太がやってきた。

――母さん。

海太が呼ぶと、桂子の瞼《まぶた》がぴくりと動いた。奇跡だと思った。それから延々と、海太は枕元で呼びかけ続けた。しかし瞼が動くことは二度となく、ほどなく桂子は旅立った。海太はベッドに突っ伏して号泣し、私はそれを眺めていることしかできなかった。

三日後には通夜、四日後――つまり今日は午前中から告別式だった。あまりに慌ただしく物事が進んでいくため、感情がついていかなかった。何とか式を終え、なかば放心状態のまま先ほどようやく解放された。

茶を飲むと、自然とため息が出る。

疲れているのは海太も同じはずだった。親戚への連絡で手が離せない私に代わって、煩瑣《はんさ》な事務手続きも、桂子の遺品整理も引き受けてくれた。仕事の都合をつけるのだって、大変だったはずだ。

「ありがとうな」

素直に感謝を伝えると、海太は無表情のまま首を横に振った。

「今まで育ててもらったんだから、当たり前」

「それを言うなら、私たちは親なんだから育てるのは当たり前だ」

「でも僕は、養子だから」

両手で包みこんだ湯呑みをじっと見つめて、海太が言った。その口癖を聞いたのは久しぶりだった。ずいぶん前にやめさせたはずだが、桂子が亡くなったショックで戻ってしまったのだろうか。

「そういう言い方はやめなさい。昔から言ってるだろう」

「……ごめんなさい」

「お前は私たちの子だ。今さらそれをどうこう言う必要はない。胸を張りなさい」

海太は無言で頷《うなず》き、茶を啜った。先刻よりも西日が暗くなっている。それに伴って室内の明度も下がっている気がした。夜が近い。

「今夜はどうするんだ。泊まっていくか？」

「家に帰るよ。仕事のこともあるし」

「そうか。夕食は食べていったらどうだ？」

海太は黙っていた。軽くうつむいたまま一点を見つめている。心に思っていることを言うべきか、迷っている時の癖だ。

「父さん」

腹の底からひねり出すような声音《こわね》だった。

「聞きたいことがある」

私には「うん」としか言えない。桂子に関わる事柄なのだろうと見当はついた。

「僕は養子だよね？」

「さっきも言ったようにお前はうちの子どもだ」

「そういうことじゃなくて」

遮《さえぎ》る言葉には苛立《いらだ》ちが混ざっていた。幼かった頃はすぐにかんしゃくを起こしたものだが、思春期あたりからは静かに怒るようになった。海太は大きく空気を吸い、一息で言う。

「僕はどこでどうやってもらわれたの？」

一瞬で、耳が痛くなるほどの静寂に覆われた。

その記憶には長年蓋《ふた》をしていた。海太は最初から、私と桂子との子どもだった。そう思いこむことで見て見ぬふりをしてきた。しかし当の本人にとって、出生の経緯がわからないままでいいはずがない。桂子がいない現在、話すことができるのは私しかいない。だが――。

躊躇《ちゆうちよ》していると、海太は「父さん」と再び言った。

「もう二十歳なんだよ。いい大人だ。どんな経緯があったとしても受け入れる準備はできてる。それに、僕には知る権利がある。父さんと母さんの子どもになる以前、僕がどこでどうしていたのか」

日の光は数分前よりさらに鈍くなっている。カーテンの隙間から覗く空は藍色《あいいろ》だった。間もなく夜が来る。エアコンは動いているはずなのに、肌寒さを覚えた。

「上手く話せる自信がない」

気が付けば、私は言い訳をしていた。

「私にも記憶違いや、不正確な認識があるかもしれない。事実と違うことを話してお前を傷つけたくない」

「それでもいい」

海太の目には決意がみなぎっていた。もはやごまかし通すことは不可能だと悟った。

「……わかった」

私は慎重に、当時の記憶へとつながるロープを引っ張る。それはまるで、水底に沈められた錨《いかり》を引き上げるような作業だった。いつ核心にたどりつけるのかわからないまま、がむしゃらにたぐり続ける。

海太は息をつめて私の顔を見ていた。

「今から私が話すことには不合理な点もある。だがそれ以上、自分では上手く説明できないんだ。だから全部を信じる必要はない。その代わり、覚えている範囲のことはすべて話す」

二つの湯呑みは空《から》になっている。疲れはいつしか忘れていた。

「私も桂子も、海太を自分の息子として愛している。だから、お前がおかしな責任を感じる必要はどこにもない。それだけは忘れるな」

海太が頷く。

風の具合か、先ほどまで感じなかった線香の香りがふっと鼻先をかすめた。反射的に仏壇のほうを見る。一年ほど前に旅先で撮った桂子が、笑顔でこちらを見ている。

私は再度、記憶のロープをたぐりはじめた。

〇

五十二歳の秋だった。

その年は、役場に入って三十年という節目のタイミングでもあった。私の所属していた課は、非常勤職員が出産のため唐突に退職したことでかなり忙しかったが、上長からは有給休暇の取得を促されていた。

――課長の佐々木《ささき》さんが休んでくれないと、若い連中も休めないから。

そこまで言われれば仕方ない。この機会に、溜まっていた有休をまとめて一週間取得した。桂子も合わせて休みを取り、二人でかねてから気になっていた温泉街へ二泊三日の旅行に出かけることにした。ひなびた海辺の観光地で、さほど有名ではないが、豊富な湯量と新鮮な海の幸が売りだった。

「平日に旅行に出るなんて、なんだか申し訳ない気分ねぇ」

桂子は珍しくはしゃいでいた。彼女は長年学校事務の仕事をしていて、公務員の私と同じく土日祝日が休みだった。二人で旅行に行くのは週末と決まっていたから、行きの新幹線に乗客が少ないことからして新鮮だった。

桂子と横並びで座り、缶ビールを飲み、弁当を食べながら車窓の風景をのんびり眺めた。さして話すことがあるわけではない。ただ、黙って一緒にいるだけで十分だった。私たちの家庭は常に静かで、落ち着いていた。

もし子どもがいたら――。

そう思うことがなかったと言えば嘘になる。結婚して二十数年、欲しくなかったわけではない。ただ、巡り合わせが悪かった。それだけだ。現に、私のほうには能力的な問題はなかった。

新幹線から在来線に乗り換え、海沿いの街に到着した。ホームに降りるともう潮の香りがする。天気にも恵まれていた。改札を抜けると、温泉旅館から出迎えの男性が来ていた。荷物を預け、駅前に停《と》められたワゴンの後部座席に乗りこむ。

車は海沿いの道路を走る。昼下がりの陽光を浴びた海面が、鏡のように輝いていた。やはりこの地を選んだのは正解だった、と内心で満足する。

「こちらに来られるのは初めてですか？」

ハンドルを握った男性が質問した。

「そうなんですよ。ずっと来たかったんです」

私が答えると、彼は「テレビかなにかで？」と言う。

「ええ。すぐ近くに漁港があるんですよね。そこで獲れる魚が絶品だと聞いて」

「ああ……それは、少し古い番組かもしれませんね」

バックミラーのなかで運転手が申し訳なさそうに目を細めた。

「なぜです？」

「最寄りの漁港は廃港になったんです」

えっ、とつい声が出た。

運転手によれば、旅館最寄りの漁港は漁獲高が急減したことで利用者が少なくなり、昨年、廃止に追いこまれてしまったのだという。言われてみれば、この土地の名前を知ったのは十年ほど前だったかもしれない。

「そうでしたか」

「でもご心配なく。当館では近隣から新鮮な食材を仕入れてますんでね、鮮度は従前と変わりないものをお出ししていますよ。味は保証します」

私はうまく反応できなかった。朝市などがあれば、足を運んでみたかった。どこか残念な気持ちを引きずったまま黙っていると、すかさず桂子が口を挟む。

「だったら構わないわよねえ。もともと漁港に用があったわけでもないし。ねえ」

上機嫌で言われ、つい「そうだな」と同意してしまう。

桂子には悪くなりかけた空気を取り戻してくれるところがあった。その明るさに、内向的な私は幾度となく救われていた。

用意された和室は広く、窓からの眺望もよかった。左手には深緑色の山並み、そして正面には広大な海。眼下には旅館の前の道路が延びている。設備はやや古いが、よく手入れされていて気持ちがいい。我ながら良い宿を選んだ。

「お風呂に入る前に、少し散歩してみない？」

窓の外を見ながら、桂子が浮かれた様子で言う。

「行きたいところがあるのか？」

「そうじゃないけど。海沿いに来たんだから、海風を浴びたくて」

故郷が内陸部だからというわけでもないだろうが、桂子は海に面した街へ行くことを好んだ。この温泉街に行くことを提案した時も、海から近い旅館がいいわね、と言ったくらいだった。

休憩もそこそこに、私たちは付近を散策することにした。

旅館は小高い丘の上に建っている。舗装された坂道を徒歩で十分ほど下ると、海沿いの道に出た。二車線の車道に車の影はなく、通行人すらいなかった。側溝から湯煙がもうもうと立ち上っている。辺りには硫黄《いおう》の匂いが漂っていた。

海沿いに、肩までの高さの堤防が設《しつら》えられている。向こう側を覗きこむと、消波ブロックが申し訳程度に敷き詰められていた。波音が低く響いている。

「寂しいところだな」

「平日だからね。空《す》いていていいじゃない」

桂子はどこまでも前向きだった。

私は彼女のそういう性格を愛していた。それと同時に、一抹《いちまつ》の不安を覚えることがあるのも事実だった。どこまでも前向きであるということは、時に、物事に潜むリスクを軽視させてしまう。

私たち夫婦は四十歳の時、ローンを組んで郊外に一軒家を建てた。広くはないが、二人の終《つい》の棲家《すみか》として使い勝手のいいものにしたかった。設計事務所と入念に打ち合わせを重ね、ハウスメーカーにも細かく指示を出した。それなのに完成後、お願いした内容と違う箇所が出てきた。外壁を目地ありと指定していたのに、目地なしになっていたのだ。目地は温度や湿度の変化による膨張、経年によるゆがみなどをやわらげてくれる効果がある。私は業者と口論になってでも直してもらうべきだと主張したが、桂子は前向きにとらえた。

——むしろ、このほうがスッキリとして見栄えがいいんじゃない？　私はもう今の外壁になじんじゃったけど。

そう言われると、自分が神経質なようにも思えた。結局、業者には手直しの依頼はせずそのまま放置しておくことになった。

一年後、外壁に派手なひびが入った。別の業者に修理の相談をすると、最初に目地を入れておけばねえ、と言われた。あの時は私の意見を押し通したほうがよかったかもしれない、と少し悔いた。

今、桂子は人の気配がない通りを悠々と歩いている。いい表情をした彼女を見ていると、温泉街に来てまで過去のことを思い返している自分の陰気さがいやになる。私も日常のことはしばし忘れ、この旅を精一杯楽しむことにした。


散策から戻って露天風呂に入り、部屋で夕食をとった。

運転手の話に嘘はなかった。刺身は新鮮で歯ごたえがよく、脂乗りもよかった。煮付けや小鍋の味付けも上々だ。私たちは舌鼓を打ちながら日本酒を楽しんだ。

「こんなにうまいとは思わなかった」

「明日も泊まれるなんて素敵。今日はお魚だから、次はお肉かもね」

「もう明日のことか？」

二人で顔を見合わせて笑った。

食後のお茶を飲んでいると、桂子が「ねえ」と言う。

「明日なんだけど、午後は各自自由行動でいい？」

私は「いいよ」と即答する。このところ、二人で旅に出た時は決まって個人行動の時間を設けていた。旅行の間、四六時中一緒にいる必要はない。互いにやりたいように過ごす時間があってもいい。

翌日、朝から風呂に入り、朝食を食べ、再び二人で散策に出た。少し山の手へ足を運んでみると、廃業したホテルがいくつかあった。この街もバブルの頃はもっと賑わっていたのかもしれない。

海鮮料理屋で昼食をとり、そこから午後五時までは個人行動とした。

「何かあったらすぐ、携帯電話に連絡してくれ」

「はい、はい。大丈夫だから」

店の前で念を押す私に手を振りながら、桂子は軽やかに海沿いを歩いていく。

私にはとりたててプランもなかった。これまでの経験上、桂子はおそらく海沿いでのんびり過ごしたいはずだ。個別に行動しているのに鉢合わせするのも気まずいから、海の近くはやめておこう。

旅館でもらったマップを見ると、山側に寺があったので足を運んでみることにした。

マップに従い、汗をかきながら坂を登る。鬱蒼《うっそう》と木々の茂る参道を抜けたその先に、古刹《こさつ》はあった。木でできた門をくぐると、石垣の上につくられた大きな本堂が現れた。他に建物は見当たらない。辺りを見回したが、苔《こけ》むした石畳や古い灯籠《とうろう》があるだけで、人の気配はなかった。

観光地として見るべきところはない。早々に立ち去ろうとした時、門の前に人影があることに気が付いた。来た時は誰もいなかったはずだが。

人影は紺色の作務衣《さむえ》を着た小柄な男性だった。ホウキを手に持ち、掃き掃除をしているようだ。目が合うと小さく会釈をしてくれた。年齢は私より少し下か。思いきって話しかけてみることにした。

「あの、ここのお寺の方ですか」

「はあ。寺務《じむ》の者ですが」

作務衣の男性は掃除の手を止めて応じてくれた。

「観光マップに記載されていたんで、来たんですけども。仏像とかそういう……」

「いやいや、そんなものないですよ。普通の寺ですから」

多少は観光の売りにしているものがないかと期待したが、にべもない反応だった。それでも食い下がると、男性は頭をひねった。

「目的があるとしたら、子宝祈願でしょうなあ」

「有名なんですか」

「そういう目的で来られる方はいらっしゃいますね」

残念ながら私たち夫婦にはあまり縁がなさそうだ。男性に礼を言って、再び本堂の前に足を運んだ。せめて挨拶《あいさつ》だけでもしていこう。小銭を賽銭箱《さいせんばこ》に投げ、手を合わせる。家族の健康を祈り、ついでにもう一つ祈っておいた。

——すべての子どもが、無事にこの世に生まれてきますように。

まだ集合時刻までかなり時間が残っている。次は土産物屋《みやげもの》にでも行ってみることにした。坂を下っている途中、ふと振り返ってみたが、もう作務衣の男性はいなくなっていた。


午後五時前に旅館に帰り着いたが、桂子はまだいなかった。

露天風呂に入り、部屋に戻ってもまだいない。すでに日は傾き、橙色《だいだいいろ》の太陽が水平線に没しようとしている。喫茶店でお茶でも飲んでいるのだろうか。携帯電話でメールを送ってから、テレビを見て待つことにした。

桂子は夕食がはじまる午後六時になっても帰らなかった。さすがにおかしい。電話をかけたが、つながらなかった。食事の支度に来た従業員に、二時間ほど後ろにずらしてもらうよう頼んだ。

私は一人きりの部屋で考えこんだ。

警察に相談するべきだろうか？　しかし、大の大人が約束に一時間遅れただけで大騒ぎするのは、みっともないのではないか。こうしている間にも、襖《ふすま》を開けてひょっこりと現れそうな気がする。ごめん、道に迷っちゃって。でもその分色んなところを見て回れたの。呑気《のんき》にそんなことを言う桂子の姿がありありと浮かぶ。

それからも幾度か電話をかけたが、やはりつながらない。コール音は鳴るため、電源を切っているのではないようだ。

午後七時を過ぎても桂子は戻らなかった。

違和感は確信に変わりはじめていた。間違いなく、何かが起こっている。

いてもたってもいられなかった。浴衣から私服に着替え直し、外へ飛び出す。旅館には、もし桂子が戻ったらすぐに私の携帯へ連絡するよう言付《ことづ》けをしておいた。ついでに懐中電灯も借りる。

外はとっぷりと日が暮れていた。小走りで坂道を下りながら、懐中電灯の光をほうぼうに投げかけた。小さい声で「桂子」と呼びかけてみるが、聞こえるのは波の音だけであった。

「桂子、桂子」

だんだん声が大きくなっていた。呼んでいるうちに羞恥心はどこかへと消え、際限なく不安が膨らんでいく。まず間違いなく、桂子は海辺に行ったはずだ。最悪の想像が頭をよぎる。

もしも海のなかへ転落していたら。あるいは、崖下にでも落ちて意識を失っていたら。むせるような潮の匂いが血を連想させる。波音がうるさい。

悪い予感を振り切って海沿いを駆ける。光といえばいくつかの旅館から照明の光が漏れている程度で、路上はほとんど真っ暗だった。桂子を呼ぶ声はいつしか叫びに変わっていた。通行人は誰もいない。湯煙が舞い、しゅうっと湯の噴き出す音がする。声を発していないと恐怖に押しつぶされそうだった。

「桂子、いるなら答えろ」

一キロほど走った頃、急に堤防が海側へと湾曲した。懐中電灯の光を向けると、細長い陸地が海に向けて突き出すような恰好《かっこう》になっている。目をこらすと、数隻の船がつながれていた。

桟橋だ。廃止された港の名残だろう。

周囲を見回すと、推測を裏付けるように、いくつかの老朽化した平屋があった。錆《さ》びた看板や漁網らしきものが一緒くたになって転がっている。桂子が廃港に興味を持って、辺りを探索した可能性はあるだろうか。

少なくとも、ないとは言えない。

手はじめに平屋のドアを開けようとしたが、施錠されていた。裏側や茂みのなかまで捜したが、桂子がいた痕跡は見つからない。焦燥に煽《あお》られるまま、私はがむしゃらに懐中電灯の光を泳がせた。

「返事してくれ、桂子」

ざん、ざん、という波音に呑《の》まれないよう、声を張り上げる。すでに喉はかすれ、痛んでいた。それでも名前を呼び続ける。携帯電話にはいまだ誰からも連絡がない。いい加減、警察に連絡すべきだろうか。

途方に暮れ、廃港の片隅でうずくまったその瞬間だった。

波音の間に、どこからか声が聞こえた。

桂子の声なのか、何と言ったのかもわからない。ただ紛《まぎ》れもなく、人の声が耳に届いた。しかしどこをどう見ても、廃港には私以外の人間はいない。

「どこだ?」

立ち上がり、問いかけたが返事はない。代わりにまた声がした。今度はさっきよりも明瞭に聞こえた。ナア、という野良猫のような声。人の声にも、動物の声にも聞こえる。私は耳をすませた。次こそ、声のする方角を突き止めるのだ。

ナア、ナア。

また聞こえた。高い声音だが、やはり人だ。声がしたのは桟橋の方角だった。まさか、係留された小型船のなかに誰かいるのか。

私は躊躇した。さっきから聞こえる声は、どう考えても桂子のものではない。きっと赤ん坊のものだろう。捜しているのは桂子であり、今は無関係のトラブルに首を突っこんでいる場合ではなかった。

それでも桟橋へと一歩を踏み出したのは、人として、幼子の声を無視することができなかったからだ。

桟橋には四つの小型船がつながれていた。桟橋を歩きながら耳をすませる。声は一番奥にある古い船から聞こえていた。船影を照らし、船内へと入れる場所がないか探す。船を係留する鎖は短く、思いきり足を伸ばせば舳《へ》先《さき》に届きそうだった。

波は穏やかだが、海面は暗い。油断すれば足を踏み外しそうだ。二、三度深呼吸をしてから、大きく右足を振り出した。靴の裏でしっかりと舳先を踏み、重心を前に預けて左足を引き付ける。私は倒れこむように甲板へと移った。はずみで船が揺れる。

赤子の声はますますはっきりと聞こえた。小型船にはオープンカーのような日除けがついていた。曇った窓の内側は見えないが、操《そう》舵《だ》席のようである。声はそこからしていた。

中腰で立ち上がり、日除けの向こうを覗きこむ。

懐中電灯の光を当てると、見知らぬ赤子を抱いた桂子が座っていた。青ざめた桂子はひっ、と息を呑み、操舵席の背もたれに身体を押し付けた。

「桂子。俺だ。何やってるんだ」

私は自分の顔を照らした。安心したのか、桂子は「驚いた」と言った。

「驚いたのはこっちだ！」

つい怒鳴っていた。光の輪のなかで桂子が身体をすくめる。怖がらせるつもりはなかったのだが、桂子が見つかったことへの安堵《あんど》と、状況が呑みこめないことへの怒りがないまぜになっていた。

「なんだ、その赤ん坊は。船のなかにいたのか？」

桂子は答えなかった。泣き叫ぶ赤子を抱いたまま、うつむいている。薄黄色のつなぎを着せられた赤子は、抱きしめればつぶれてしまいそうなほど小さい。よく見れば桂子の足元に哺乳瓶が転がっていた。

「とにかく降りなさい。今すぐ。その子も安全な場所に保護しないと」

最後の一言が効いたのか、ようやく桂子は顔を上げた。手を貸してやると、片腕で赤子を抱き、もう片方で私の手をつかんだ。危うさを感じる足取りだったが、どうにか桟橋に降り立った。

「歩けるか？」

「大丈夫」

ようやくまともな答えが返ってきた。私は桂子の身体を支えながら歩いた。彼女は憔悴《しょうすい》した様子だったが、両腕は号泣する赤子をがっちりと抱いていた。

廃小屋の前まで戻ったところで手近な石段に腰を下ろし、警察に連絡した。到着を待っている間も幾度か質問をした。なぜここにいるのか。その赤ん坊はどこにいたのか。しかし明確な返事は得られなかった。

唯一、「船のなかに誰かいたのか」という問いには一言だけ答えがあった。

「女の人が……」

十五分ほどで警察車両が現れた。二人の警察官は桂子の腕のなかの赤ん坊を見て、しばし呆然《ぼうぜん》としていた。一方の警察官が病院に連れていくべきだと言い、私もそれに同調した。桂子は無言だった。

私と桂子は警察車両の後部座席に並んで座り、最寄りの病院へと連れていかれた。泣き疲れたのか、途中で赤ん坊は眠ってしまった。

月の美しい夜だった。雲のない空の真ん中に、金色の半月が浮かんでいた。あれは上弦の月というのだったか。窓越しに夜空を見ながら、なぜか、そんなどうでもいいことを考えていた。


私たちは三泊延長して、その街に留まった。

後で警察官から聞いた話だが、桂子は取り調べにもなかなか口を開こうとしなかったらしい。だが女性職員が根気強く語りかけ、ようやく当夜に起こったことが少しずつ明らかになった。

断片的な話を総合すると、次のようになる。

桂子は昼食後に解散してから、私の予想通り海沿いを散策したらしい。堤防に腰かけてぼんやりしたり、海の写真を撮って過ごしていたという。その途上で廃港に足を踏み入れたようだった。すでに午後四時を過ぎ、辺りは暗くなりかけていた。名残惜しい気分で桟橋へと足を向けた桂子は、つながれた小型船の写真を撮っていた。

その最中。唐突に、若い女に声をかけられた。

——佐々木桂子さんですよね。

振り返ると、女は右手に包丁を持っていた。同じくらいの体格だが、相手のほうが若い分、勝てるとは思えなかった。女は包丁で桂子を脅迫し、船のなかへと連れていった。操舵席の椅子には例の赤子が寝かされていた。

——桂子さんが世話をしてください。

そう命じられた桂子は、言われるがまま赤子を抱いたという。粉ミルクや哺乳瓶も積みこまれていたが、湯がないのでミルクを作ることもできず、空の哺乳瓶を口に含ませてあやした。

その様子を見た女は、決して逃げないよう言いつけてからどこかへ去ったらしい。恐怖と混乱に支配された桂子は、そのまま日没後も赤子をあやし続けた。携帯電話は持っていたが、監視されているのではないかという恐怖で使えなかったという。

警察署で一部始終を聞かされた私は、憤《いきどお》りのあまりテーブルを叩いていた。桂子の味わった恐ろしさは想像に余りある。見つけた直後、質問に答えられなかったのも当然だ。桂子は極限状態にいたのだから。

「すぐにその女を捕まえてください」

「もちろん、全力を挙げて捜索していますから。もう少しお待ちください」

警察官は間延びした口調で説明したが、到底納得できなかった。凶悪犯を野放しにしておけば、また同じような被害者が出かねない。目的はわからないが、その赤子だってどこかからさらわれた子どもかもしれない。

赤子は男子で、生後およそ三か月とみられていた。桂子の入院先で保護されているようだった。

事件の翌日、病院で桂子と対面できた。本調子ではないものの、多少は会話できるまでに回復していた。警察の取り調べで疲れていたようだが、病室からロビーの隅にある交流スペースまで来てくれた。レンタルした入院着を身に着けた桂子は、浮かない表情ではあったが顔色には血の気が戻りつつあった。

「体調は？　少しはよくなったか？」

「だいぶまし」

私は反応を見ながら、事件当夜のことをぽつりぽつりと尋ねた。警察官からの間接的な話では不明な点も多く、トラウマを刺激するとわかってはいたが、どうしても本人から聞きたかった。

「桂子を脅した女は、知り合いじゃなかったのか？」

犯人は桂子の名前を知っていた。つまり誰でもよかったわけではなく、桂子を狙って赤子を引き取らせたのだ。何らかのつながりがあるに違いない。だが残念ながら、桂子は首を横に振った。

「警察の人にも話したけど、まったく知らない人だった」

記憶にない以上は仕方ない。私はさらに女の特徴を尋ねた。万が一にもこの街で見かけるようなことがあれば、その場で捕まえるつもりだった。

「特徴なんて、たいしてなかったけどね」

しばらくそんな台詞《せりふ》でごまかしていたが、私は執拗《しつよう》に問い続けた。心配性で神経質な性格の私は、一度気になると中途で止めることができない。幾度目かの応酬でついに桂子は観念した。

「背丈は百六十センチくらいで、髪は長かった。紺色のコートに、ベージュのスカートを穿《は》いていて……」

桂子は細かいところまで覚えていた。私はその特徴を一つ一つ、愛用の手帳にメモする。顔は誰に似ているか。体形は。私はあらゆる女の特徴を書き留めた。

「なんだか、どこにでもいそうな女だな」

「うん。ごく普通の人だった。強《し》いて言えば……」

桂子は躊躇しつつ口を開いた。

「去り際、『私たちの子どもです』って言ってた」

メモを取ろうとして、ペンを取り落とした。何気ない風を装って拾いながら、私は「どういう意味だ？」と尋ねた。桂子は憂鬱《ゆううつ》そうにため息を吐《つ》く。

「わからない。とにかく、その女の人が産んだことは間違いなさそうだけど」

「警察はなんて？」

「参考にします、って」

警察は、その言葉を犯人の不安定な精神状態によるものとして片付けるだろうか。諦めの色を顔に浮かべた桂子は、首を左右に振る。

「本当に、何もわからないの。あの女の人はなぜ子どもを捨てることにしたの？　子どもを捨てることが目的なら、私じゃなくてもよかったんじゃないの？　そもそもこんな辺鄙《へんぴ》なところでどうして……何もかもがわからない」

とにかく、桂子が疲弊していることは間違いなかった。病室まで彼女を送り、翌日も来ることを約束した。去り際、桂子がぽつりと「元気かしらね」と言った。何のことかわからず振り返ると、彼女は神妙な顔をしていた。

「あの男の子」

波音の間に聞こえていた、赤ん坊の泣き声が耳に蘇っていた。

自宅に戻ってからも、地に足のつかない感覚があった。

それまでと同じように役場での業務に勤《いそ》しんでいるつもりだったが、鋭い上長からは「悩みでもあるのか」と言われた。気が緩むと、例の一言が蘇った。

――私たちの子どもです。

桂子はもっとひどかった。買い物を忘れたり、食器を割ったりすることが多くなった。口数が減り、家のなかでも無表情でぼんやりしていることが増えた。あの旅行の前と後で、人が変わってしまったようだった。

ひと月が経《た》っても、桂子を脅した女の素性も、赤子の身元も不明のままだった。桂子は私の前で事件の話をするのを避けていた。そのくせ、一人になると遠い地の警察署に連絡を入れて、捜査の進捗《しんちょく》を尋ねていた。一緒に住んでいれば、別の部屋にいても声は漏れてくるのでわかる。被害者とはいえ警察組織が素人にほいほい捜査の内幕を教えてくれるはずもなく、桂子は毎度適当にあしらわれているようだった。

私はおぼろげながら、桂子の真意が捜査そのものにないことを感じ取っていた。彼女が気にしているのはあの赤子だ。小型船のなかで大事そうに抱えていた男の子。

二か月が経ち、三か月が経った頃、とうとう桂子が切り出した。

夕食後、ダイニングテーブルで茶を飲んでいると、桂子が「ちょっといい？」と言った。その一言で、例の事件のことだなと直感した。

「うん。どうした？」

「あの、船に捨てられていた赤ちゃん。うちで育てられないかな？」

桂子は上目遣いで私の反応を窺《うかが》っていた。

予想していた通りの相談事だったが、いざ現実になるとどう応じていいかわからなかった。腕を組み、瞑目《めいもく》し、低く唸《うな》るしかない。

「気になるんだな？」

「うん……いや、わかってるの。そんなの普通じゃないって。あのこと自体は二度と思い出したくないくらい怖かった。それなのに、あの子のことがどうしても頭から離れない」

桂子ほどではないだろうが、私も気にかかってはいた。桂子の胸に抱かれて号泣していた赤ん坊は、どこで育てられているのだろうか。ミルクを与えられ、温かい部屋で過ごしているだろうか。無事であれば生後半年を迎えている頃だった。

「熱かったの、すごく」

「熱い？」

「あの子を抱いた時に。抱き方もよくわからなかったけど、こう、両手で抱えるみたいにして胸に引き寄せたら、すごく熱かった。赤ちゃんの体温ってこんなに高いんだってびっくりした。あの時の熱さがね、まだ忘れられない」

腕のなかの余熱を慈《いつく》しむように、桂子は手元を見つめた。そこに赤子はいない。

「うちの養子にするってことか？」

「そうなると思う」

相談という形だったが、桂子はすでに覚悟の決まった顔をしていた。仮に私が拒絶しても、徹底的に闘うつもりだろう。

子どもを持つことはとうに諦めていた。夫婦二人、つつましやかに暮らす。それはずっと前から決まっている未来のはずだった。五十を過ぎた私たちに、生まれて間もない子どもを育てることが果たしてできるのか。あの子が二十歳になった時には古希を超えている。無事に生き長らえている保証もない。それに、もし途中で実の親が名乗り出てきたら。その子は『私たちの子ども』なのだから、と言われたら——。

あらゆる心配事が脳裏をよぎり、口をつぐむしかなかった。人の命を預かる以上、妻の願いであっても安易な返答はできない。石のように固まった私を見て、桂子はぽつりと言った。

「他には何もいらない」

そんな風に、桂子が何事かを強く望むのは初めてのことだった。あらゆることに頓着しない性格だとばかり思っていた。困惑する私を前に、桂子は両目からぼろぼろと涙をこぼした。

「他には何もいらないから、あの子を育てさせて」

正直に言えば、私は気が進まなかった。あの子を引き取るということは、家庭内に火種を抱えこむようなものだ。平穏な生活は壊される。心穏やかな日々は二度と訪れないかもしれない。

だが——赤子に触れることすらなかった私と違い、桂子は小型船のなかで数時間、二人きりで恐怖に耐えたのだ。その間に特別な感情が芽生えたとしても不思議はない。私が強硬に反対すれば、裏があるのかと勘繰るかもしれない。

もはや受け入れるしかなかった。

「明日、警察に相談してみよう」

桂子が息を呑んだ。泣きはらした目が私を捉えた。

私たちが、三人家族になることが決まった瞬間だった。

○ 3 ○

特別養子縁組という制度によって、赤子は私たちの息子となった。

面倒な手続きもあったが、新たに人を一人迎えるのだから多少の厄介は織り込み済みだった。

彼に海太という名前をつけたのは桂子だ。「海で出会ったから」というごくシンプルな理由だった。

子どもを迎えると決めてから、私たちは足並みを揃えて準備を進めた。ただ、養子である事実を伝えるべきか否かという点だけは意見が分かれた。

桂子は養子であることをできるだけ早く本人に伝えるべきだと主張した。自我が確立してから打ち明ければ、海太も衝撃を受けるだろうから、幼いうちに伝えたほうがいいというのがその理由だった。

私は反対だった。特別養子縁組という制度では、戸籍上も私たちの「養子」ではなく「長男」となる。唯一、戸籍謄本には縁組が成立した日付が記載されるが、それを見ない限り自分が養子だということはわからない。余計な情報は伝えないに越したことはない。

「一生戸籍謄本を見ないなんてこと、あり得る？　私たちから隠されていたと知ったらすごくショックを受けると思う」

「聞かれたらその時に説明すればいい。それに事件のことはどう話すんだ。脅迫被害に遭《あ》った末に出会ったんだと話せば、そのほうがショックかもしれない。知らずに済むならそのほうがいい」

何日もかけて議論をした末、私たちは折衷《せっちゅう》案を取ることにした。海太には養子であることは伝える。ただし、その経緯についてはよほどの事情がない限り、原則伏せる。それで桂子も納得してくれた。

初めての育児は苦労の連続だった。

〇歳の時は四時間おきに夜泣きをするため、しばらくは寝不足だった。ウイルス感染で高熱を出した夜はつきっきりで看病した。一歳の時は危うく私の血圧の薬を飲みかけたり、針金をコンセントに突っこんで火傷《やけど》をしかけたり、ひっくり返って後頭部を切ったりした。二歳の時にはワガママが激しく、コンビニの床や公園の砂場に寝転がって泣き叫んだ。偏食が激しく、おだてても叱ってもお菓子とジュースしか食べない時期もあった。

体力の落ちた五十代の夫婦には、なかなかハードな日々だった。あと十歳若ければ、と思ったのも一度や二度ではない。リビングはおもちゃやお菓子の袋、正体不明のカスで常に汚れていた。生活に余裕がなくなり、家事のことで桂子と口論になることも増えた。

それでも、海太を迎えて後悔したことはなかった。

彼は私たち夫婦にとって、かけがえのない存在だった。健康に育ってくれれば、他には何もいらなかった。出会い方などどうだっていい。今、彼が私たちの息子だというその事実が大事だった。

養子であることを告知したのは六歳の時だった。小学校に上がる直前の冬、就寝前に夫婦でともに伝えた。たぶん、あれが生涯で最も緊張した瞬間だった。海太はよく理解できていない様子だったが、いつも以上に桂子に甘えていた。

　その後はしばらくの間、養子の話が出ることはなかった。だが高学年に入った頃から、時折「僕は養子だから」と言うようになった。その台詞が出ると、私も桂子も聞き流さず必ずたしなめた。お前は私たちの息子であって、血のつながらない子だなんて思っていない、と言い聞かせた。口から出まかせではなく、本心だった。

　海太のなかでは色々と悩みや葛藤があったのだろうが、じきに中学に進学し、高校生になるにつれて、その口癖の頻度は減っていった。非行に走ったりすることもなく、部活動の野球に汗を流した。友達付き合いが増えるにつれて、私たちとの会話自体が少なくなっていった。

　私は六十五歳まで再任用で公務員として働き、その後も地元の会社に事務職で雇用され、七十歳まで仕事を続けた。同じ年、海太が高校を卒業して大手の電気工事会社に就職し、一人暮らしをはじめた。

　海太が独立したことで、肩の荷が下りたような、途方もなく寂しいような気分になった。だが、桂子はやはり前向きだった。これからは二人で色々な場所へ旅行に行こう、と張り切っていた。

○

　屋外から雨音が聞こえた。

　夜の空から降る雨が、街路の植え込みを揺らしている。ダイニングの照明は煌々《こうこう》と灯《とも》っているはずなのに、闇が侵入してきたかのように部屋は暗い。私と海太の間に漂う、重苦しい沈黙のせいかもしれない。

私はありのままを話した。事件のことも、桂子との取り決めも、何もかも。よほどの事情がない限り、海太が養子になった経緯は話さないことになっていた。だが、桂子が亡くなるという状況は〈よほどの事情〉だと判断して、打ち明けた。

海太はずっと押し黙っている。相槌《あいづち》すら打たず、じっとテーブルの上を見つめている。顔には戸惑いと、かすかな失望が浮かんでいた。

「黙っていたことは悪かった」

気まずい空気に耐えかね、謝罪を口にしていた。

「でも、こうするしかなかった。お前を傷つけたくなかったから。それは父さんも母さんも同じだ。どんな経緯であれ、海太は私たちの息子だ」

それは偽りのない本音だった。海太も理解してくれているはずだが、内心はわからない。今こそ、桂子の朗らかさが必要だった。気の利かない私は、息子とまともに語り合うことすらできない。

うつろな目をした海太は、和室の仏壇へと視線を移した。

「……犯人は？」

「なんだ？」

「母さんを脅した犯人は、捕まった？」

意想外の質問だった。海太を引き取ってからは育児に必死で、事件のその後は気にしていなかった。だが海太にとっては実の母親であろう人物だ。気になるのは当たり前だろう。

「いや。捕まっていないはずだが」

「そっか。確認だけど、母さんを脅した女は、『私たちの子どもです』って言ったんだよね？」

「らしいな。どう受け取っていいか、さっぱりわからんが」

そう語る私の口調はやや芝居じみていたかもしれない。海太はまた押し黙った。ふらりと立ち上がり、和室へ移動して仏壇の前に正座する。遺影を正面から見つめている海太は無言だったが、桂子と言葉を交わしているようでもあった。

今さらながら、私は経緯を打ち明けたことを後悔しはじめていた。やはり、墓場に行くまで海太には黙っているべきだったのではないか。少なくとも、もっとぼかして伝えるべきだった――。

しばらく仏壇の前に座っていた海太が、こちらを振り向いた。この数日で初めて見る爽やかな笑顔だった。

「ありがとう、父さん」

ダイニングに戻ってきた海太はせいせいした表情だった。

「教えてくれてありがとう。知ることができてよかった。ずっとモヤモヤしたまま生きていくのは嫌だったから」

「そうか……なら、いいんだが」

「今度、その温泉街に行ってみない？」

海太はテーマパークにでも行くかのような、陽気な口調で言った。

そんなことを言い出した理由は明らかだ。自分が捨てられた土地を、私たち夫婦と出会った土地を見てみたいからだろう。気持ちはわかる。話をした時点で、こういう展開になることは予測しておくべきだった。

「私とお前で？」

「いや。母さんも一緒に」

海太が仏壇のほうを一瞥《いちべつ》する。迂闊《うかつ》なことを言ってしまった。

「そうだよな。三人で行こう。いつでもいいぞ」

「よし。じゃ、仕事調整するよ」

海太は鬱屈など捨て去ったかのような、透き通った笑顔であった。

もしかしたら、私の考え過ぎだったのかもしれない。海太にとって養子云々《うんぬん》はとうに折り合いのついたことで、不明瞭だった過去をはっきりさせたいという以上の意味はなかったようにも思える。安堵で肩の力が抜ける。

その夜、海太は夕食をとらずに帰っていった。玄関で見送る時も憂鬱そうなそぶりはなく、「また連絡する」と軽い調子で言っていた。雨はまだ続いていた。強くはないが、しとしとと切れ目なく雨滴が降り注いでいる。

「傘持っていきなさい」

私の傘を差しだしたが、海太は受け取ろうとしなかった。

「平気だよ、これくらい」

「遠慮するな。返さなくてもいい」

「大丈夫だから」

傘を押し付けるより、海太が雨のなかへ躍り出すのが先だった。駆けていく息子の背中はあっという間に小さくなり、夜闇へと溶けていく。

飛び出していく直前に垣間見えた海太の目には、うっすらと涙が溜まっていた。


当日の朝、海太が自宅まで迎えに来てくれた。

電車で行くのだから駅に集合すればいいと主張したのだが、わざわざ私の荷物を運ぶため、家まで来てくれたのだった。海太は右手で私のキャリーケースを引き、背中に自分のリュックサックを背負っていた。

「自分の荷物くらい自分で持つ」

「いいから、いいから」

海太はそう言って、絶対にキャリーケースを手放そうとしなかった。おかげで私はほとんど手ぶらだ。唯一手にしているのは、風呂敷で包んだ桂子の位牌だった。四十九日はすでに過ぎ、季節は春へと変わっていた。

電車に乗っている間、互いにほとんど無言だった。いくつか仕事のことを聞いてみたが、海太は「それなりにやってる」などといい加減に答えるだけだった。無職の私には、とりたてて息子に話せるような話題もない。

ただ、息子と二人でいても昔ほど気詰まりではなかった。思春期の頃は目立った反抗こそなかったものの反応はとげとげしく、腫れものに触るような態度を取ってしまったこともある。だが独立したことで自信がついたのか、現在の海太は穏やかだった。

目的の駅に着く直前、海太は初めて自分から質問をした。

「父さんは、僕と会う前からずっと子どもが欲しかった？」

少しだけ考えてから、私は「ああ」と答える。

「欲しかったよ。私も、母さんも」

「子どもが欲しかったから、僕を子どもにした？」

私は即答しかねた。論理的に考えれば、そうなのだろう。子どもが欲しくなければ、そもそも特別養子縁組をしようなどとは思わないのだから。しかし、安易に肯定の返事をすることはできない。子どもを迎えるということは、それほど単純な図式で語れることではないはずだった。

迷った末に「違うな」と答えた。

「海太だったからだ。お前となら、幸せな家庭を築けると思った。他の誰かじゃダメだったんだ」

心のなかを言い尽くすことはできなかったが、海太は満足したように頷いた。

「父さんは、ずっと前からわかっていたんだね」

何を、と問い返すのと、車内アナウンスが響くのが同時だった。

目的の駅のホームに降り立つと、眼前に春の海が広がっていた。海太が感嘆する。

「本当に海が近いんだ」

「宿からの眺めもいいぞ」

今夜はあの時と同じ旅館に泊まることになっていた。例の温泉旅館は全面リフォームを施《ほどこ》しながら、二十年を経た現在も経営を続けている。

迎えの車で旅館にたどりつき、チェックインを済ませるとすぐに部屋へ通された。リフォームによるものか、記憶のなかにある部屋とは趣《おもむ》きが異なっていたが、それでも大きな窓からの眺望は変わっていなかった。左手には若草が萌える山々、そして真正面にはきらめく海。

「すごい」

海太は窓のすぐ近くに立ち、しばし呆然としていた。私は風呂敷から位牌を取り出し、座卓の上に置いた。しばし桂子と語らうように、波音を聞きながら茶を飲んだ。海太が窓際から戻ってきたところで「風呂、入るか」と声をかけた。

「その前に少し歩こうよ」

「いいけど、観光名所みたいなところはないぞ」

「そうなの?」

旅館の受付で調達したのか、海太は卓上にマップを広げた。かつて来た時よりはるかに洗練されたデザインになっているが、名所に乏しいのは相変わらずだった。廃港だった場所には飲食店が点在しているようだ。

何気なくマップを見ていた私は、山側に寺を発見して「あっ」とつぶやいた。人気《ひとけ》のない、忘れ去られたような古い寺。

「父さん、どうかした?」

「前に来た時、この寺に寄ったんだ。まだ残ってたんだな」

「じゃあ、ここ行ってみようか」

行きたいとも言っていないのに、海太は早々に出発の支度をはじめた。かといって私に反対する理由もない。勢いに引きずられるようにして旅館を出発した。

寺へと至る山道は、七十歳を過ぎた身体には厳しいものだった。それでも止《や》めようと言わなかったのは、父親としての意地があったからだ。なぜだか、海太は寺へ行きたがっていた。息子が行きたい場所へ連れていってやるのは父親の義務だ。時おり休憩を挟みながら、私は息を切らして大きな門をくぐった。

その先には、見覚えのある本堂が建っていた。雑草や苔があらゆる場所に茂っており、管理が行き届いているようには見えない。かつて来た時には寺務の男性がいたが、人の気配はなかった。

海太は神妙な顔で辺りを見回している。

「誰もいないのかな」

「そうらしいな」

「でも、賽銭箱がある」

たしかに、本堂の正面には木製の箱があった。賽銭の回収もしなければならないだろうし、定期的に人が訪れていることは予想された。海太は賽銭箱の前に立ち、財布を取りだした。私もそれに倣《なら》う。

「どういう人がお参りに来るのかな」

「子宝祈願だと言ってたな」

「へえ。父さんもお願いした？」

「なにをだ」

「子宝」

振り向くと、手のなかに小銭を握りしめた海太が真顔でこちらを見ていた。私はとっさに目を逸《そ》らした。息子の顔が恐ろしかったからではない。あまりにも、若い頃の私に瓜二つだったからだ。

互いに無言のまま手を合わせ、寺を後にした。

「海にでも行くか？」

「ううん。帰ろう。父さんも疲れただろ」

海太の気遣いはありがたかった。実際、もう体力は残っていない。私たちはおとなしく宿へ帰った。

旅館での一夜はつつがなく過ぎていった。露天風呂に浸かり、食事を楽しんだ。海太はまだアルコールになじんでいないらしく、コーラを飲んだ。私は一人で日本酒を味わい、久々に酔った。

夜の海からは、狼の遠吠えのような波音が聞こえた。規則的な、低く唸るような声が響く。晴れた夜空には金色の半月が浮かび、まるで暗幕の穴から光が漏れているようだった。

「あの事件の話、してもいいかな」

浴衣を着た海太が言った。あぐらをかき、座卓越しに私を窺っている。酒は飲んでいないが、目の縁が赤くなっていた。私は忍び寄るまどろみの気配を感じながら「もちろん」と答えた。

「僕、母さんを脅した女の正体がわかったかもしれない」

「……なんだって？」

一瞬で目が覚めた。

わかるわけがない、と真っ先に思った。あの事件当時、海太は生後間もない赤ん坊だった。女のことを覚えているはずがないし、ましてや、その素性まで知り得るはずがない。警察ですら犯人を捕まえることができなかったのだ。

だが、言下に否定できる雰囲気ではなかった。海太は真剣だった。

「誰なんだ？」

海太は上ずった声で一息に言った。

「僕の、実の母親だよ」

拍子抜けするような答えだった。そんなことは、状況から容易に類推できる。同時に哀れに思った。実母に捨てられた事実がいまだに受け止めきれていないのだろう。私は当たり障りのない答えを選んだ。

「そうかもしれないな」

「父さん、驚かないんだね」

「まあな」

「そりゃそうか。だって、父さんはわかっていたんだもんね。最初から全部」

きん、と耳鳴りがした。神経の一部がショートしてしまったような音だった。アルコールのせいでないことは、私自身がよく理解していた。

「言っている意味がわからんが」

平静を装って応じるが、声が震えていた。海太は自分のリュックサックから、クリアファイルに入った紙片を取り出した。突き出されたそれを、小刻みに揺れる手で受け取る。

「母さんの机の引き出しに入っていた」

海太の声は凍る直前の水のように冷たい。

紙片には〈DNA父子鑑定結果報告書〉というタイトルがついていた。日付は二年前。試験条件やよくわからない数値が記されており、一番下に〈生物学上の親子である可能性〉が記載されていた。〈99．9%以上〉とあった。

「意味、わかった？」

私と同じ目が私を見ていた。

「僕と父さんは実の親子なんだよね？」

○

出来心、としか言いようがなかった。

彼女は大学を卒業してしばらく一般企業で派遣社員として勤めていたが、職場の同僚と反《そ》りが合わず、三十ちょうどで地元に戻ってきた。役場の非常勤職員となり、私の課の部下となった。

もちろん、最初から下心があったわけではない。二十歳近く年齢が離れているのだし、男女の仲になることなど思いもよらなかった。

上司と部下であれば自然と会話する機会は多くなる。しかも彼女は極端に仕事の覚えが悪く、そのくせ熱心なため、よく残業に付き合った。流れで夕食を一緒に食べることもあった。

――課長はお子さん、いないんですか。

デリカシーの類《たぐい》をあまり持ち合わせていない彼女は、平気でそんなことを尋ねた。酒が入っていたこともあり、私は無防備に答えた。

――いない。

――ほしくないんですか？

――ほしいよ。でも体質なんだ。仕方ない。

酔いに任せて、私は桂子との夫婦生活を赤裸々に語っていた。行為がただ虚《むな》しいだけのものになっていること。いつからか義務になっていたこと。もう死ぬまで自分は男性としてまともに機能しないかもしれないこと。

――そんなの、試してみないとわからないじゃないですか。

緩い顔で笑う彼女を見て、私は予感した。この女はものにできる。

予感は当たった。そう間を置かずして、彼女と関係を持った。妻との間に子どもができないという事実が、私を一層大胆にしていた。

半年後、喫茶店で妊娠を告げられた瞬間、頭が真っ白になった。自分にそんな能力が備わっているとは露《つゆ》ほども思っていなかった。

――すまない。勘弁してくれ。

土下座して、喫茶店の床に額をこすりつける私を、彼女は無表情で見下ろしていた。

――安心してください。職場は辞めますから。

情けない話だが、私は本当に安心した。しかし続く言葉で、再び動揺した。

――ただし、この子は産みますから。

――待て。待ちなさい。産んで、どう育てる？　君に育てられるのか？

私の発言を、彼女は鼻白んだ顔で聞いていた。

——それは私が考えます。

話し合いとも呼べない会話は、即座に打ち切られた。

それからおよそ一年後、私と桂子は小型船の操舵席で赤ん坊に出会った。

犯人は現在に至るまで見つかっていない。その事実が、私にどうしても不穏な想像をさせる。

桂子を脅し、海太を預けた後、彼女はどこへ行ったのだろう。少なくともそれがこの世のどこかであることを、私はずっと願っている。

○

「答えてよ、父さん。知ってたんだろ？」

そう問われても、報告書を手に震えることしかできなかった。

私とて確証があったわけではない。ただ、桂子が話していた犯人の特徴は彼女に当てはまったし、何より『私たちの子どもです』という言葉が引っ掛かった。私たち、というのは、彼女と私のことだ。そう捉えなければ辻褄《つじつま》が合わない。浮気相手である自分が産んだ息子を、妻に育てさせる。あれは私と桂子への、彼女なりの精一杯の復讐だった。

告別式の日の夜、なぜ海太が養子になった経緯を知りたがったのか、ようやく理由がわかった。この報告書を見たせいだ。私との間に血のつながりがあることを知った海太は、自分が養子として迎えられた意味を知ろうとした。

桂子は知っていた。私と海太が実の父子であることを。しかし、どうして——。

「どうして母さんがDNA鑑定に踏み切ったのか、わからないけど想像はつく。僕と父さんはよく似ているからね。特に十代後半あたりから。もしかしたら、母さんにも思い当たる節があったんじゃないの？」

そんなバカな。浮気が桂子にバレていたはずがない。そう言い聞かせるが、身体の芯は冷たくなる一方だった。夫婦の間に絶対の秘密など存在しないことは、長年の共同生活でよくわかっている。海太は呆れたように言い放つ。

「まあ、母さんにとってはそれでもよかったのかもしれないけどね」

まさか。

桂子はすべてを薄々勘づいていながら、そのうえで知らないふりをしていたのか。理由はどうあれ、夫婦の間に子どもができたことを最優先したということか。彼女の復讐すらも利用して。子どもはマイホームの外壁とは違う。それほどあっけらかんと受け入れられるものではない。だが桂子なら、あり得ないとは言い切れなかった。出会ってしまったものは仕方がない。それくらいのことは言いそうだ。

「とにかく母さんは、僕にも父さんにも内緒でDNA鑑定を依頼した。その気になれば、家族から検体を取るなんて簡単だろうからね。そしてその結果を誰にも話さず、隠したまま死んでいった」

私と海太の視線は、座卓の上の位牌に吸い寄せられた。位牌は一言も語らず、静かにたたずんでいる。

「……どうすればよかった？」

ようやく口にできた一言は、それだった。居直りは承知のうえだ。だがそれでも、私は海太を育てたことを後悔していない。

「海太。私はお前を息子として愛している。そこに偽りはない。血のつながりがあろうがなかろうが、親子であることには変わりない。たしかに色々と黙っていたことは申し訳ない。それは私が全面的に悪い。でもお前だって、桂子が母親でよかったと思っているんだろう？　不倫の果てに生まれた子になるよりは、普通の夫婦の子であってよかったと思うだろう？　なら、私がしたことは間違っていないんじゃないか？　結果的に、お前の命を救ったのは私と桂子じゃないか？」

私は話すのを止められなかった。黙るのが怖い。沈黙すれば、その瞬間に裁きが下されそうな気がした。

しかし海太は強引に「父さん」と割って入ってきた。

「僕が言っているのはそういうことじゃないんだよ」

「なに？」

「あなたみたいな人間と血がつながってるって事実が、耐えられないんだよ」

「お前……」

反論しようとしたが、ろれつが回らない。急速に視界がかすんでいく。日本酒を飲みすぎたせいだろうか。唐突な眠気に襲われ、姿勢を維持することすら難しくなった。崩れ落ちるように寝転がる。

海太は立ち上がり、私の足元まで来た。瞼の重さに抗《あらが》えない。遠のいていく意識のなかで、海太のつぶやきが聞こえた。

「やっと寝た」

誰かに頭を蹴られたような気がしたが、抵抗する術《すべ》はなかった。

頭痛で目が覚めた。

頭の内側から針で刺されるような痛みだった。二日酔いにしてはひどすぎる。顔をしかめながらうっすらと瞼を開いた。

最初に視界に入ったのは、明るい月だった。都会の月とは別物じゃないかと思うほどまぶしく輝いている。波音が間近で聞こえていた。全身の浮遊感は錯覚ではない。本当に、身体が揺れている。冷たい波の飛沫《しぶき》が顔に跳ねた。

急激に寒さを覚えた。春の夜風が容赦なく吹きつけ、体温を奪っていく。屋外だというのに、身に着けているのは下着と浴衣だけだった。

「起きた?」

少し離れた場所から声がした。海太が立っている。表情は見えないが、月明かりに照らされた服装からそうとわかる。彼が立っているのは廃港の桟橋だ。あれから二十年経ったのに、まだ残されていたんだな、と妙なところに感心する。

ああ、そうか。

私はようやく、自分が寝ているのが小型船の操舵席であることに気が付いた。どこで調達したのか、ずいぶん古い船のようだった。足の指が錆びた内壁に触れる。座席は破れ、スポンジが飛び出していた。

身体がうまく動かせない。普通、アルコールだけでここまで動けなくなるものなのか？

「海太」

かすれた声で助けを求めたが、息子はじっと私を見ているだけだった。その表情は闇に塗りつぶされて見えない。

「頼むから助けて……」

「僕は、そうやって寝かされてたんだね」

機械で合成したような、平板な声音だった。

「あの時、母さんが来てくれなかったら。もしかしたら、僕を産んだ女はそのまま僕を捨てていたかもしれない。生まれて間もない子どもを捨てるなんて簡単だったろうね。海に投げればいい。そうならなかったのは母さんのおかげだ。それに、実の母親も被害者には違いないよね。妊娠をしたのに男は責任を取ってくれなかったんだから」

「違う、海太」

「何が違うの？　父さんは逃げたんだろう。母さんに事実を告白することからも、僕を産んだ女と向き合うことからも。そのくせ自分は誠実に生きてきたみたいな顔して。気持ち悪い」

言ってやりたいことは山ほどあった。だが、雄弁に語るだけの体力はもはや残されていない。

老いた身体には死の危険が忍び寄っていた。

「寒い。助けてくれ」

「本当は海に投げ捨てたほうが簡単だったんだけどね。でもこんな父さんでも、この歳まで育ててもらったことは事実だ。本当に腹立たしいけどね。だからすぐに死なせるようなことはしない」

「頼む、海太」

もはや私の声は届いていなかった。海太は滔々《とうとう》と語り続ける。

「旅に出る前に調べたんだ。この桟橋の辺りは離岸流になっているんだって。だから放っておいても、海に捨てたものはどんどん沖へ流されていく。ただ運がよければ、流れから外れて岸辺に戻ってくるかもしれない。その時まで無事でいられるといいね」

しゃがみこんだ海太は、暗闇のなかで何やら作業をしていた。ものの数分で立ち上がった海太の手には、係船用のロープの先端が握られていた。小型船を桟橋に舫《もや》っていたロープを外したのだ。

「海太」

「じゃあね、父さん」

ロープは海中へ放り込まれた。

その時を待っていたかのように、小型船がにわかに海上を移動する。高波に押されるように、一メートル、二メートルと陸地との距離が生まれていく。じきに海太の輪郭が闇と同化した。

ざん、ざん、という波音が絶えず響いていた。まるであの夜に聞いた赤子の泣き声のようであった。

なぜだか、二十年前にあの古刹で祈ったことを思い出した。

すべての子どもが、無事にこの世に生まれてきますように。

子宝祈願の寺だとか言われて、つい善人ぶってそんなことを祈ったのだ。当然、不倫相手のことが念頭にあった。彼女もシングルマザーとして苦労するだろうが、子どもには健やかに育ってほしい。そう願った結果が、このざまだ。

もはや指先すら動かせない。寒さを通り越し、皮膚の感覚はなくなっている。最期の時はすぐそこまで迫っている。

後悔はないと思っていたが、最後に一つだけ悔いが残った。

やっぱり——あの女には堕《お》ろさせればよかった。

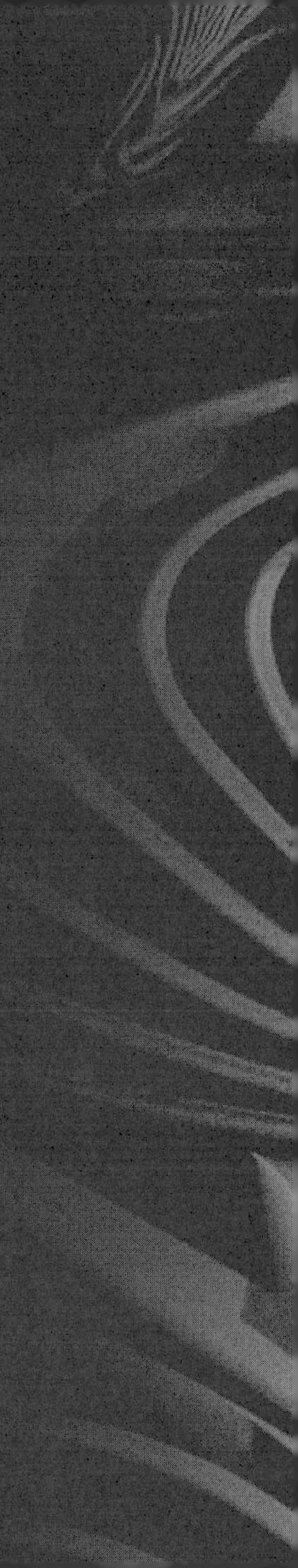

僕はエスパーじゃない

午前六時。冬の早朝、空はまだ暗い。

梨香《りか》と碧人《あおと》を起こさないよう、そっと布団から這《は》い出す。我が家は寝室のフローリングに布団を敷いて、夫婦で息子をはさむような恰好《かっこう》で寝ている。いつもこっちが先に起きるので、梨香はドアから離れたほうで寝ている。

トイレを済ませ、手を洗い、キッチンに立つ。マンションの一室、2LDKの我が家は広いとは言えないものの、寝室とキッチンはドア二枚を隔てている。調理の音が眠っている二人に聞こえることはまずない。

タマネギとワカメを手早く切って電気調理鍋に入れる。水を満たして粉末だしと味噌を溶かし、スイッチを入れれば自動で味噌汁をつくってくれる。これを導入してから料理がずいぶんラクになった。

今夜のメインは何にしようか。冷蔵庫のなかを眺めているうち、昨夜、梨香がスペイン料理店で会食だったことを思い出す。こういう時は軽いものがいい。フライパンで塩サバを焼き、片手鍋で小松菜をゆでた。夕食はこれで十分だろう。

朝食用のだし巻き卵をつくっていると碧人が起きてきた。五歳になってから、梨香を待たずに一人で起きるようになった。

「おはよう」

声をかけると、碧人は寝ぼけた顔で「おはよう」と返した。返事があるということは、今日は割合機嫌がいい。パジャマの碧人はソファに腰かけ、充電していたタブレット端末を手にした。

「お父さん、ゲームしていい？」

甘えた声が聞こえる。最近、碧人はパズル系のネットゲームにはまっている。課金はできない設定にしていた。

「いいよ。ご飯までな」

「はーい」

間延びした返事をしながらタブレットを起動する。そういえば、今日はズボンが濡れていない。おねしょをしなかったことにほっとする。

「漏らさなかったんだな、今朝は」

碧人はすでにゲームに没頭していた。

味噌汁ができあがり、冷凍していた白飯を温め、食器をダイニングテーブルに運んでも、梨香はまだ起きてこない。すでに六時半を過ぎている。そろそろ起きないと間に合わない時刻だ。

ひとまず碧人に朝食を食べさせることにする。三回呼んで「間に合わなくなるぞ」と言ったら、タブレットをソファに置いた。やはり今日は機嫌がいい。ゲームをやめさせようとすると、駄々をこねて泣き喚《わめ》く日もざらにある。

碧人はふてくされたような顔で子ども用の椅子に座り「牛乳」と言った。

「牛乳ちょうだい、だろ」

紙パックから注いでやる。梨香はまだ起きない。仕方がないから、こっちで先に朝食を済ませる。自分のご飯と味噌汁、だし巻き卵は三分でかきこむ。味噌汁を無意味にかき混ぜている碧人をなだめすかしてどうにか半分ほど食べさせる。

「おなかいっぱい。もういい」

味噌汁のタマネギやワカメはまったく手つかずだった。いつものことだ。

「着替えてきて。そろそろ出るから」

碧人はクローゼットのほうへ歩いていった。

食器を片付けていると、ようやく梨香が起きてきた。

「大丈夫？」

「昨日飲みすぎた。ありがとう」

まだ食欲がないのか、先に洗面所でメイクをはじめた。その間にこっちは碧人の登園準備を済ませておく。

梨香はとにかく朝に弱い。だから碧人の朝の世話は僕の仕事だ。料理もそう。僕は掃除が苦手だから、それは梨香がやってくれる。碧人のお迎えもだいたい梨香。洗濯や食器洗いは半々。碧人を風呂に入れるのは僕、寝かしつけるのは梨香が多い。

一時期、育児に積極的な夫を〈イクメン〉と呼んでもてはやすのが流行《はや》ったが、もう死語だ。夫が家事育児をやるのは普通のことである。むしろ、やっていないやつのほうがダサい。夫婦共働きなんだから、家のことは分担する。論理的に考えてもそれは当たり前のことだ。

とはいえ、自分でもよくやっているほうだとは思う。

正直にいえば、結婚した直後はあまり家事をやっていなかった。しかし梨香があまりに不機嫌なので、少しだけ家事をやってみると、「すごい」と言われた。嬉しくなってさらにやってみると、「ありがとう」と言われた。

家のなかが険悪なムードになって喜ぶ人間はいない。僕は少しでも空気をよくするため、一生懸命、梨香の表情や発言を観察するようになった。付き合っているころもやっていないわけではなかった。けど、それはデートの時だけだった。

次第に、互いの得意なことがわかるようになってきた。料理は僕が、掃除は梨香が担当するようになった。

碧人が生まれてからも、梨香の機嫌を読みながら、一緒に育児をしてきた。オムツ交換や沐浴《もくよく》はもちろん、夜泣きへの対応も、抱っこ紐《ひも》でのおでかけも、離乳食を食べさせるのも全部やった。

梨香は産後半年で復帰してフルタイムで働いているが、なんとかやれている。僕のおかげだろ、と言うつもりはないけど、誇りには思っている。

寝室でスーツに着替えていると、パジャマに完璧なメイクの梨香が「ねぇ」と入ってきた。心なしか、機嫌がよさそうだ。

「今日、わたしが碧人連れていくよ」

「いいの？」

「最近、お迎えもお願いしてるから。たまにはわたしが連れていく」

本音を言えば、助かる。

最近は梨香が残業続きのため、僕が毎日定時で上がってお迎えに行っている。そのため仕事がかなり溜まっていた。送るのを代わってもらえば、三十分早く出社できる分、仕事に使える。

「ありがとう。じゃあお願いする。碧人のリュック、玄関に置いてる」

「了解」

「朝ごはんテーブルにあるから。先、行ってきます」

着替えに行ったはずの碧人は、いつからかパンツ一丁でゲームをしていた。声をかけようかと思ったが、あまり構っていると出るのが遅くなる。碧人のことはダイニングへ向かう梨香にまかせて、外廊下へ出た。

空は薄灰色の曇天だった。アプリの天気予報では雨は降らないはずだ。カバンに折り畳み傘を入れるのを忘れたが、大丈夫だろうと高をくくって駅を目指した。


マンションから駅まで徒歩十五分。最寄り駅から勤め先のある駅までは電車で四十分。さらに徒歩で五分。出発からちょうど一時間で職場に着く。僕の職場は中堅繊維メーカーの広報部だ。結婚する少し前にここへ就職したから、働きはじめて六年と少しになる。

久しぶりに、七時台に会社へ到着したことで気分がよかった。昨日の夕方から溜まった百件ほどのメールを片付けていると、市川《いちかわ》という同僚が話しかけてきた。一回りほど年上の女性社員である。

「三島《みしま》さん、今日早くない？」

「妻が子ども送るの代わってくれたんで」

「そういえば、毎日送ってるもんね。本当、偉いよねぇ」

偉い、という言葉の使い方に違和感を覚えつつ、はあ、と適当に答える。

メールボックスを確認したが、課長からのメールは来ていなかった。社外に提出する資料を、昨日のうちに確認してもらうはずだったのだが。今日のできるだけ早い時間に送らなければならない。

始業時刻の少し前、課長が出社した。とっさに顔色を読む。重いため息はいつものことだから気にしなくていい。眉間の皺《しわ》に不機嫌な予兆はあるが、こういう時は早めに相談したほうがいい。後になるほど機嫌が悪くなる。

カバンを机に置き、ノートパソコンを開き、顔を上げた瞬間を狙って近づく。

「おはようございます、課長、すみませんが昨日の資料を……」

「ああ、悪い。すぐに見る」

これでよし。課長はパソコンを立ち上げる直前に言われた仕事を、真っ先に片付ける癖がある。たぶん、最初に僕が送った資料を確認するはずだ。

昔から、要領はいいほうだと自負している。特に人の顔色を読むのは得意だった。

母親は口うるさい性分で、言葉遣いやマナーに厳しい人だった。言われたことを守れないと、「もういい」と言われ、あからさまにため息を吐《つ》かれた。殴られたり叩かれたりすることはなかったが、この反応は子ども心に辛《つら》かった。そのせいで、母親の言いつけを必死で守るようになった。

そのうち、母親の顔色を読む癖がついた。今日は機嫌がいいか、悪いか。自分の行動は母の目にどう映っているか。それればかり考えて行動しているうち、周囲の大人たち全員の機嫌を取るようになった。父親はもちろん、祖父母、学校の教師、駄菓子屋のおばちゃんに至るまで、相手が喜び、認めてくれる行動を心がけた。

他人の顔色を読む人生は、楽しくはないが快適だった。教師が喜ぶ行動をとっていれば、学校で怒られたり浮いたりすることはない。親が喜ぶ進路を選べば、家庭内は平穏な空気に包まれる。楽しい人生なんてそう転がっていないのだから、どうせなら快適なほうがいいと思う。やりたいことも特にないんだし、他人の顔色を窺《うかが》うことが悪だなんて思ったことは、一度もない。

弊害があるとすれば、女性からの人気がないことくらいだ。

気が利く男はモテるが、顔色を窺う男はモテない。学生時代にいやというほど思い知った。僕は後者ではあっても前者ではない。だからデートでは相手が何をしたいか、何を食べたいか、探ることに終始した。結果、つまらないと言われて毎度振られた。

若いころは、多少自分本位なほうが男にも女にもモテる。

だが今は違う。三十代も半ばにさしかかると、穏やかで、周囲との軋轢《あつれき》がなく、家庭も仕事もそれなりにうまくこなせる男の評価が高くなる。

つまり、僕だ。

課長からはすぐにメールが返ってきた。指定された修正ポイントを直して社外に資料を送る。一丁上がり。仕事は山のように待っているが、一つずつ潰していけばどうということはない。面倒なところを後回しにせず、優先して手をつけていくのがコツだ。

立て続けに打ち合わせをこなすと、もう昼休みだった。コンビニで買った弁当を食べながらメールをチェックしていると、私物のスマホにメッセージが来た。

梨香からだった。薄いおしぼりで手を拭いてから、文面を確認する。

――しばらく家には帰らない。

身体が凍りついた。次の瞬間、もう一通のメッセージが送られてきた。

――わたしたち、別れたほうがいいと思う。

「はっ？」

思わず声が出た。市川が、怪訝《けげん》そうな顔でこちらを見ていた。


午後は仕事が手につかなかった。

あれから梨香に何度もメッセージを送り、電話をかけたが、反応はなかった。職場では仕事をするふりをしていたが、頭のなかはぐちゃぐちゃだった。

梨香はしばらく家に帰らない。ということは、家事も育児もすべて僕がやるのか。碧人の送り迎えも、料理も洗濯も掃除も。今まで分担していたからうまくやれていたのに、それを一人で背負うのか？

いや、真っ先に気にするべきはそこではない。

梨香はなぜ、別れたほうがいいなどと言い出したのか。

心当たりはまったくない。少なくとも、家事育児が原因とは思えない。最近ではむしろ僕のほうがやっているくらいだ。後ろめたいこともなかった。浮気はもってのほか、その手の店にも行っていない。借金もない。酒乱でもない。稼ぎだって、人並みくらいにはあるはずだ。どれだけ考えても、妻に別れを切り出される理由が思いつかなかった。

とにかく、碧人のお迎えに行かなければならない。延長料金がかからない時間に着くためには、定時に会社を出てギリギリだ。イライラしながらも、なんとか目の前の仕事をさばいた。途中からはあえて仕事に没頭するように意識した。そのほうが、余計なことを考えずに済む。

「今日は失礼します。お疲れ様でした」

誰よりも早く会社を出た。定時に退社してもいやな顔をされないから、今の職場は助かる。改めて梨香に電話をかけるが、やはり出ない。

電車に乗っている間も考えるのは同じことだった。いったいどこに落ち度があったのか。困惑と屈辱と悲しみが、入れ違いにやってくる。

疲弊しきった心と身体を引きずり、保育園へ碧人を迎えに行った。担任の保育士は、「碧人くんとってもお利口でした」とか言っていたが、上の空でほとんど耳に入らなかった。

手をつないで自宅まで歩いている間、碧人は静かにしていた。この状況を、碧人にどう説明すればいいのか。率直に話してもきっと理解できないだろう。何しろ、僕自身が理解できていない。

梨香からの連絡はまだ来ない。

すべて放り出したかった。とても、いつも通りに過ごす気にはなれない。

「……コンビニ、寄るか」

「いいの?」

帰り道の途中にあるコンビニには、できるだけ寄らないようにしている。必ず碧人がごねて、ジュースやお菓子を買わされるからだ。

「いいよ。なんでも買っていい」

カゴを取り、ポテトチップスや柿の種、缶ビールを手当たり次第に放りこんだ。碧人にも好きなだけ買うことを許すつもりだったが、悩んだ末にチョコ菓子を一つ選んだだけだった。

家に帰ってすぐ、立ったままビールを飲んだ。碧人はそんな僕をぎょっとした顔で見ていたが、すぐソファに座ってチョコ菓子を食べはじめた。

「お母さん、遅いの？」

タブレットを起動しながら、碧人が聞いた。隠しようがない部分だけ、簡潔に答えることにする。

「今日は別のところに泊まるんだって」

「帰ってこないんだ」

碧人はうつぶせに寝転がり、ゲームに熱中しはじめる。母親が外泊しようが、どうでもいいらしい。つい最近まで、梨香がいない夜は寝かしつけに苦労したものだが、五歳ともなると平気なようだ。

僕はおつまみを食べながら、缶ビールを空《から》にしていった。

酒は嫌いではないが、結婚してから深酒をした記憶はない。梨香がいやがるからだ。家での晩酌は缶ビール一本までと決めている。だが今夜は別だ。二本目を空け、三本目に突入した時には酔いを自覚していた。

考えるのは当然、あのことだ。スマホの画面を確認する。無意味に再起動してみるが、それで連絡が来るはずもない。見れば落ち込むとわかっていても、例のメッセージを見ずにはいられない。

——しばらく家には帰らない。

――わたしたち、別れたほうがいいと思う。

酒のせいもあってか、一層気持ちが沈む。

今ごろ、梨香はどこにいるのだろうか。ちゃんと仕事に行っているのであれば、実家ということはない。梨香の両親は岡山に住んでいるのだから。ビジネスホテルが有力だが、知り合いのもとを頼っているという可能性もなくはない。あとは、学生時代の友人だろうか。独身の友人が何人かいたはずだ。

その時、おぞましい可能性に思い至った。

まさか。

よそに男がいるんじゃ――。

缶ビールをつかむ手が冷えていく。あり得ない、と思うほどにその妄想から離れられなくなる。梨香は一人暮らしの男の家に転がりこみ、同棲ごっこを楽しんでいるのではないか。あるいは、すべてを捨てて駆け落ちでもしたか。

理由が僕ではなく、梨香のほうにあるのだとすれば納得できる。どれだけ我が身を振り返っても、心当たりがないのは当然だ。

一瞬納得しかけるが、「いやいや」と声に出して否定する。

今朝の梨香にはそんな様子はなかった。やや体調が悪い点を除けば、いつもとまったく変わらなかった。妻の顔色を読むことに関して、僕以上に長《た》けた人間はいない。そして、今日の梨香には大それたことを実行する気配など微塵《みじん》もなかった。

それに、碧人がいる。

二人きりの生活ならともかく、碧人がいるのだ。子どもを捨てて男のもとに走るなど、考えられない。

間男の可能性を排除し、改めて一から考える。

起き抜けの梨香におかしなところはなかった。朝、僕が家を出てから、昼の休憩までの間に、梨香が別れを決断するような何かが起こったのだ。

ネットの検索で手がかりを求める。

〈離婚　理由〉

〈妻　突然　出て行った〉

〈突然　別居　理由〉

離婚の理由で最も多いのは、〈性格の不一致〉らしい。何も言っていないに等しく、参考にならない。身体的、精神的暴力や、金銭的な理由も上位に来ている。しかしいずれも思い当たる節はない。

突然配偶者に出て行かれたというケースは、世の中には少なからずあるらしい。法律事務所のウェブサイトを覗くと、理由に心当たりがない場合は、〈ご自身の行動を客観視できていないことが多いです〉と書かれている。

思わずむっとする。僕が普段どれだけ気を遣って過ごしているかも知らないくせに。しかし怒りと同時に恐怖を感じたのも事実だった。

八時を過ぎても、碧人は風呂に入る気配がなかった。何度か「風呂行こう」と声をかけたが、ゲームをやめようとしない。

「碧人。そろそろゲーム終わり」

強い口調で言うが、碧人は僕を無視する。怒鳴りつけたくなる衝動を抑えて、静かにソファの横に立つ。

「おい」

はっきりと、低い声で告げた。それ以上は何も言わず、じっと睨《にら》む。

碧人はちらりと僕の顔を見て、タブレットの電源を消した。やっとわかってくれた。これでもダメなら、本当に怒鳴っていたところだ。

二人でさっさと入浴を済ませて、寝床に入る。疲れてしまったのか、碧人は歯磨きもせずに眠ってしまった。いつもなら叱るところだが、もういい。一日くらい歯を磨かなくても死にはしない。

瞼《まぶた》を閉じると、自然と、法律事務所のウェブサイトに載っていた一文がよみがえった。

〈別居をするということは、配偶者はすでに離婚への意志を固めているかもしれません。離婚調停の可能性がある場合は、お早めに弁護士へご相談ください。〉

弁護士。調停。

非日常的な言葉が、急に現実味をもって迫ってくる。

まだそんな段階ではない。そう思いたいが、現実として梨香はいない。別れを提案されているのも事実だ。しかし、いったいなぜなのか。結局、考えはそこに行き着く。心は疲れきっているのに眠気が訪れない。

一晩中、顔のない男の影が頭の片隅でちらついて離れなかった。

梨香と出会ったのは九年前だった。

新卒で入ったイベント企画会社では、百貨店で開催される物産展や、野外会場のフードイベントを手がけていた。企画運営部に配属された僕の仕事は、イベント運営の事務局見習いだった。

一つのイベントを開催するまでには、少なくとも三十、多ければ二百程度の業者とのやり取りが生じる。フォーマットに沿って申し込みをしてくれる業者が多いものの、厄介な注文やちゃぶ台返しをされるのも日常茶飯事だった。

新卒の僕は、形の上では先輩のサブとして働くことになった。だが先輩は社内調整に手一杯で、対外的な仕事は全部丸投げされた。こうして社会人経験の乏しい二十二、三歳の若造が、数百に上る百戦錬磨の業者たちと渡り合うハメになった。

いったん打ち合わせをしてしまえば、業者の希望は営業ではなくこちらに直接来る。当然のように営業はフォローしてくれない。キャンセルや区画変更、出店グレードの変更はかわいいほうだ。禁止されている火気を持ち込みたいとごねる。知人の会社をねじこんでくれと言い出す。断れば「常識がない」と言われ、三時間説教される。

要領はいいほうだと自認している。調整の得意な自分ならなんとかさばける。経験が浅いなりに、そういう自信はあった。

しかし一年後、僕はあっさりと病んだ。抑うつ状態と診断された。

メンタルクリニックで休職を勧められ、わかりました、と答えた。医師がそう答えてほしそうだったから。上司に報告すると、人手不足だからもう少しがんばれないか、と言われ、わかりました、とまた答えた。上司がそう答えてほしそうだったから。

抑うつ状態を自覚しながら、僕は無理やり働き続けた。

結果、入社四年目にぶっ壊れた。

ベッドから起き上がれなくなり、かといって申し訳なさから会社に休暇を取るという連絡もできず、無断欠勤をした。会社から電話がかかってきたが、出られるはずがない。スマホの電源を切って、一日中部屋の天井を見ていた。

一か月たってようやく外に出られるようになったが、会社に行くのは無理だった。メンタルクリニックの医師には、無理だけはするな、と言われた。退職願を郵送すると、会社に置いていた持ち物が段ボールに入って送られてきた。料金はこちらの着払いになっていた。翌月、口座に給料が振り込まれていないのを確認してほっとした。

二十六歳で無職になったが、働く気力は湧かなかった。役所で健保や年金の変更手続きをするのが精一杯だった。

両親には言えない。言えば、落胆するに決まっていたから。両親は、僕が名の通った大学に入り、サラリーマンとして働くことを望んでいた。うつで無職になったなんて言えるわけがない。学生時代の友達にも言えない。就職活動の時、「就職決まらなかったらみじめだな」と話したのを覚えていたから。

二百万の貯金を切り崩しながら、漫然と日々を過ごした。

比較的仲のいい友達から、飲み会に誘われた。仕事と嘘をついて断ろうと思ったが、その友達が落胆するかもしれないと思うと、拒否できなかった。辞めた会社でまだ働いているという嘘をついて参加した。

その飲み会の席にいたのが、梨香だった。

中堅商社に勤務する梨香は、今の仕事が楽しくて仕方ないらしかった。仕事の話ばかりする梨香に友達は辟易《へきえき》していたが、僕はむしろ話を促した。梨香の顔色を見ていれば、その話題がいちばん楽しいとわかったから。

翌日、友達からメッセージが来た。梨香が僕の連絡先を知りたがっている、という内容だった。ほとんど反射的に、いいよ、と答えていた。

その後何度か梨香と二人で会い、付き合うことになった。梨香が交際を切り出してほしそうだったから、僕からそう言った。会社を辞めていることはまだ言っていなかった。言えば落胆されるから。

付き合ってすぐのころ、梨香の家でテレビを見ていた。仕事を辞めて漫画家の夢を追っている男性を特集していた。妻は働いて家計を支えながら、男性を応援しているという。番組を見ながら、梨香がぽつりと言った。

「無職の人とは、絶対結婚できないな」

雷が落ちたような衝撃だった。

翌日からハローワークに通い、必死で再就職の口を探した。メンタルが理由で退職した人間に企業は厳しく、面接は連敗続きだったが、半年ほどで今の職場から内定をもらうことができた。

梨香には転職ということで、新しい職場のことを伝えた。自分に一切相談がなかったことは不満だったようだが、不審は抱かれなかった。両親は会社員でさえあれば、勤務先にはたいして興味がないようだった。

そういう経緯で、僕は抑うつ症状を患い、無職だった期間がある。しかしそのことは妻も両親も友達も、誰も知らない。

言えば、落胆するとわかっているから。


翌朝、久しぶりに二日酔いになった。前職で先輩に無理やり飲まされて以来だ。

碧人は朝から機嫌が悪かった。

「保育園行きたくない」

「ゲームやりたいだけだろ。朝ごはんは？」

「いらない。おなかいっぱい」

「そんなわけあるか」

買い置きの菓子パンをどうにか食べさせ、保育園に連れて行った。僕がよっぽど悲愴感《ひそうかん》のある顔つきだったのだろうか、保育士は「大丈夫ですか」と言ったが、「大丈夫です」以外の答えは口にできなかった。

本音をいえば、仕事をしている場合ではなかった。

でも、休めない。今の仕事を失えば、今度こそ路頭に迷うことになる。以前は二十六歳という若さがあったから再就職できたのだ。三十代になった今、たいした技能や資格もなく、メンタルダウンの経験だけがある男に働き口など見つからない。

スポーツドリンクを飲み、精一杯の虚勢を張って出社した。いっそ仕事に没頭して忘れようと思ったが、こういう日に限ってあまり予定が入っていない。

「三島さん、顔色悪くない？」

デスクで作業をしていると、市川が話しかけてきた。

「わかりましたか。昨日、飲みすぎちゃって」

「珍しい。あんまり飲むイメージないのに」

余計なお世話だ、と心のなかで吐き捨てる。誰にも話しかけてほしくなかったが、市川は平然と話を続ける。

「今日も息子さん、送ってから出社したの？」

「はあ、まあ」

「育休も、割と長いこと取ってたでしょう」

「二か月いただきました。課長のおかげです」

「立派よねえ。やっぱり父親としての自覚が違うんでしょうね」

そんなことはない。

僕が父親になったのは、梨香がそう望んだからだ。

結婚してすぐ、梨香に「子どもはほしい？」と聞かれた。何か質問をされた時の回答は決まっている。「そっちはどう思うの？」だ。

「わたしはほしい」

梨香は大きな瞳に意志をみなぎらせていた。彼女のこういうところが、僕には頼もしかった。

言い方がきつい時はあるが、常に意見がはっきりしている。彼女が望む通りに人生を歩めばいい、という安心感があった。

「僕もほしいと思う」

迷いなくそう答えた。

出産に関しても梨香の意見は明確だった。里帰りはしない。可能な限り無痛分娩を選ぶ。産後は早く仕事に復帰したい。そして、父親にも一か月以上の育休を取ってほしい。異論はなかったし、できる限りのことはやった。

おかげで産休中も育休中も、梨香はおおむね機嫌がよかった。仕事が生きがいの人なので、働けないことだけがストレスのようだったが、育児のバタバタでその不満も聞かなくなった。

「うちの夫も三島さんみたいに、文句のつけようがない人だったらよかったんだけど」

市川はまだ一人でしゃべっている。

「旦那さん、あんまり育児しない人ですか」

「全然。高校教師で忙しいっていうのもあるけど。オムツ替えたことなんか一回もなかったんじゃないかな。もう十年前の話だけど」

相槌《あいづち》を打ちながら、市川の発言を反芻《はんすう》していた。

――文句のつけようがない人。

そうだ。夫婦生活において、僕に非はなかったはずだ。夫としても、父親としても。細かいミスはあるだろうし、決定的に合わない点もあるが、総合点は決して悪くない。

特に結婚してからは、梨香の機嫌を取るために暮らしていたようなものだ。その僕が、なぜ逃げられなければいけないのか。

梨香のやり方はかなり自分勝手だ。もともと自己中心的な人ではある。その我の強さが美点でもあるのだが、度が過ぎると鼻につく。今回はその最たる例ではないか。気に入らないことがあるからといって、すべて放り投げて出て行くという行動は、幼稚そのものだ。

こうなったら、徹底的に待ってやる。こちらに落ち度はないのだから堂々としていればいいのだ。

「三島さん？」

「あ、はい」

考えごとをしていたせいで、話を聞いていなかった。市川が顔を覗きこんでくる。

「やっぱり顔色、悪いんじゃない。体調悪い？」

即座に「平気ですよ」と答えながら、頬に手をやると陶器のように冷たかった。血が通っていない感じがする。

「しんどいなら早退したら？」

「いえ、元気ですから」

市川をあしらって仕事に戻る。

しばし、他部署から舞い込んできたプレスリリースの確認作業に集中する。梨香のことは気になるが、休めば職場に迷惑がかかる。ただでさえ、今年度は風邪をひいた碧人を看病するため、何度か有休を使っている。自分のために使う余裕はない。

仕事で気分を紛《まぎ》らしながら、定時までの時間を過ごした。

保育園へ迎えに行くと、碧人はすでに帰った後だった。

「お母さんから聞いてないですか?」

保育士が困惑顔で言った。

「碧人くん、お昼寝前に八度五分の熱が出てしまって。お母さんにお電話して、迎えに来ていただいたんですよ。三時くらいでしたかね」

碧人の体調不良があれば、まずは梨香の、出なければ僕の電話番号に園から連絡が来ることになっている。

「……そうでしたか」

梨香からは何の連絡もなかった。

自宅への道のりを歩きながら、猛然と怒りが湧いてくる。夫婦間のことはともかく、子どものトラブルは連絡するのが筋じゃないか。大した距離ではないが、無駄足を踏まされたことも腹が立つ。

こっちだって、体調が悪いのに働いているのだ。顔を合わせたらまずは文句を言ってやろう。

その後、唐突に家を出た理由を――。

そこまで考えて、ふと、思った。

梨香と碧人は、家にいるのだろうか?

もしかすると梨香は、碧人を奪うためわざと僕に連絡しなかったのではないか。

そう考えると、いてもたってもいられなくなった。汗をかきながら、手足を必死で動かし、自宅へと走る。がらんどうの部屋を目の前にした自分が、冷静でいられる自信がない。

エレベーターの扉が開く時間すら、もどかしかった。外廊下を駆け、玄関ドアを開き、そこに梨香のパンプスと碧人のスニーカーを見つけた時、思わず安堵《あんど》の息が漏れた。

「よかった……」

一昨日《おととい》までなら、ただいま、と声をかけていたところだが、そんな気分にはなれない。手を洗ってリビングに入ると、碧人がソファに座ってテレビを見ていた。かたわらには梨香がいる。昨日の朝、顔を合わせて以来だ。

顔にはメイクを施し、仕事用の服を着ている。会社には行ったらしい。まずは文句を言ってやるつもりが、顔を見たら何も言えなくなった。感極まったとか、そういうことではない。単に、いつもの顔色を窺う癖が出ただけだ。

「……帰ってたのか」

それが精一杯だった。梨香はじっと碧人の顔を見ている。

「小児科、連れていった。薬ももらってきたから」

そういえば昨日の帰り際、保育園でRSウイルスが流行っていると聞いたかもしれない。今朝、碧人がだるそうにしていたのもそのせいだったのか。

「ありがとう」

それ以上、どう声をかけていいかわからず、キッチンに退避した。昨日の朝つくり置きしていた夕食を電子レンジで温め、ダイニングテーブルに並べる。食欲はほとんどなかった。

「ご飯、できたよ」

無視されるかと思ったが、梨香が一人でテーブルへ来た。二人で向き合うのはずいぶん久しぶりに感じられた。

「碧人は？」

「寝ちゃった。食欲ないって。プリンなら食べられるみたい」

「後で買いに行くよ」

一緒に黙って箸を取り、黙々と食べはじめた。食卓にはかつてないほど緊迫した空気が漂っているが、気づかないふりをする。食事は何の味もしなかった。

「聞かないんだ」

やがて梨香が箸を置いた。どちらも、茶碗の白飯がほとんど減っていない。

「なんて？」

「なんで出て行ったのか、どこに行ってたのか、聞かないんだ」

槍《やり》で胸を突かれたように、心臓が痛む。

聞きたいに決まっている。でも、不用意に聞けば梨香がへそを曲げてしまうかもしれない。できるだけ機嫌を損ねず、かつ、うまく聞き出せる時を待っていたのだ。

「……タイミングを見計らってた」

「タイミングね」

梨香は腕を組み、食卓の一点を見つめている。決してこちらからは切り出さず、相手の発言を待つ。こちらがどうふるまうかは、相手の出方を見てからだ。今までそうやって生きてきたし、それが一番、効率がいい。

やがて梨香は顔を上げた。

「わたしたち、別れたほうがいいと思う?」

射貫《いぬ》くような視線から、僕は目をそらした。

「そっちはどう思うの?」

「わたしがどう思うかなんて関係ない」

梨香は即答した。こちらが質問で返すことを予測していたかのような早さだった。それでも僕は答えない。相手の期待と違う答えだったら、厄介なことになるから。黙っている僕に、梨香は盛大なため息を吐いた。

「もう、あなたの人生を委ねないでほしい」

意味がわからない。眉間に皺《しわ》を寄せると、梨香は哀れむような目で僕を見た。

○

悠介《ゆうすけ》は自慢の夫だった。

フルタイムで働きながら、家事も育児もしっかりやってくれる。特に毎日の食事をつくってくれるのが助かる。職場の同僚や友達との飲み会でそれを話すと、既婚者たちからは一様に羨《うらや》ましがられる。

「偉い。偉すぎる」

「うちの旦那なんか、お湯沸かす以外でキッチン立ったことないよ」

「そこまでやってくれる男の人、聞いたことない」

社交辞令が混ざっていることくらいわかっているけど、それでも世間一般の夫よりは家のことをやってくれているはずだ。だからことあるごとに自慢する。

でも、わたしは知っている。悠介が進んで家事育児をやってくれるのは、わたしがやらせているからだ。もっといえば、やってくれそうな人を選んで結婚したのだ。

そういう意味で、結婚生活は学生時代に立てた計画通りではあった。

大学生のころ、わたしはいわゆる〈意識が高い〉学生だった。

国際ボランティアサークルで活動し、一年から複数社のインターンシップに参加した。両親からは毎月、仕送りをもらっていた。「今しかできない経験を積むように」と言われていたから、アルバイトはやっていない。

三年の時はサークルで代表を務めた。わたしと方針が合わずに辞める人もいた。一部の人から、我が強いとか負けず嫌いとか陰口を叩かれたけど、そんなのは小学生のころから言われ慣れていることだった。

三年の後半からは就職活動も本格化し、忙しくなった。第一志望の大手商社は最終面接までいったが落ち、第二志望の準大手から内定をもらった。当時は悔しくて悔しくて、親にも話せないほどだったけど、今になってみればそれでよかった。あの時本命に就職していたら、完全に天狗になっていた。

卒業前に、わたしは今後の人生計画をノートに書いた。

就職して最初の五年は、仕事に捧《ささ》げる。二十七、八歳で結婚して、二十代のうちに子どもを産む。この時期なら、産休育休をとっても出世には大きく響かないはずだ。できるだけ早く職場に復帰し、管理職を目指す。

この計画を実現するには、一つだけ、どうしても不可欠なピースがあった。

家事育児をまかせられる夫だ。

職場は東京で、実家は岡山にあるため、実家の支援は期待できない。産後、仕事に本腰を入れるには夫の家庭参加は必須条件だった。

新卒で化成品を扱う部門に配属されたわたしは、夢中で働いた。先輩は厳しかったし、仕事も忙しかった。病んで辞めていく人もいたけど、わたしにはそれくらいのほうがやりがいがあった。降ってくる業務を片端から打ち返していくのは楽しかった。

三年が経《た》つと、若手のエースと呼ばれるようになった。悪い気分はしなかったけど、まだ満足はできない。会社で一番になるのが目標だからだ。

そのころ、同期入社の男性社員から飲み会に誘われた。

「今度学生時代の友達と飲むんだけど、来ない？」

「行く、行く」

二つ返事でオーケーしていた。飲み会ではどんな縁ができるかわからない。可能な限り足を運ぶのがわたしの信条だった。気に入らなければ、その時点で金を置いて退席すればいい。それができるくらいの稼ぎはあった。

当日集合してみれば、参加者のうち男は彼の大学時代の友達、女は会社の同期だった。要はコンパだ。そんな建てつけだとは聞いていなかった。

「言ったら、断られるかと思って」

幹事の男はへらへらと笑っていた。

恋愛は社会人になってから一切していないし、興味もない。帰ろうかとも思ったが、ノートに書いた人生計画を思い出した。そろそろ、結婚相手を見つける時期だ。気づけば二十六歳になっていた。

せっかくなので気を取り直して出席することにした。楽しくなければ帰ればいい。

そのコンパに来ていたのが悠介だった。

同期の女性社員が揃えば、話題は自然と仕事のことになる。仕事の苦労話や職場の噂話に花を咲かせていると、すぐに男たちはしらけた顔になった。そんななかで、悠介だけは面白そうに相槌を打っていた。

わたしには、その内心がすぐにわかった。

知らない会社の内輪話なんか、面白いわけがない。悠介はこの場の空気を悪くしないために、面白そうなふりをしているのだ。相手に合わせて、自分の行動を制御できるタイプだった。

そういう男こそが、わたしの人生計画にはふさわしい。

後日、こっちから連絡をとって何度か食事をした。予想は確信に変わった。悠介は常にわたしの顔色を窺い、不快にならないような行動を選ぶ。気が利く、というのとは違うけれど、口に出さずとも顔色だけで本心を察してくれる。

まるでエスパーのように。

いつだったか、二人で飲んだ時に尋ねたことがある。

「もし結婚して子どもができたら、三島くんは家事とか育児とかやるほうだと思う？」

悠介はわたしの顔を眺めてから、答えた。

「うん。家事育児はやって当然だと思う。パートナーには仕事も続けてほしいし」

期待通りの答えだった。

その後も、悠介はわたしの意向をくみとって行動してくれた。付き合うのも、同棲するのも、こちらの雰囲気を読んで悠介から提案してくれた。そろそろプロポーズしてほしい、と思えばしてくれた。

もともと家事はさっぱりできない人だったけれど、一緒に住みはじめてからはできるように改造した。不満を顔に出すと、悠介は必ずその原因を探った。料理をするようになり、片付けをするようになった。

息子を産んだのは二十八の時だった。悠介は命名に口を出さなかった。「どんな名前がいいかな」と言うだけで、こっちにまかせているのは丸わかりだった。碧人という名前を考えたのもわたしだ。

碧人を〇歳で保育園に入れることができたので、わたしはすぐに職場へ復帰した。悠介は育休期間中から家事育児を平等に分担してくれた。おかげで復帰もスムーズだった。

ここまでわたしの人生は、学生時代、ノートに書いた通りに進んでいる。その最大の要因は、悠介という男と結婚したことだった。

食卓には、悠介の用意した食事が並べられている。

白いご飯。タマネギとワカメの味噌汁。焼き塩サバ。小松菜のおひたし。昨夜の残りのようだった。わたしが飲みすぎたのを見て、軽めのメニューにしたのだろう。どれも、わたしが好きな薄めの味つけだった。

そうするように、わたしがコントロールしたのだ。何年もかけて。

わたしは知っている。本当の悠介はスナック菓子が大好きだし、お酒もたくさん飲む。でも、わたしが嫌がるのを見て次第にやめた。

「人生を委ねるって、どういう意味？」

ダイニングテーブルの向こう側にいる悠介は、困ったように眉尻を下げた。

ここで答えを与えるのは簡単だ。悠介は安心して、わたしの希望に沿った行動を取ろうとするだろう。そうしてきたし、それでうまくやっていた。でもそれでは、今までと同じだ。

「心当たり、ない？」

人の顔色を読むのは得意でしょう。心のうちでそう言った。悠介はさらに眉尻を下げて、上目遣いでわたしを見た。

「……僕が、梨香に頼りすぎているってこと？」

「似ているけど、ちょっと違う」

悠介はますます混乱した。指先で頬を触っている。困惑した時の癖だ。いつもならこの辺でわたしが答えをほのめかす。でも今日は違う。この問いの答えには、悠介が自力でたどりつくしかない。

唐突にそれに気づいたのは、昨日の朝だった。

このところ、碧人の送迎を悠介に任せていることで多少の負い目はあった。だから酔いが残っていたけど碧人を送っていくと申し出た。悠介はそれに従い、家を出た。

久しぶりに世話をする朝の碧人は、意外なほど素直だった。お菓子が食べたいと駄々をこねることもなく、着替えも一度言えばすぐやった。夕方はぐずりがちで困ることが多いのだが、朝はまだ元気があるのだろう、くらいにしか思わなかった。

着替えを済ませ、リビングで忘れ物チェックをしている間、碧人は玄関でおとなしく待っていた。

「碧人、準備早いね」

「だって、朝はお母さん忙しいでしょ」

大人びた物言いにかすかな違和感を覚えたが、「まあね」と答える。

「気を遣ってくれたの？」

「お母さんの顔見てたら、わかるから」

碧人の言葉が、先ほどよりも印象に残った。わたしの顔から、何がわかるのだろうか？

「今のどういう意味？」

意識せず、詰問するような口調になった。碧人は顔を伏せて黙りこんでしまう。しまった。しゃがみこんで視線を合わせ、「ごめん」と言う。

「怖かったらごめんね。お母さんの顔を見てどう思うのか、教えてほしいの」

やわらかい声をつくって問いかける。しばらく碧人は悲しげに下唇を出していたが、「お母さんは……」と話しだした。

「お母さんは、朝、怒るから。困らせたらダメなんだよ。お父さんもそうしてるよ」

「お父さん？」

「お父さん、ご飯つくったり、迎えに来てくれたりするでしょ。お母さんが怒らないようにするためでしょ」

呆気《あっけ》にとられた。

日頃、悠介がわたしの機嫌に気を配っていることは認める。だからといって、悠介のあらゆる行動原理が〈わたしを怒らせないこと〉に集約されるような言い方はさすがに思い違いだ。

「碧人。家のことは、お父さんとお母さんで一緒にやってるの。それは二人とも家族だからだよ。お母さんを怒らせないためじゃない」

また、きつい口調になってしまった。碧人は、はっとした顔でわたしを見た。

「……わかった」

違う。本当は、この子はわかっていない。でも本心を呑《の》み込んだのだ。わたしの顔色を窺って沈黙を選んだ。わかった、という碧人の顔は、上目遣いでこちらの機嫌を窺う悠介とそっくりだった。

保育園に送ってからも、その表情が頭の隅に残っていた。

碧人はいつの間に、あんな顔をするようになったのだろう。真似をしているわけではないだろうが、悠介から影響を受けたに違いない。そうでなければ、「お父さんもそうしてるよ」とは言わない。

じわじわと、心に暗雲が立ちこめる。

落胆するようなことじゃない、と自分に言い聞かせる。そういう男を夫として選んだのだから、息子が周囲に気を遣う性格になるのは仕方ないことだ。どんなパーソナリティであれ、かけがえのない息子を否定してはいけない。

しかし――。

将来、碧人が悠介のようになったらどう思うだろう。

これからあの子は、両親の顔色――すなわちわたしの顔色を見ながら成長することになる。どんな学校に進学し、どんな部活をやって、どんな友達と付き合うか。わたしが指示すればきっと素直に従う。

大きくなれば、その対象は友達や恋人に替わるのだろう。親しい友達がやることに付き合い、恋人の希望を聞いてやる。いいやつだ、いい彼氏だ、と言われながら、それなりにうまくやっていく。

でも、碧人。

あなたはそれで、幸せなの?

余計なお世話だということは百も承知だ。だが周りの意向に合わせるということは、自分の意志を殺すことでもある。それなりにうまく社会を渡り歩いたとして、その時碧人の内面にあるのは虚無だけではないか。

その証拠に、悠介のなかには何もない。空っぽだ。

悠介は、他人があぁしろこうしろというものを全部受け入れるため、自分という器の中身を全部捨ててしまった。父親や母親が、教師が、友達が、そしてこのわたしが、悠介という人間を空洞にしてきた。

そこまで考えて、気分が悪くなった。

途中の駅で降りて、会社には休暇の連絡を入れた。打ち合わせがいくつか入っていたが、同僚たちがなんとかしてくれる。コンビニでノートとボールペンを買い、駅の近くの小さな喫茶店に入った。

左側に縦線を引いて、五歳おきに年齢を書いていく。三十五歳、四十歳、四十五歳……縦線の右側は、ライフイベントを書きこむスペースだ。十数年ぶりに、今後の人生計画を書いてみることにした。

しかし十分考えても、三十分考えても、書くべきことが思いつかなかった。

かろうじて思いついたのは、会社での昇進だった。三十六歳で主任、四十二歳で課長。そこまでは書けたけど、会社員生活も十年選手を超えると、無邪気に取締役や本部長を目指せなくなる。気力を振り絞って、五十三歳で部長、と書いた。そして六十歳で定年退職。

以上。

そのほかには、どれだけ頭をひねっても思いつかない。

この人生計画は、かなり高い確率で実現できるはずだ。これからも悠介は家庭参加を惜しまないだろうし、その背中を見た碧人も従順に育ってくれる。わたしは仕事を思いきりやって、悔いのない仕事人生を終えられる。

——だから、なに？

もう一人の自分が問いかけていた。

はっきりと言おう。

わたしは、仕事以外の今後の人生が想像できなかった。悠介とどんな家庭を築き、碧人をどう育てるか。碧人が独り立ちしてから、二人きりに戻ってどう過ごし、何をしたいか。想像しようとしたが、頭のなかは真っ白だった。

これまでは仕事をして、家事と育児をこなすことに必死だった。けれど改めて悠介を人生のパートナーと捉え直した時、何一つ、感慨が湧かなかった。

そうか——。

わたしは最も恐ろしいことに気が付いた。

最初から見えていたはずなのに、あえて見ぬふりをしていた。けれどもう無視できない。悠介と顔を合わせれば、口にせずにはいられない。そうなれば三島家は崩壊する。いや。崩壊する前に、そもそも成立していなかったのかもしれない。

ほとんど何も書けないまま、ノートを閉じた。

冷静になる時間が必要だ。三日、いや一週間は距離を置いたほうがいい。ランチタイムを迎えた店内で、悠介にメッセージを送った。

——しばらく家には帰らない。

もう一通。悩んだが、勢いにまかせて送った。

——わたしたち、別れたほうがいいと思う。

きっとすぐに悠介から連絡が来る。スマホの電源を切って、店を出た。今は何も考えたくなかった。

「どんな理由だと予想してた？　正直に言って」

改めて尋ねると、うーん、と悠介は唸った。わかっている。これは時間稼ぎだ。わたしが答えを出すのを待っている。間違った理由を口にして、わたしの機嫌を損ねることを心底恐れている。

いっそ全部言ってしまいたいが、我慢した。

ずいぶん長い時間が経ち、答えをもらえないと悟った悠介は観念したように言った。

「……昔のことを、黙っていたから？」

どうにか聞き取れる程度の小さな声だった。

「昔って？」

「僕、梨香と会った時、実は無職だった」

初耳だった。

たしか、付き合いはじめたころはイベントの企画会社に勤めていたはずだ。今の職場に転職したことは事後報告で聞かされた。

「え、あの飲み会の時も働いてなかったの？」

「知らなかった？」

悠介の顔が泣きそうになる。話さなければよかった、と悔やんでいるのが手に取るようにわかった。

「全然。なんで黙ってたの」

「働いてないって知られたら、嫌われるから。無職と結婚したくないって言ってただろ」

「言ったっけ、そんなこと」

悠介は非難がましい目でわたしを見た。ひどく傷ついたようだ。

「何、大学卒業してからずっと働いてなかったの？」

「イベント企画の会社で働いていたのは本当。メンタル病んで、辞めたけど。梨香と会ったのはその期間」

「わたしと結婚するために、再就職したってこと？」

悠介は頷いた。

喜ぶべき場面なのかもしれないけど、喜べなかった。

たぶん、わたしがその時に「結婚するのに働いているかどうかは関係ない」とでも言っていれば、悠介は無職のままだっただろう。つまり、二人の将来を考えて再就職をしたのではない。わたしに言われたから、しただけ。

おかしくて、笑いがこみ上げてきた。

わたしには、悠介の人生を左右してきた自覚がある。けれどその自覚以上に、彼の人生はわたしの手に委ねられていたらしい。出会う相手が違えば、きっと悠介はまったく別の人生を歩んでいたのだろう。

三島悠介という空っぽの器は、どんなものを注がれても受け入れる。

そろそろ本題に入りたかった。碧人が目覚める前に。

「悠介は、どうしてわたしと結婚したの？」

「それは……」

また、答えを探る顔をしている。

わかっている。悠介が結婚したのは、わたしを愛していたからじゃない。わたしが望んでいたから。悠介の場合、そこに愛という原動力は必要ない。ただ、近くにいる人の言うことには従う。それだけが悠介の行動原理なのだ。

「わたしが悠介を選んだのは、いい家庭をつくれると思ったから」

悠介がはっとした顔をする。やっと答えを出してくれた、とでも言いたげに。「それは僕も……」と言いかけたのを遮る。

「あのころは仕事を頑張るだけじゃなくて、結婚して子どももほしかった。それが人生の計画だったから。でも簡単なことじゃない。夫には、主体的に家事育児に参加してもらわないと困る。もっと言えば、わたしの言うことに従う夫が欲しかった」

一人でべらべらとしゃべるわたしの顔を、悠介はじっと見ている。

やめてほしい。今、そこに答えはない。わたしの言葉だけを聞いてほしい。

「その点、悠介は理想だった。わたしの機嫌を最優先して行動してくれるから。家事も育児も、全部こっちに合わせてくれるはず。こんなに都合のいい男の人は、他にいない。だから結婚したの」

深く息を吸って、一息で吐き出す。

「わたし、気が付いたんだよね。悠介を愛していると思ったことが一度もない」

それが、あの喫茶店で出した結論だった。

ここにたどりつくまで、ずいぶん時間がかかった。もしも昨日の朝、碧人を送っていかなければ、死ぬまで気が付かなかったかもしれない。でもわたしは理解してしまった。腑《ふ》に落ちてしまった。

悠介を愛することはない。これまでも、これからも。

愛情がなくても家庭を営むことは可能だろう。そんな夫婦は珍しくないのかもしれない。でも、愛することがないと確信した相手と過ごすには、人生は先が長すぎる。あと半世紀も、ただ言うことを聞くだけの人と一緒にいたくはない。

碧人のために感情を押し殺す、という選択肢があることもわかる。しかしこのままでは、碧人は悠介のコピーのような男になるだけだ。それが幸せなことだとは、わたしにはどうしても思えなかった。せめて悠介への愛があるなら納得できるが、愛していない男に似てしまうことには耐えられない。

どう考えても、別れを切り出す以外に方法はなかった。

悠介は真っ白な顔で宙を見ていた。

怒りもせず、泣きもしない。空っぽの表情だ。

それを見て、やっぱりこの人は空洞の入れ物なんだとわかった。表に出ないだけで、内心では色々な感情が渦巻いているのかもしれない。だとしても、表現することができないなら、わたしからすれば存在しないも同然だった。

碧人が熱を出さなければ、もっと時間を置いて、冷静になってから話すつもりだった。気の迷いという可能性も捨てきってはいなかった。でも、これも運命なのだろう。話してしまえ、と誰かに背中を押されたようだった。

悠介が「その」と唇を震わせながら言った。

「離婚することは、もう梨香のなかで決まったことなの？」

「……わからない」

実際のところ、九割方は決まっている。わたしが振り回していることはわかっているけれど、こうなったからには離婚が最良の選択だと思っている。でも、ほんの少しだけ、結婚生活を続ける可能性も残っていた。

どちらに転ぶか。それは悠介の答えにかかっている。

「悠介はどう？」

「……どう、って？」

「わたしを愛していると思ったことが、一度でもある？」

それが最後の質問だった。

この質問への答え一つで、わたしたちの今後の人生は大きく変わる。

悠介の本心はわかっている。問題は、どう答えるかだ。食卓に漂う沈黙が、押しつぶされそうなほど重い。悠介は口を真一文字に結び、目を見開いている。あらゆる可能性を考えているらしい。

わたしはいつしか祈っていた。頼むから、正解を口にして。わたしの顔を見れば、おのずと答えは出てくる。あなたが本当のエスパーなら、わたしの心を読んで、正解を口にできるはずだ。

悠介は虚無を見ていた。その目は揺れている。

やがて、固く閉じられていたその口が、ゆっくりと開いた。

捏造カンパニー

〈コーポ宝田《たからだ》〉は、某地方都市の外れにある寂れた住宅街に建っていた。

五階建ての鉄筋コンクリート造りで、築二十七年。改装は一度もなされておらず、外壁にはヒビや変色が目立つ。老朽化が進んでいるのは屋内も同じである。煤《すす》けた外壁、カビの匂いがする廊下、そして住人たちの生活の跡が染みついた室内。すべて狭いベランダがついた1DKで、同じ間取りになっている。一階はエントランスになっており、住戸は二階から五階まで各階に四戸ずつ、計十六戸ある。ただし、現在住人が入っているのは四戸に過ぎない。

JRの駅からは徒歩十二分。近くにスーパーマーケットもあることから、極端に不便というわけではない。しかしいかんせん、建物が古すぎる。

最上階の五〇二号室に、男のため息が響いた。

「ここの大家は、どうしてこうもやる気がないのかね」

ダイニングで、三人の男が顔を突き合わせている。年齢は揃って三十代なかば。愚痴っぽく言ったのは、痩身《そうしん》にスーツをまとった神経質そうな男だった。立ったまま、フレームレスの眼鏡をしきりにいじっている。

「いつ来ても、ボロくて嫌になる。普通改装しようとか思うだろうに」

「儲けるつもりがないんだろ」

面倒くさそうに応じたのは、ソファに腰かけた男だった。冬だというのに半袖のTシャツを着た彼は、優に百キロは超えているであろう巨体を揺する。

「そんなこと、どうして錦《にしき》にわかる」

太った錦が薄く笑いながら、紙パックのいちごオレを口に運んだ。

「わかるよ。興味ないんだ。飽きたのかもしれない」

「アパート経営しているのに儲けるつもりがないなんてあり得ない。固定資産税とか、維持費用だって馬鹿にならないだろう」

「だから、金持ちの道楽なんだよ。そうだよなあ、幕田《まくた》」

幕田と呼ばれた小柄な男は、カーペットの上にうずくまっていた。陰気な視線を上げると、それが癖であるらしく、思い切り眉をひそめる。

「……ここの大家は飲食店のオーナーらしい。何店舗も経営している。金持ちだ」

「会ったことあるのか？」

「ない。けど、契約書に名前が載っていた」

幕田は鼻を鳴らした。

「入居する時、その名前で検索したら十年前のインタビューが出てきた。自慢げに経営の心得を語っていたよ。自己顕示欲の強いやつは、自分の名前を色んなところに出したがる。経営者ってのはロクな人種じゃない。川野辺《かわのべ》の名前もネットに書き込んでやろうか？」

「断る」

痩身の川野辺が、苛立《いらだ》たしげに眼鏡のブリッジを押し上げた。

「それで？　俺たちを呼んだ用件は？」

錦に問われた幕田は、改めて神妙な顔で二人の顔を見た。

「まずいことになった」

「だから、何が」

「二週間後に税務調査が来る」

しん、と室内が静まり返った。川野辺も錦も、戸惑いを顔に浮かべている。どう応じればいいのか判断がつかないようだった。

「……いつ知ったんだ」

たっぷり数秒間の沈黙を挟んでから、川野辺が上ずった声で言った。幕田が渋い顔で答える。

「昨日、税務署から電話があった」

「幕田の番号に？」

「そうだよ。俺がCEOだからな」

電話をかけてきたのは鈴木《すずき》という男だった。鈴木は、最寄りの税務署に属する税務調査官だと名乗った。

「日程も決めさせられた。ちょうど二週間後、二月十九日にここに来る」

幕田は毛羽立ったカーペットを指さした。川野辺の顔色が青くなる。

「どう……どうすんだよ」

動揺を隠しきれない錦は、無意味にソファから立ち上がり、幕田を睨《にら》んだ。

「それを考えるために呼んだんだろうが」

「お前、絶対ばれないって言ってただろ！」

「絶対ばれない、とは言ってない。ばれることはほぼあり得ない、と言った」

「同じだ！」

「ほぼ、だよ。ほぼ。今更言ったって仕方ないだろ」

錦はまだ興奮が収まらないらしく、地団太《じだんだ》を踏んだ。すかさず幕田が言う。

「やめろ。前にも言ったけど、隣の部屋は住人がいる。壁薄いんだから、あんまり騒ぐな」

「なんで隣に住人がいるんだよ！　入居者スカスカのくせに！」

「俺に聞くなよ。ともかく、調査は来る。それは動かせない」

錦はまだ納得できないらしい。

「どうせ、税務調査なんか来ないって言ってただろ！」

「確率的にはな。年間で、法人に税務調査が入る確率はだいたい三パーセント。それも大手だとか、業績が急伸したとか、そういう企業が優先的に調査される。登記してから二年も経《た》っていない、広告も出していない、そんな会社に調査が入るなんて思わないだろ」

「怪しまれたんじゃないか」

腕組みをして、幕田を見下ろす川野辺が割って入った。

「その可能性はある」

「事業計画書に甘いところがあったのかもしれない」

「うん……しかし、今はそれを議論している余裕はない」

「と言うか、だべってる場合じゃないだろ！」

錦が痺《しび》れを切らした。

「ばれる前に早く逃げよう。二週間あればどこにだって逃げられる」

右往左往する錦に、幕田は「落ち着け」と諭すように言った。

「逃げたって意味がない。むしろ、後ろ暗いところがあると白状するようなものだぞ。税務署から警察に連絡が行って、そう遠くないうちに詐欺で捕まるだけだ。お前、警察から逃げ切れると思ってるのか？」

「じゃあ海外に逃げよう」

「一生、日本に帰れなくなるぞ。それにそんな金あるか？」

錦は下唇を噛《か》んで沈黙した。

「幕田の意見は？」

川野辺が問いかけた。冷静を装っているが、声の端々が震えている。

幕田は頭を掻《か》きむしり、盛大なため息を吐《つ》いた。

「取るべき行動は一つだけだ」

「具体的には？」

「……マジで会社つくるしかないだろ」

三人が出会ったのは、高校一年の時である。

偏差値で言えば、中の下あたりに位置する公立高校。その高校のワンダーフォーゲル部で、新入部員として知り合った。三人とも山や野原を歩くことに興味があったわけではない。生徒は何らかの部活動に所属することが必須であり、仕方なく、ラクそうな部活を選んだだけだった。先輩部員も同じような目論見《もくろみ》で入部した者ばかりで、お世辞にも熱心に活動をしているとは言えなかった。それでも一応、年に数度は近場の山に出かけたり、川辺を歩いたりはした。

小柄で口の悪い幕田。

痩せ型で無愛想な川野辺。

巨体で軽薄な錦。

共通点のなさそうな三人だが、不思議とウマは合った。やがて、放課後も三人でつるんで遊ぶようになった。ファストフード店で雑談したり、ゲームセンターで小銭を使う程度の遊びだったが、それなりに充実した日々だった。

やがて卒業が近づき、三人はそれぞれ別の進路を志望した。幕田は文具メーカーの生産職として就職し大阪へ、川野辺は東京の私立大学、錦は名古屋の専門学校に進学した。卒業間際には別れを惜しんだ三人だが、新しい生活がはじまると、じきに連絡を取り合うこともなくなった。

それから十数年の月日が流れた。

三人が再び顔を合わせたのは、一年と少し前。きっかけをつくったのは幕田だ。

父親の葬儀のため帰省していた幕田は、川野辺が数か月前からやはり地元にいるという噂を聞いた。大阪に住んでいた幕田だが、急いで戻る必要もなかったため、久しぶりに会ってみようかと軽い気持ちで連絡した。

心の底には、自分の窮状を誰かに聞いてほしいという気持ちもあった。

川野辺の携帯番号は、高校の頃と変わっていなかった。十数年ぶりの連絡に川野辺は驚いた様子であったが、飲みにでも行こうと提案するとすぐに賛同した。

「それなら、錦も呼ばないか」

「いいけど……すぐに来てくれるか？」

「あいつも今こっちにいるらしい。俺から連絡してみる」

折り返し、川野辺から電話がかかってきた。

「大丈夫だって」

「ありがとう。でも、あいつ何やってんだろう？」

「当日聞けばいいだろ」

高校生の頃と変わらない、愛想のない口調だった。

数日後の夜、三人は安居酒屋で再会した。久々に顔を合わせた三人は、大盛り上がりで酒を酌み交わした。

「幕田、白髪生えてるぞ」

「錦は太り過ぎだ」

「川野辺も老けたよな」

十数年の空白を埋めるように、延々語り明かした。しばらくは高校時代の思い出話が中心だったが、やがて恐る恐る、互いの近況を披露しはじめた。

口火を切ったのは川野辺だった。大学卒業後、埼玉の商社に就職した川野辺は、営業部を経て経理部に配属された。そこで六年働いたが、つい数か月前、唐突に会社が倒産してしまった。

「経営者がトンズラしたんだよ。もう何年も業績悪かったのに、責任取らずにいきなり会社潰して逃げやがった。ある日会社に行ったら、総務からいきなり『今日で全員解雇です』って言われてさ。やってられないよ」

「今は何してるんだ？」

「失業保険もらいながら、仕事探してる。でもなあ……もう、まともに働く気力ない。またいきなり解雇されるなんてごめんだし」

珍しく、その口ぶりには実感がこもっていた。続いて話しはじめたのは錦である。

「俺、情報系の専門学校行ったんだけど。卒業してシステムエンジニアになったわけ。しかし就職した会社がブラックでさ。もう真っ黒。それでも三年働いたけど、メンタルやられて退職。その頃は体重も八十キロくらいしかなかったな」

「転職は？」

「もちろんしたよ。でも、入る会社がことごとくヤバいところばっかり。ITの二次請け三次請けなんて、まともな会社ないんじゃないかと思うくらい。やってられないから今はフリーのエンジニアやってるけど、稼げないから実家に住んでる」

錦は唐揚げを頰張り、ビールで流しこんだ。

「幕田は？　まだあの会社で働いてんの？」

しばし言葉を選んでいた幕田は、諦めたように「先月、辞めた」と言った。

「へえ。転職？」

「派遣社員になるか辞めるか、選べって言われた」

幕田は高校を卒業して大阪の文具工場で働きはじめた。主にノートや手帳類の製造ラインを担当した。勤続十五年、まじめに働いてきたつもりだった。上司からの評価も高いとは言えないが、それなりだと思っていた。だからある日、呼び出されてこう告げられた時は絶句した。

――直接雇用から、派遣に切り替えることになった。

上司は平然と続ける。

――派遣社員になって一年は同じ事業所で働けないから、数年は北海道の関連会社で働いてもらうことになる。まあ、ちょっとした異動だと思ってもらえばいい。

思えるはずがない。

自分が選ばれた理由も、労働条件の提示も、今後の見通しも、何一つ説明はなかった。幕田が遅ればせながら抗議を口にすると、上司はあからさまに迷惑そうな顔をした。

――嫌なら辞めてもらうしかないけど。どうする？

その一言で頭に血が上った。

――辞めてやるよ！

啖呵《たんか》を切って部屋を飛び出した。

後日他の社員から情報を集めると、どうやら派遣への切り替えを打診されているのは高卒で入った社員だけのようだった。学歴で区別されていることが余計に腹立たしく、辞職の意志が揺らぐことはなかった。

そうかと言って、退職後の仕事はまだ決まっていない。会社を辞めたことはまだ母親に伝えていない。ただでさえ父の入院、死去で疲弊している。このうえ心配までかけたくはなかった。

「ひどい話だな。要は体《てい》のいいリストラだろう?」

錦がしみじみとした口調で言った。

リストラ、という言葉が幕田の胸に刺さる。錦は新しいビールを注文し、けだるそうに焼き鳥を口に運んだ。

「経営者はいいよな。社員使い潰しても、リストラしても、会社倒産させても、誰にも責任問われないんだから」

「そのくせ、自分たちは経費やら何やらで好きに飲み食いしてるんだからたまらない。経理にいた頃、どれだけ経営の連中が無駄遣いするのを見てきたか」

川野辺が不満を重ねた。

互いの不幸な境遇を確認したことで、三人の愚痴はエスカレートした。会社への恨みつらみ、元上司のトンデモ発言、取引先の理不尽な要求、等々……話のネタには困らなかった。

店を変え、日付が変わった頃、幕田は酔いにまかせてぽつりとつぶやいた。

「俺たちが会社経営したほうが、まだましだよな」

川野辺と錦はすかさず同調した。

「そうだよ。俺たちなら従業員の気持ちがわかる」

「いっそ、本当に会社つくるか?」

そこから先は、空想の起業話で盛り上がった。業種はIT。儲かりそうだから、という安易な理由である。二次請け、三次請けのような仕事はやらない。日本を変えるような巨大システム——具体的にはわからないが——の絵図を引くのがミッションだ。

代表のＣＥＯは、ワンダーフォーゲル部で部長を務めていた幕田。財務を取り仕切るＣＦＯには経理経験者の川野辺。技術の責任者であるＣＴＯには唯一のエンジニアである錦。創業五年で売上百億、十年後には一千億を目指す……。

当然、酒の席の与太話に過ぎなかった。現に、明け方に解散して昼過ぎに目覚めた時、幕田は宴席での会話をきれいさっぱり忘れていた。

その夜の会話を思い出したのは数日後。不首尾に終わったハローワークでの面談の帰り道であった。信号待ちをしていた幕田は、地方銀行の支店に掲げられたポスターに視線を奪われた。

〈地元応援ビジネスローン　スピード審査で最大一千万円融資〉

その時、幕田の脳裏に閃《ひらめ》くものがあった。

このまま職探しをしても、いい仕事が見つかる可能性は限りなく低い。仮に就職先が見つかっても、また悪意ある経営者に使い潰されるだけだ。それならいっそ……。

帰宅してから、ネットでビジネスローンについて調べた。経営者や個人事業主のための融資の仕組みであり、通常の融資に比べて借り入れ額は少ないが、多くが無担保、無保証人で申し込むことができる。しかも審査が早く、最短で即日、長くとも十日ほどで完了するという。その分、金利は高めに設定されている。

――緩い審査なら、もしかしたら。

同時に、数日前の夜を思い出していた。川野辺と錦、それに自分で起業する。それは単なる夢物語であり、辛《つら》い現実から逃避するための妄想だと思っていた。だが、事によっては実現できるかもしれない。

幕田は再び二人を呼び出し、安居酒屋で一週間ぶりに顔を合わせた。怪訝《けげん》な顔をする友人たちに、幕田は計画を明かした。

「起業の話をしたの、覚えてるか」

「おいおい。まさか本気でベンチャーでも立ち上げたくなったか」

錦がまぜっかえすと、幕田は「正解」と応じる。その返答に錦のほうが目を剝《む》いた。

「嘘だろ。あんなの、酔っぱらいの冗談だよ」

「まあ聞けよ」

幕田は地銀や信用金庫でもらってきたビジネスローンのパンフレットをテーブルに広げた。川野辺がそのうちの一枚を手に取り、興味ありげに眺める。

「このチラシがどうした」

「普通の融資と比べたら額は小さい。それでも、何百万円と借りられる。個人のローンと比べたら桁違いだろ？　しかも審査は緩い」

「つまり？」

川野辺の問いに、幕田は薄笑いを浮かべる。

「経営者になれば、銀行から金をふんだくれるってことだよ」

幕田の計画はこうである。事業実態のないペーパーカンパニーをつくり、三人は経営陣に収まる。適当に事業計画書や帳簿をつくり、審査の甘いビジネスローンに申し込む。すると、あっという間に数百万円が手に入る。

「おい、待て。それは詐欺だろ」

錦が割って入った。幕田は肩をすくめる。

「そうかな？　俺たちが働いていた会社の経営も、たいがい詐欺まがいのことやってただろう。思い出してみろよ。それに比べたら、ローンで金借りるのは違法でも何でもない」

黙り込んだ錦に代わって、川野辺が言う。

「しかし、返済はどうするんだ？」

「簡単だよ。他のローンをまた借りればいい」

「自転車操業になるぞ」

「お前の元勤務先だって、自転車操業だったろ？」

苦々しい表情の川野辺に、幕田は畳みかける。

「いいか。毎年、たくさんの起業家が経営に失敗して、会社を潰している。そいつらは犯罪者か？　違うだろう？　真剣にビジネスをやったが、力が及ばなかった。それだけのことだ。事業の実態なんて、あってもなくても一緒だ。会社を経営さえすれば、方々から金をぶんどれるんだよ」

「いずれ行き詰まるぞ」

「その時は自己破産すればいい。それも、お前の元勤務先と同じだ」

とうとう川野辺も押し黙った。

「……それで、幕田は俺や川野辺と一緒に会社をつくりたいってこと？」

妙に張りつめた空気のなか、錦が発言した。

「その通り」

「どうして俺たちなの？」

「そりゃあ、これが復讐だからだよ」

幕田はビールで喉を潤した。

「世の中、経営者に有利なようにできすぎている。使われる側は搾取されるだけされて、要らなくなったらポイ捨てだ。俺たちはそういう社会の被害者だ。だから俺たちは、逆に経営者の立場を利用して復讐する。その仲間は二人以外考えられない」

錦が荒い鼻息を漏らした。川野辺は無表情だが、目の縁を赤くしている。二人の反応を、幕田は前向きな姿勢と受け止めた。

大丈夫。この二人は乗ってくる。


実体のない会社を設立し、融資を受けるのは当然ながら詐欺である。

だが川野辺も錦も、それを承知のうえで幕田の提案に乗った。警察にばれることはないと高をくくったのか、幕田の演説に胸打たれたのか、あるいはただ金に目がくらんだのか、実際のところは推し量れない。ともかく、三人は同じ船に乗ることを選んだ。

社名は「何となくそれっぽいから」という理由で、幕田が〈フューチャーマックス〉と決めた。宴席で話した通り、業種はＩＴサービス。家賃の安かった〈コーポ宝田〉の五〇二号室を借り、オフィスとした。

以後、三人で集まる時は必ずこの部屋を使った。居酒屋では誰に聞かれるかわからないし、毎回店に集まるのも金がかかる。この部屋の家賃は月二万四千円と破格で、下手に毎回飲むより安い。

「CTOって呼ばれると、ムズムズするな」

まだ誰も呼んでいないのに、錦はにやつきながらそんなことを言った。役職も最初の飲み会で話した通りである。幕田は最高経営責任者、CEOの肩書きを得た。登記はあっけないほど簡単だった。

三人で膝を突き合わせて、事業計画書を作った。

宴席での話に忠実にやるなら、〈日本を変えるような巨大システム〉がよかった。だが思いつかないので、とりあえずシステム開発の受託会社とした。さすがに錦はエンジニアだけあって、作業工数がどの程度かかるか弾き出すのは得意だった。川野辺も経理の知識を総動員して、無理のない、しかし有望に見える計画を練った。

三人は緊張しつつ、地方銀行へ足を運んだ。最近は消費者金融から、信用金庫、地方銀行、そしてメガバンクまで、多くの金融機関がビジネスローンを扱っている。地元の地銀を選んだのは、消費者金融ほど金利が高くなく、かつ大手銀行ほど審査が厳しくないだろうと踏んだためだった。

「本当に起業するみたいだな」

「するんだよ。建前上は」

ひそひそ声で軽口を叩きながら、ビジネスローンの担当者に事業の説明をした。スーツを着た実直そうな担当者は、ところどころ質問を挟みながら、真摯《しんし》に話を聞いてくれた。話しているうちに、幕田までもが本当に起業するかのような気になってくる。

しかし、すべてはデタラメである。

審査は無事に通った。数日後、事業のために開設した口座に三百万円が振り込まれたのだ。三等分すれば百万円。架空の会社をつくっただけで、百万円もの大金が転がり込んできた。

「金、入ったぞ！」

記帳した幕田は、すぐさま二人に電話した。錦は「すげえ！」と無邪気に喜び、一刻も早く山分けをしたい素振りだった。川野辺は「安心した」と言うだけだったが、その声はいつもより高かった。

その夜は安居酒屋ではなく、高級ホテルのフランス料理店で祝杯を挙げた。ボトルで注文したシャンパンを水のように飲みながら、錦が言った。

「銀行なんてチョロいもんだな」

「あんな適当な計画で、よく人に金を貸そうと思うもんだ」

同調したのは川野辺である。

「まだまだ、これからだ。これは初回だから慎重にやった。だが、うまくいくことがわかった以上、もう遠慮はいらない」

幕田の目には暗い光が宿っていた。

勢いに乗った三人は、一か月おきのペースでビジネスローンを申し込んだ。金融機関は毎回、変えた。数十万円に終わることもあったが、最高で八百万円の貸し付けを引き出したこともあった。

説得の手口も徐々に洗練されていった。幕田は設立の経緯やターゲットを弁舌滑らかに語り、錦はこのために作成したシステムのサンプル画面を提示した。財務の見通しを語る川野辺の口調は穏やかで、いかにも堅実な経営を想起させる。

　こうして、三人は一年余りで総額三千八百万円を騙し取った。

　当然ながらこの間、〈フューチャーマックス〉が受託した案件は一件もない。


　そして、現在。コーポ宝田の五〇二号室で、三人は来たる税務調査に頭を悩ませていた。

「……マジで会社つくるしかないだろ」

　幕田の発言に錦が噛みつく。

「お前、正気か？」

「だって、それしかない。逃げたって無駄なのはさっき言った通りだ。やり過ごす方法は一つしかないんだよ。税務調査の間だけでも、会社が存在するように見せかける。他に方法があるなら教えてくれ！」

　室内がまた、静まり返る。

「……で、二週間で何をやる？」

　川野辺が湿っぽい口ぶりで言う。この男はすでに腹を決めたらしい。

「何もかもだ。まずはここをオフィスにする。設備も人も入れる。書類もすべて準備する。内容は全部デタラメだが、辻褄《つじつま》が合うようにしないといけない。あと二週間で、この部屋はＩＴベンダーのオフィスになるんだ」

「本当にやるのかよ」

錦の弱音を、幕田は「うるさい」と一喝する。

「仮にもCTOだろ。システムのことは錦しかわからない。お前がしゃきっとしてくれないと、すべてがパーになる」

「だって、肩書きだけだし」

まだぶつぶつと言っている錦を無視して、幕田は床にノートを広げた。

「今からやるべきことを書き出していく。思いついたらどんどん言ってくれ」

そう言うそばから、幕田はボールペンを動かしていった。川野辺が横からぽつりぽつりと言葉を挟む。黙って様子を見ていた錦も、やがて諦めたように加わる。

ざっと洗い出しただけでも、やるべきことは山積していた。

・社員役の確保
・オフィスの改装
・書類の作成
・納品物の作成

借り入れの名目を「人員増強」「賞与支払い」などとしていたため、社員は少なくともあと二人いなければ計算が合わない。オフィスにデスクを入れたりと、それらしく整える作業も要るだろう。

何より大変なのは、関係書類の作成である。見積書、発注書など、普通の企業なら存在するはずの書類をすべて揃えなければならない。税務調査官も当然、そういった書類はチェックするだろう。場合によっては納品物のコピーを要求してくるかもしれない。少なくとも、サンプルは見せられるようにしておくべきだった。

増えていく作業を前に、三人は辟易《へきえき》した。

「そもそも……税務調査ってどこまで見られるんだ？」

途方に暮れた幕田の言葉に、反応する者はいない。川野辺は前職でも税務調査の対応をした経験がなく、錦がそんなことを知っているはずもなかった。沈鬱《ちんうつ》な表情の幕田に、錦がおずおずと声をかける。

「この会社って、マックスフューチャーだっけ？」

「フューチャーマックスだよ！　いい加減、覚えろ。名刺も作ったろ」

「なくしちゃったんだよね」

悪びれる様子もなく錦が言う。ベランダに名刺入れを置きっぱなしにしたまま帰宅して、気が付けばなくなっていたという。

「ＣＴＯだって喜んでたくせに、名刺なくすなよ」

幕田はもはや怒る気力もなかった。

「あと、空《から》の紙パックは燃えるゴミに捨てろ。前みたいにベランダに置きっぱなしにしていくなよ」

ベランダには腰の高さまでの柵があり、一応隣室とは隔てられている。しかしゴミが捨ててあれば、臭いが漏れる。

「はいはい」

錦は生返事である。この部屋の管理は幕田がやることになっていた。次の燃えるゴミの収集日は二日後。どうしてこんなことにまで気を配らなければいけないのだ、とうんざりする。

幕田は苛立ち任せにボールペンの先端でノートを突《つ》きながら、作業をどう分担すべきか頭を悩ませる。結果、次のような案を作った。

・幕田：社員役のリクルート、オフィス改装
・川野辺：書類作成（メイン）
・錦：納品物の作成、書類作成（サブ）

「おいおい、俺一人でコード書くのか？」

真っ先に文句を言ったのは錦だった。

「しょうがないだろう。俺も川野辺も、一行もコード書けないんだから」

「そんな……デスマーチだ……これじゃ、会社にいた頃と同じだ」

情けない顔をしている錦の隣で、悲愴感《ひそうかん》を漂わせた川野辺が「ちょっと待て」と言った。

「書類作成は俺がメインでやるのか」

「そうだ。川野辺はそれだけでいい」

「一番大変なところだろ」

「ＣＦＯがやらずに誰がやるんだよ。下手に手分けするより、一番能力のあるやつが一人でやっ

たほうがいい。この中で経理がわかるのはお前だけだ。数字にも強い。俺や錦じゃ無理なんだよ」

「……確かに、一理ある」

川野辺はまだ不満げだが、一応は自分の役目を理解したらしい。幕田は頷《うなず》いた。

「この税務調査を乗り切れるかどうかは川野辺にかかっている。単純作業は錦に振っていいから、やりきってくれ」

「俺、そっちもやるのぉ？」

錦が悲鳴を上げたが、二人とも無視した。

「しかし、幕田の作業はそれだけか？　ラクそうじゃないか」

「だったら川野辺がやるか？　口の堅い、社員の演技ができるまともな人間を二人、二週間以内に調達する当てがあるのか？　オフィス用品を搬入して、このボロアパートを少しはましなオフィスに見せかけることができるのか？」

開き直った幕田に、反論する声は出なかった。

事実幕田は、調査官への印象を形成する重要な役目だと思っている。まともな会社だと思ってもらえるかどうか。それだけで、書類を見る姿勢もずいぶんと変わってくる。大企業でもなく、名も売れていない以上、好印象を与えるくらいしか手はない。

社員役の目星はついている。自分と同じように、あの会社を辞めさせられた元社員たちに声をかけるのだ。きっと仕事に困っているはずだし、高い日給を提示すれば喜んで参加するだろう。オフィスの整備も、文具メーカーにいた頃のツテを使えば何とかなる。元勤務先で培った経験を活用するのは癪《しゃく》だが、この際、つべこべ言っていられない。

作業する前から憔悴《しょうすい》しきった様子の二人を前に、幕田は立ち上がった。

「聞け」

川野辺と錦が、吸い寄せられるように顔を上げる。

「お前らこの一年ちょっと、おいしい思いしてきただろう？　一人当たり一千万円以上儲けた。ここでしくじれば全部おしまいだ。でも乗り切れば、どうだ？　これからもしばらくの間は続けられる。中小企業への税務調査はそう頻繁に入るものじゃない。一度クリアすれば、次は何十年先だ。それだけあれば、数億、数十億稼げる」

「そうなのか？」

錦が希望に顔を輝かせる。乗せられやすい性格である。

「ここが正念場だぞ。うまくいけば天国、失敗すれば刑務所だ。ここから先の二週間、死ぬ気でやれよ」

錦が見違えたような表情で「おう」と応じる。川野辺も覚悟を決めたらしく、静かに頷いた。

幕田は二人の顔を見渡し、「すぐに取りかかるぞ」と号令をかけた。脳裏にははるか昔、高校時代のことが蘇っている。部長として、部員たちを引っ張った高校生の日々だ。懐かしくも充実していたあの頃を、幕田はしみじみと思い出していた。

――絶対に成功させる。

こうして、不眠不休の捏造《ねつぞう》がはじまった。

○

税務調査官ほど、人から嫌われる仕事は他にない。私は本心からそう思っている。

人はとにかく、税金を毛嫌いする。納税は国民の義務だと教えられたところで、はいそうですか、と払う気にはなれない。一円でも多く儲けようと目論む経営者にとって、税務調査官は鬼か悪魔に映る。

この世に生を受けて四十七年。人と比べれば、経験した修羅場の数は多いほうだと自負している。経営者は追い詰められれば手段を選ばない。その事実をよく知っている。

こんなことをしているのも、好きこのんで、というわけではない。ただ、他にやるべきことが見つからなかっただけだ。

グレーのスーツに身を包み、ブリーフケースを右手に提げたまま、腕時計に視線を落とす。午前九時、五分前。続いて、目の前のドアに貼りつけられた真新しい表札を見やる。

〈株式会社フューチャーマックス〉

プラスチックの安っぽい表札は、表面が妙につやつやしている。咳《せき》払いを一つして、インターホンのボタンに手を伸ばす。屋内で鳴った電子音がかすかに聞こえた。

「はい、フューチャーマックスです」

スピーカーから女性の声が流れ出た。

「税務調査に参りました、鈴木と申します」

「承っております。少々お待ちください」

ぷつ、という音とともに通話が切れる。数秒後、玄関ドアは内側から開けられた。蝶番《ちょうつがい》のきしむ音が耳障りだ。

「お待ちしていました。どうぞ中へ」

ドアを開けたのは三十代くらいの、小柄な男だった。ＩＴベンチャーの代表らしく、スウェットに軍パンというラフな服装だ。ただし、身のこなしからどことなく抜け目ない雰囲気を醸し出している。

狭い玄関先で名刺を交換し、靴を脱ぐ。代表の男は幕田という名だった。幕田は名刺を手に、しげしげとこちらの顔を見つめてくる。

「何か？」

「……いえ。狭いオフィスですみません。まだまだ資金が脆弱《ぜいじゃく》でして」

廊下の先にあるダイニングが主な事務スペースのようだが、彼が言う通り、お世辞にも広大とは言えない。八畳ほどの空間に小さめのデスクを五つ、無理やり押し込んでいた。いかにも急ごしらえという風情だ。

作業をしていた従業員たちが、私の気配に気づいて立ち上がる。皆、足元はスリッパだった。

「お世話になります」

「どうぞよろしくお願いします」

部屋にいたのは三十代くらいの男が二人に、中年の女性と若い男性。それに幕田の計五人が、フューチャーマックスの全社員らしい。先ほどインターホンに応答したのは唯一の女性だろう。

三十代の男たちと、再び名刺を交換する。背広を着た痩せ型のＣＦＯが川野辺、Ｔシャツ姿の太ったＣＴＯが錦だった。二人とも、一目でわかるほど緊張している。普通、会社に税務調査が入れば多少なりとも緊張するものだ。ましてや最初ならなおさら。どこか懐かしむような気持ちが湧き上がってくる。

部屋の隅に簡易な応接セットが用意されていた。ひとまず、案内されたソファにブリーフケースを置く。長丁場が予想されるため、小用は先に済ませておきたい。

「お手洗いを借りても？」

「どうぞ。そちらの……」

幕田が言うより先に、廊下へ引き返していた。トイレのドアを開け、用を足して出てくると幕田が待ち構えていた。

「洗面所はこちらに」

浴室の手前にある洗面所で手を洗う。ふと、浴室のドアが半開きになっているのが見えた。洗い場や浴槽に膨らんだポリ袋が山と積まれている。見たところ、袋のなかには紙ゴミばかりが詰め込まれているようだった。

幕田が目隠しをするように、横から飛び出してくる。

「すみません、お見苦しいところを。浴室は普段使わないので、ゴミ置き場にしていまして」

「別に税務調査とは関係ありませんよ。しかし不要品を溜めすぎるのは、事業所としてはよくありませんな。あの程度の量なら、明後日《あさって》にでもゴミ捨て場に出せばよい」

「はあ。ありがとうございます」

部屋に戻ると、二人の経営陣が立ったまま待っていた。他の二人はこちらに背を向け、ノートパソコンで何やら作業をしている。

ソファに腰を下ろすと、急いで戻ってきた幕田が着席し、その両隣に川野辺、錦が座る。男ばかり四人が顔を突き合わせるのはいかにもむさ苦しい。

「ええと、顧問税理士さんはいらっしゃらないですね？」

「小所帯ですので、自前です」

幕田が答えた。

「そうですか。あまり感心できませんが、結構です」

「あの、私から質問してもよいでしょうか」

おずおずと幕田が言う。

「どうしてうちが選ばれたんでしょう？　創業して間もないし、規模も小さいのに」

「申告所得金額が正しいかどうか、確認するためです」

四角四面の答えを返した。

普通、調査官は調査先を選んだ理由を答えない。答えれば、対策を取られるかもしれないからだ。たとえば「決算に不審な点があったから」という理由だとして、それを素直に伝えれば、相手は決算関係の書類を出し渋るかもしれない。

幕田は何か言いたげだったが、結局「わかりました」と応じた。

「よろしいですか。それでは……」

「すみません。先に質問検査章をお願いできますか」

そう言ったのは、ＣＦＯの川野辺だった。

〈質問検査章〉は、調査官の身分を証明するものであり、税務調査の際には携行が義務付けられている。そして納税者から提示を求められれば、調査官は必ず提示しなければならない。

川野辺の発言に、内心で唸《うな》る。この男は特に注意が必要かもしれない。

「ご覧ください」

ブリーフケースから取り出された名刺大の質問検査章に、三人の視線が集まる。「ありがとうございます」という川野辺の返事を受けて、検査章を片付ける。

「さて、はじめましょうか」

その一言で、空気が一段と引き締まるのを感じた。


はじめに型通りの質問をする。創業年月や従業員の構成、主な業態や取引先。あらかじめ頭に入れてある事柄であっても、あえて質問する。幕田たちはそのすべてに、滑らかに回答してみせた。

「一番の主要取引先は、どこになりますか？」

「ワイ・ビー・ユーさんですね」

幕田が即答した。システム開発の受託会社だという。

「どういった発注内容で？」

「システム開発の再委託です。うちの錦の腕を買ってくれています」

「具体的には？」

その質問には錦が答える。

「要は、スマホゲームの開発です。デザイナーから下りてきた内容を実現させるために、マスターデータを設計、実装するんです。求められればリファクタリングもやりますけどね。言語はＣ＃が多いですけど、たまにＣ＋＋とか、Ｒｕｂｙも多少は。ＰＨＰも勉強しなきゃとは思ってるけど、なかなかね」

得意分野とあってか、錦はぺらぺらとしゃべり続ける。詳しい話はわからないが、とりあえず矛盾を指摘できるような点は見当たらない。と言うか、話していることの意味がちんぷんかんぷんである。

「よければ、実際の納品物を見せてくれませんか？」

錦の顔が、目に見えてこわばる。幕田に小突かれると、ようやく重い腰を上げた。デスクに置いてあったノートパソコンを応接セットまで運んでくる。

「存分に見てください。渾身の出来です」

錦が見せたノートパソコンのディスプレイには、英数字がずらりと並んでいる。画面をスクロールしても一見同じだ。さっぱり意味がわからない。

「なんだ、こりゃ」

思わずつぶやいていた。錦が「だから、納品物です」と応じる。

「こんなの見てもわからないでしょ。スマホの画面を見せてください」

「だったら最初からそう言えよな……」

錦がぶつくさ文句を言う。再び幕田に小突かれながら、錦はスマホを操作した。

「はい。こんな感じです」

錦が見せたスマホ画面の上半分には、女性キャラクターのイラストが表示されている。下半分は色とりどりのボールが飛び交っており、一種のパズルゲームだということがわかった。パズルの進捗《しんちょく》度合いによって、女性キャラクターの表情や仕草が変わるらしい。

「ほーう」

思いのほか、ちゃんとした作りである。「結構です」と告げると、錦は鼻息荒くスマホをポケットにしまった。

「次に、帳票類を見せていただきます」

ここからが税務調査の本題である。応じたのは川野辺だった。

「どこからはじめますか」

「まずは総勘定元帳と試算表から」

川野辺はすばやく手元のファイルを繰り、当該帳簿を差し出した。

「存分にご確認ください」

そう言った川野辺の両目は、異様に血走っている。この調査を乗り切るため、相当無理をしたらしい。よく見れば、幕田も神経が高ぶっているようで、いやに攻撃的な視線を浴びせてくる。一方の錦は出番が終わったことで安心したのか、調査中だというのにもう船を漕いでいる。

「……では、拝見します」

目を皿にして、帳票類の数字を確認した。かたわらには電卓を置き、時おり自身でも計算しながら数字の正誤をチェックする。

税務調査で確認する書面は多岐にわたる。

現預金出納帳、預金通帳、決算の元となる貸借対照表に損益計算書。各種契約書に、相手方の発注書、検収記録、発行した請求書や領収書の控え。給与台帳、出勤記録、作業日報、棚卸記録、等々。

気になる点が見つかるたび、容赦なく質問を繰り出した。だが川野辺は顔色を変えることなく、すべての質問に答えてみせる。論拠は十分と思えた。少なくとも、こちらの指摘を封じることができる程度には。

ひとまず正午で作業を中断し、昼休憩に入る。

「何か、出前を取りますよ」

すかさず幕田が言った。断ろうとすると、追い打ちをかけるように「この辺は飲食店もありませんから」と続ける。数年前ならともかく、近場にあった飲食店はほとんど潰れている。迷ったが、申し出を受けることにした。

出前を待っている間、気まずい沈黙が流れる。狭い部屋に大人が六人も顔を突き合わせていれば、当然であった。

「皆さんはどういった関係で？」

何気なく尋ねると、幕田が「高校の同級生です」と応じた。川野辺は無表情で窓の外など眺めている。堅実に仕事をこなすタイプだが、愛想はよくないらしい。三人のなかで最も頭の回転が速いのは幕田だ。

「ほう。そこのお二人は？」

「私の元同僚です」

幕田は文具メーカーの名前を挙げた。中年の女性と若い男性は、居心地悪そうに頭を下げる。話しかけてくれるな、という雰囲気をどこか感じた。

「私たちは、前の会社でひどい目に遭いましてね」

沈黙を埋めるかのように、幕田は饒舌《じょうぜつ》に語りだした。十五年以上、まじめに働いてきたこと。それなのに、会社から突然派遣社員になるよう言い渡されたこと。その線引きは学歴が基準だったこと。

「ひどいと思いませんか。派遣から正社員への登用はいいとして、その逆は許されませんよ。安心して働くことができない。実質的な解雇通告です」

演説のような語り口に、元同僚の二人もうんうんと頷く。幕田はいよいよヒートアップして、拳を振りかざした。

「私たちがこんな目に遭うのは、経営者の怠慢だ！　辞任するのはそっちのほうだ！」

「社長、もう少し小声で。壁が薄いんだから」

川野辺に諫《いさ》められ、幕田は急に声をひそめる。

「ああ……ごめん」

急に白けた空気が漂った。錦は我関せずといった顔で、また居眠りしている。

幕田の言い分などどうでもいい。だが、会社で苦労しているのが従業員だけでないことは知っている。経営者には、経営者なりの辛さがある。「社長」と声をかけると、幕田が顔を上げた。

「何でしょう？」

「外野からの意見として聞いてもらえればいいんですが、経営者もそうラクなものではないと思いますよ。あなたも社長なら、少しはわかるんじゃないですか？」

諭すように言うと、幕田はあからさまにむっとした。

「そうですかね。社員は経営者の横暴を止められない。公平じゃないですよ」

「なるほど……しかし一方で、経営者が裏切られることもある。かつての調査先で、こんなことがありました」

その時、ちょうど出前が運ばれてきた。皆でざる蕎麦《そば》を啜りながら、話を続けた。

「その会社は経営が順調で、業績はうなぎのぼりだった。そして急激に売上が伸びた企業には、調査が入りやすい。その会社にも税務調査が入ることになりました。社長は古くからの友人を財務責任者に据えていて、調査の対応もその財務責任者が担当しました。書類の準備も抜かりなく進めて、問題なく当日を迎えるはずだった。しかし」

そこでいったん言葉を切った。全員の視線が集まる。

「調査当日、財務責任者は姿をくらましました」

ふと、錦が川野辺を見た。川野辺は不快そうに顔をしかめる。

「仕方なく、社長が自ら対応することになった。税務調査がはじまると、出るわ出るわ、不審点のオンパレード。帳簿の数字が合わない、領収書や請求書が見当たらない。おまけに調査前日、大金が引き出されている形跡まであった。通帳を持っていたのは、消えた財務責任者でした」

幕田は終始、真剣な顔で耳を傾けている。

「財務責任者は横領の常習犯だったんですよ。帳簿をごまかそうとしたがごまかしきれず、進退窮まって逃げ出したんですね。しかも会社の金を持ち出して。結局、税務調査どころではなかった。もちろん重加算税の対象にはなりましたが」

「……それで？」

「以上です。経営者だから好き勝手できるわけではない。むしろ、従業員からの信頼を勝ち取れなければ、どんなに業績が良くても足をすくわれる。そういう話です」

話は終わりだ。そう告げる代わりに、勢いよく蕎麦を啜った。

川野辺や錦はどう受け取っていいのかわからないらしく、無言で食事をしていた。中年の女性や若い男性は、端《はな》から会話を聞いていない様子だ。ただ、幕田だけは箸を止めて私の表情を窺《うかが》っていた。

「面白い話ですね」

「……あくまで一例ですがね」

幕田は意味ありげな視線を送っていたが、何も言わずに蕎麦のせいろを片付けた。


昼食を済ませた後、休憩もそこそこに作業を再開した。若い男性が出したブラックコーヒーにも、ほとんど手をつけなかった。

引き続き、川野辺の提示した書類を確認していく。帳簿と原資料、通帳の数字を見比べていく。しかしどれだけ詳しく調べても、矛盾は出てこない。午後二時を過ぎ、三時を過ぎる。次第に焦りが募っていく。

手ぶらでこの場を後にするわけにはいかないのだ。彼らの弱みを明らかにしなければ、ここに来た意味がない。

強引な手を使ってでも、やるしかない。

目をつけたのは、〈ワイ・ビー・ユー〉という主要取引先だった。昼休憩でトイレを使った際に、この会社のことはスマホで調べた。間違いなく実在する会社であり、スマホゲームの開発受託をしていることも確認した。

ずっと無言で作業をしていたせいか、部屋には弛緩《しかん》した空気が流れている。書類と相対していたが、おもむろに顔を上げた。

「ちょっと、いいですか」

三人の経営者たちの顔が途端に引き締まる。幕田が「なんでしょう」と応じた。

「ワイ・ビー・ユーさんとの取引に不審な点がありまして」

幕田の顔がさらに引き攣《つ》る。

「不審、というと？」

「ここを見てください」

ワイ・ビー・ユーとの取引記録を指さす。

「同社から九月十九日に百万円、十月十二日に百万円、十一月九日に百万円が振り込まれていますね」

「それが何か？」

「スマホゲームの開発は、案件ごとに支払いが生じるものではないですか。一か月に一度、規則的に同額百万円が振り込まれるなんて不自然ですよ。ワイ・ビー・ユーとの間で何か不正な取り決めをしているんじゃないですか？」

苦しい指摘だということは自覚している。だが、どんなに無理があってもいちゃもんをつければこちらのものだ。

「いいですか」

幕田を遮って発言したのは、錦だった。

「俺から説明します」

「ほう。どうぞ」

「スマホアプリは開発して終わりではないんです。定期的に改修しないといけない。だから月に一度、発注が来るんです。それに内容はだいたい同じだ。工数が同じなら、同じ値段になるのは当然です」

堂々とした発言からは、経験に裏打ちされた説得力を感じる。だがこちらも折れるわけにはいかない。

「よくあるんですよ。売上を平準化するために、支払い方法を取引先と握っておくというのはね。売上が少ないと粉飾したくなるし、多すぎると節税したくなる。だから毎月同じ額を振り込ませるよう、事前に握っておいたんじゃないですか？」

錦が焦《じ》れたように身を乗り出す。

「だから……」

「ワイ・ビー・ユーへの反面調査を行います」

裁判官が判決を告げるかのごとく、気取って言い放った。反論しようとした錦は、言葉の意味がわからないらしくぽかんとした顔で私を見ている。

「反面……？」

「取引先の調査をするってことだよ」

苦々しい表情の幕田が、横合いから錦に告げた。

「えっ！　ワイ・ビー・ユーに裏を取るってこと？」

驚く錦に、「そういうことです」と言う。川野辺は瞼《まぶた》を閉じ、なりゆきに身を任せている。どうやら数字の帳尻を合わせることには長《た》けていても、突発的な質問への対応力はないらしい。

「税務調査官には質問検査権があります。その質問範囲には、御社だけでなく取引先も含まれます。不審な点が見つかれば、反面調査を行うのは当然のことです」

「待ってください、鈴木さん」

幕田は縋《すが》るように言う。

「強引です。それだけで反面調査なんて」

「やましいところがないなら、取引先に確認しても問題ないでしょう？」

幕田は苦り切った表情で押し黙った。川野辺は早くも諦めの境地に達しているようだった。対照的に、錦は無意味に左右を見回したりして落ち着かない。反面調査を持ち出せば、彼らになす術《すべ》がないことは最初からわかっていた。

いい、どうせ、全部捏造なのだから。

つい、顔に微笑が浮かぶ。ようやく主導権を握ることができた。肝心なのはここからだ。

「反面調査は嫌ですか？」

「それは、もちろん……信用にも関わるので」

幕田が心なしか、小声で答える。

「では、取りやめましょうか」

「本当ですか！」

「その代わり、相応の対価はいただきたい」

勝手に笑みが深まる。幕田が眉をひそめた。

「相応、と言うと」

「そうですね。ワイ・ビー・ユーさんから受け取っている――そういうことになっているのと同じくらいの金額を、毎月いただければ十分です」

とっさに三人が顔を見合わせた。穏やかな口調で続ける。

「ここで反面調査をやれば、御社にとっては非常に困った事態になる。逆に、この調査が終わってしまえば、しばらく御社に税務調査は入らないでしょう。この場を乗り切ることを考えれば安いものだと思いますがね」

再び三人の視線が交錯する。

勝算はあった。彼らは反面調査を恐れている。取引実態がないとわかれば、さらに調査の手が伸び、いずれペーパーカンパニーであることがばれるからだ。最悪の事態を引き起こすくらいなら、多少の痛手を許容したほうがましに違いない。

幕田は青白い顔で席を立った。

「……少し、時間をください」

「どうぞ」

三人は連れ立ってベランダへと出た。窓を閉めれば室外の会話は聞こえないが、ガラス越しに激しく口論している様子は窺うことができた。幕田が何かを述べるたび、錦が驚きながら反論している。そこに川野辺が時おりコメントを差し挟む。

大方、対価を支払うかどうかで揉《も》めているのだろう。それによって自分の取り分が減ることを、錦は懸念しているのだ。話の流れはどうあれ、彼らは対価支払いを選ぶしかない。

それしか、フューチャーマックスが生き延びる道はないのだ。

十五分ほど経って、三人はベランダから室内へ戻ってきた。揃って、陰険な目でこちらを見ている。恨まれるのは仕方がない。正面からその視線を受け止めた。

「結論を聞きましょう」

「……その前に、私からお尋ねしたいことがあるんですが」

正面に腰を下ろした幕田が言った。錦はその隣に座り、川野辺はトイレへ向かう。

「構いませんよ」

値引き交渉か。多少は応じてやらないこともない。

「ずっと気になっていたんですが、弊社が税務署に提出した書類は持っていないんですか？」

「はい？」

予想外の質問に戸惑う。

「この調査は、申告所得金額が正しいかどうか確認するためだと言っていた。それなのに、あなたは弊社の提出した記録を見ずに、帳簿だけを確認している。それはちょっと、おかしいんじゃないですか」

「……見るまでもない。事前に税務署で確認してきたので」

風向きが怪しい。ベランダで何を話していたのか。

「失礼ですがもう一度、質問検査章を拝見しても？」

幕田が次の質問を繰り出す。断るわけにもいかず、渋々先ほどと同じ質問検査章をテーブルの上に置く。幕田と錦はそれをまじまじと見つめている。あまり見ないでくれ、と言いたくなるが、ぐっと堪《こら》える。

トイレに立った川野辺が、戻ってくるなり幕田に告げた。

「さっきもらった名刺の税務署に電話した。鈴木という調査官は在籍していない。ついでに言えば、うちに対する税務調査の予定はないらしい」

顔から血の気が引いていく。下唇を噛む。

こいつらを甘く見ていた——。

幕田が両手を組み、テーブルに載せた。その目はまっすぐに私を見ている。

「あなた、何者ですか？」

○

「最初から妙だと思っていました」

幕田はこれ見よがしに目を細める。

「あなたは私が案内する前からトイレの場所を知っていた。つまり、ここに来る前から間取りを知っていたんです。もっとおかしかったのは、トイレを出た後だ。紙ゴミを見たあなたは、明後日にでもゴミ捨て場に出せばよい、と言った。今日でも明日でもなく、どうして明後日？　答えは簡単で、あなたは最寄りのゴミ捨て場が何曜日にどのゴミを収集するか知っていた。明後日は、燃えるゴミの日だ」

先ほどまで余裕綽々《しゃくしゃく》だった鈴木の顔に、脂汗が浮く。いや。鈴木と名乗った男、と言ったほうが正確か。

「このアパートはすべて同じ間取りです。そしてアパートの住人なら、当然ゴミの収集日を知っている。鈴木さん。あなたは、コーポ宝田の住人ですね。もっと言えば、あなたはこの五〇二号室の、隣の部屋の住人ですね？」

幕田は壁を指さした。そちらは隣室、五〇一号室の方向だった。

「……何を、何を根拠に」

泡を食った鈴木が早口で言う。

「税務署が、調査計画や職員の在籍について軽々しく話すわけないだろう。デタラメだ」

「鈴木という自称税務調査官が来ている、と告げたら教えてくれましたよ。向こうも肩書きを詐称されたら困るんでしょう。こちらから通報すると伝えたので、まだ警察に連絡は入っていません」

川野辺は淡々と告げる。先ほどまでの諦めは、いつの間にか消えていた。ムキになった鈴木の顔が真っ赤に染まる。

「だとしても、だとしても！　このアパートの住人ではない！」

「まだ言いますか」

「隣の部屋の住人でもない！」

幕田は呆れてみせる。

コーポ宝田の住人であること、そして鈴木がいやに慌てていることをあわせて考えれば、彼は隣人とみて間違いない。密談はいつも、この五〇二号室で行われた。五〇一号室の薄い壁に耳を当てれば、こちらの会話を聞くことができる。明瞭ではなくとも、要点くらいはつかめるだろう。

三人以外でこの会社の秘密を知ることができた人間は、隣人だけなのだ。

自称・鈴木なる隣人は、税務調査の電話をかけた時から、金を騙し取ることが目的だった。三人の悪事を知った鈴木は、どうにかこれを自分の利益につなげられないか思案した。普通に脅すだけではダメだ。鈴木は証拠を手にしていないため、こちらはいくらでも言い逃れできる。知恵を絞った彼は、税務調査官になりすます、という手を思いついた。内部資料を閲覧すれば不正の種を発見できると踏んだのだろう。

しかし、当ては外れた。資料からは不正の証拠を発見できなかったのだ。そこで苦肉の策として、反面調査を持ち出して脅した。

以上が幕田の推測である。

おそらく錦が名刺をなくしたのも、この男に盗まれたせいだ。ベランダに置きっぱなしにしていた名刺は、隣室のベランダから手が届く。届かなかったとしても、隔てるのは腰までの高さの柵だけだ。乗り越えるのは容易である。錦の名刺を見て、彼は社名や電話番号を知ったのだろう。

「とにかく、あなたが偽物の税務署職員であることは明らかです。この場で警察に通報してもいいんですよ。それでもまだ、否定しますか？」

幕田がダメ押しの一言を放った。

鈴木の顔は赤黒く鬱血《うっけつ》していた。よほど頭に血が上っているらしい。歯を食いしばり、充血した目で睨んでいる。

「詐欺師どもが……」

本性が現れた。とっさに幕田は身構える。だが、鈴木がつかみかかってくる気配はなかった。彼は拳を握りしめ、テーブルに叩きつけた。

「わかってるんだぞ。お前ら、ペーパーカンパニーを作って銀行から金を騙し取っているだろうが。全部知っているぞ！」

「何のことですか」

幕田は首を傾《かし》げ、とぼけてみせた。

「根拠はありますか。誹謗中傷ですよ」

「アプリまで作って、詐欺なんかするわけないでしょ」

川野辺と錦も調子を合わせる。すべてベランダで打ち合わせた通りだった。

――あの鈴木ってやつ、偽物のような気がする。

幕田がそう告げた時、嘘だろ、と錦は驚いた。

――税務調査の連絡を受けたのは、お前だろう。そこから騙してたってことか。

――あの時の連絡も電話だけで、書面はない。俺もすっかり信じ込んでいたが、さすがに不審点が多すぎる。

——マジかよ……。

——川野辺。部屋に戻ったら税務署に確認してくれ。俺はあのクソ野郎を直接問いただす。もし偽物だとわかっても、手の内は明かすなよ。俺たちはあくまで、善良なフューチャーマックスの経営者だ。

「そんなわけないだろ！」

鈴木は座ったまま足を踏み鳴らした。子どもが駄々をこねるようだ。

「聞いたぞ。ビジネスローンで荒稼ぎして、返済できなくなったらケツまくって逃げるつもりだろう。立派な詐欺だ。経営ってのは、そんなに甘くない！」

「ですから、その証拠は？」

幕田はあくまで穏やかに尋ねる。

鈴木は頭をかきむしった。冷静沈着な税務調査官の姿は、見る影もない。

「くそっ。お前ら、いったいどうやった……請求書や納品書は偽造できても、通帳の数字まで正しいなんておかしいじゃないか」

「おかしくはありません。ただ、取引実態があるだけです」

「うるさいっ！」

喚《わめ》き散らす鈴木に、思わず「静かにしてください」と言いかけたが、よく考えれば隣の住人は目の前にいる。気を遣う必要はないのだ。

それにしても、やけに税務調査に詳しいこの男は何者なのか。一般人がここまで手際よく、税務調査官を偽装することができるのか。帳簿を確認する手つきといい、豊富な知識といい、ただの思い付きとは考えられない。

荒い息を吐く鈴木は、改めて三人に鋭い視線をよこした。

「もういい。お前ら、この部屋から出て行け！」

想定外の発言だった。意味がわからない。錦が「はぁ？」と言う。

「あなたにそんな権限、ないでしょう。ただの住人なのに」

「あるんだよ」

目の前の男はおもむろに立ち上がり、腕を組んで幕田たちを見下ろした。

「宝田洋平《ようへい》。このアパートのオーナーだ」

○

アホ面《づら》が三つ並んでいた。

幕田、川野辺、錦が、揃って口を半開きにして私を見ている。さぞかし意外だったろう。いい気味だ。正体を明かすのは避けたかったが、もうどうでもいい。

「えっ……待って、待って。オーナーが隣に住んでいたってこと？」

最初に我に返った幕田が問いかけてきた。

「何が悪い」

「いや、でも……オーナーは飲食店を何店舗も経営している金持ちのはずだ。確かにインタビューを読んだ。金持ちが、こんなボロアパートに住む必要はない」

湧きあがる屈辱感を奥歯で嚙み潰した。

「昔のインタビューだろう」

確かに、そういう時代もあった。

すべては一軒の居酒屋からはじまった。このアパートの近くにあった小さな居酒屋。寂れた住宅街の外れという立地の悪さにもかかわらず、料理の旨さが評判を呼び、開店するなり繁盛店になった。近くに支店を開くと、これも当たった。知人の勧めでバーも展開し、やはり受けた。仕掛けたコンセプトがことごとく当たり、会社は急成長した。私は社長として昼夜問わず采配を振るった。

最盛期は十年前。居酒屋やバーを九店舗経営し、売上は十億円の大台に乗ろうかというところまで伸びた。ビジネス雑誌や業界紙からのインタビューを受けたのも、一度や二度ではない。あの頃は贔屓目《ひいきめ》抜きで、飲食業界の寵児《ちようじ》だった。

何もかもがうまくいっていた。古くからの友人に裏切られるまでは。

「もしかして」

何かに気付いた様子の川野辺が口を開いた。

「昼食の時に話していた、財務責任者に裏切られた経営者って……」

「そういうことだな」

落ち着きを取り戻した幕田が、したり顔で頷く。

「そうだよ。税務調査の直前に会社の金を持ち逃げされたのは、俺だ」

気づけば、私は三人を前に来《こ》し方《かた》を語っていた。

あいつとは、創業前からの親友だった。心から信用していた。だから財務責任者という重要ポジションを任せたし、あいつも期待に応えてくれていた。だが、そう思っていたのは私のほうだけだった。

　急成長した私の会社は税務署に目をつけられ、調査が入ることになった。面倒ではあるが、何ら心配はしていなかった。多少のミスはあっても、大事にはなるまい。何しろ親友が仕切っているのだから。

　高をくくっていた私は、当日になってあいつが行方をくらましたと聞き、腰が抜けるほど驚いた。無断欠勤どころか病欠すらほとんどなかった男が、連絡もつかず、自宅からもいなくなっている。しかし税務調査は待ってくれない。

やむなく私がありあわせの資料で対応したが、その結果は惨憺《さんたん》たるものだった。

大量に見つかる不正の痕跡。調査官の陰険な視線。いつ終わるとも知れない帳簿確認。通常なら二、三日で終わるところが、私の会社の調査は五日かかり、巨額の重加算税が課せられた。警察には業務上横領の被害届を出したが、だからといって税金が減額されるわけではない。

　あの税務調査から、すべてが崩壊した。

コンプライアンスに問題ありと知ると、優秀な社員から順に辞職した。そのせいか、売上も落ちていった。連鎖的に店舗を畳むことになり、昨年、最後の一軒を閉じた。会社は清算し、私は代表取締役社長の肩書きを失った。

　手元に残ったのは、昔、知人に勧められて買った古いアパート一棟だけ。アパート経営と呼べるようなことはしていない。ただ買って持っていただけだ。家賃がかからないので、自らその最上階、五〇一号室に住むことにした。

年季が入っているため入居希望は少なかったが、改装する元手もない。せめてもの節約のため、住人たちはすべて五階のフロアに集めた。そうすれば、二階から四階は外廊下の電気代もかからないし、共用部分が傷むのも一フロアに抑えられる。涙ぐましい努力だった。

わずかな貯金と雀《すずめ》の涙ほどの賃料を食いつぶし、無為に毎日を過ごしていた、そんな時だった。

薄い壁を通して、隣室から男たちの会話が聞こえた。入退去の対応を任せている管理会社からは、最近、幕田という男が入居したばかりだと聞いていた。

「注意深く会話を聞いているうち、お前らがしていることがわかってきた。悔しかったよ。まじめに経営してきた自分がバカみたいだった。そう思うとどんどんお前らのことが憎くなってきて、こいつらなら金を奪っても構わない、文句を言われる筋合いはない、と思うようになって……」

「だから偽の税務調査をでっちあげて、金を巻き上げようとしたのか」

ふん、と錦が鼻を鳴らす。

税務調査のことなら、他人より詳しいつもりだ。何せ、本物の職員からみっちりと調査を受けている。あの悪夢の五日間は、忘れたくても忘れられない。私の人生が転落に向かったきっかけだ。

「あなたは経営者だったから、経営者が何を言われれば嫌かもわかったんですね」

川野辺の言葉に小さく頷く。

「……それで？」

幕田の言葉が冷たく響いた。

「別に俺たちをこのアパートから追い出すのはいいけど、どう落とし前つけるんだ？　俺たちはあんたを警察に突き出すこともできる」

「それならこっちも、お前らの悪事を密告してやる」

「証拠はない。幸い、それなりの調査には耐えられるだけの準備だってできている。あんたのおかげだよ」

ソファを蹴るように立ち上がる。幕田も席を立った。

「そもそも、あんたをこの部屋から出さなければいいだけの話だ」

錦が百キロは軽く超えていそうな巨体を揺すっている。こいつらは私より一回りは若い。対するこちらは怠け切った身体の四十七歳だ。複数人で押さえ込まれれば、ひとたまりもない。踵《きびす》を返して逃げ出そうとしたが、すでに玄関の手前に若い男が立っていた。三人に気を取られて、他の社員の動きを見逃していた。

万事休す。

こめかみを冷たい汗が流れる。

「教えてくれ。どう落とし前つける？」

「土下座とか、そういう精神論はやめてください。得にならないので」

「この野郎、あんな面倒くさいことさせやがって。こっちは一人デスマーチだぞ」

幕田が、川野辺が、錦が、詰め寄ってくる。口のなかが渇いて声が出ない。

さあ、どうする。

まだまともな経営者だった頃の記憶が蘇る。あの頃も、絶体絶命と思われたピンチが幾度もあった。だがそのたび、アイディアと胆力で乗り切ってきた。今の状況だって、抜け道がきっとある。あるはずだ。

「……一つだけ」

苦し紛れに思いついたセリフを、どうにかひねり出す。

「一つだけ、教えてほしい。あの通帳はどうやって偽造したんだ？」

「あんたに言う義理はない」

「違う。私なら、お前らの技術をもっと有効に活用できる！」

幕田が怪訝そうな顔をした。

頭が高速回転をはじめる。自分の口にした一言から、反撃のきっかけをつかんでいた。

「どうやって作ったか知らんが、あの偽造通帳はよくできている。最初から粗を探していたが、どう見ても本物にしか見えなかった。この税務調査のためにわざわざ用意したんだろう？」

「……まあな」

「これで終わらせるのはもったいない！　あれだけ精巧な偽造通帳があれば、欲しがる経営者はいくらでもいる。それこそ、後ろめたい税務処理をしている連中は山といるんだ。通帳の日付や金額を自由自在に操れると知ったら、大金を出してでも買いたがるやつらがごまんといる。そうだ。私と手を組もう！」

殺気立っていた幕田たちが、困惑したように顔を見合わせた。

手応えがあった。いける。

さらに勢いづいた私の口調は、熱を帯びていた。

「でかいビジネスチャンスをつかんでいることに、まだ気付いていないのか？　私は大勢の経営者とのコネクションがある。これを欲しがりそうなやつも知っている。もしお前らが望むなら、いくらでも紹介してやる」

「あんた、自分が何言っているかわかってんのか？」

幕田は眉根を寄せていた。

「もちろん。自分たちのやっていることが詐欺だという自覚はあるんだろう？　どうせやるなら、もっとでかい当たりを狙え。数千万とか、そんなみみっちい規模じゃない。数億、数十億だ。それが狙えるだけのネタを、お前らは持っている」

錦が「そうなの？」と誰にともなく問いかける。川野辺も無言だが、まんざらでもなさそうな表情だ。揺れているのは明らかだった。

あと一押しだ。

「通帳だけじゃない。その他の書類も、答弁も、よくできていた。全部売り物になる。この税務調査を乗り切るために培《つちか》ったあらゆるノウハウは、他社に売り込める。後ろ暗い経営者のための、〈捏造コンサルティング会社〉の誕生だ！」

芝居がかった口調で断定し、両手を突き上げる。

思わず、といった雰囲気で錦が「おお」と漏らした。陰険な目をしていた川野辺が瞑目《めいもく》しているのは、頭のなかで損得勘定をしているからだろう。頭数を揃えるために連れて来られた二人の社員まで、熱っぽい目をしている。

問題は、こいつだ。

幕田は腕組みをしてあさっての方角を見ていたが、やがて重々しく口を開いた。

「……俺たちは、経営者への復讐のためにこのビジネスをはじめた」

しんと静まりかえった。室温が二、三度下がったように感じる。

「この社会は労働者に対してあまりに不利だ。だから経営者の立場を悪用して、ぼろ儲けをしてやろうと企んだ。だから……」

「だから？」

思わず唾を呑む。

「やるからには、徹底的にやる。鈴木さん——いや、宝田さん。あんたの提案に乗る」

幕田は「異論は？」と二人に尋ねる。川野辺と錦は首を横に振る。

「決まりだな」

その一言で、力が抜けた。本当に、何とかなった。

安堵感《あんどかん》が全身を包み、へたりこみたくなる。だが表向きは冷静に「ありがとう」と応じた。幕田がここぞとばかりに顔を近づけてくる。

「言っておくが、主導権は俺たちにある。あんたの言う技術やノウハウを持っているのはこっちだ。あんたの役割は、あくまで経営者たちに渡りをつけること。それでいいな？」

「結構」

「よし。それなら早速、条件の交渉といこう。それと昼飯の蕎麦の代金は払ってくれ」

それから、私は幕田たちと新しいビジネスについて協議した。双方の分担と取り分を決め、彼らが持っている技術を洗い出した。偽造通帳は、幕田の元勤務先である文具メーカーのツテを使い、業者に頼み込んだらしい。

「よくそんな、犯罪の片棒を担いでくれる相手が見つかったな」

「あんたが言うか……まあ、今はどこも苦しいんだよ」

要は、経営難に苦しむ業者の弱みにつけこんだということだ。

そう。経営者は追い詰められれば、何でもやる。嘘、ごまかし、捏造。それで会社が生き長らえるなら、どんな手でも使う。通帳の偽造でも何でもやる。幕田たちはそれを熟知していて利用した。

彼らはよくやっている。運もある。

だが、甘い。

先ほどまでの険悪なムードが嘘のように、私たちはくだけた調子で話していた。

「あんたもこれで仲間だな」

緊張の解けた顔で、幕田が言う。私は抜け目なく微笑を返す。

甘い。甘すぎる。

——なあ、知ってるか?

かつて、親友が言っていたセリフを思い出した。確かあれは姿をくらます前。まだ、財務責任者として信頼しきっていた時だ。

——英語で〈カンパニー〉と言えば、〈会社〉とか〈仲間〉という意味だろう? でも元々は

〈一緒にパンを食べる間柄〉って言葉が語源らしいよ。

藪《やぶ》から棒に何を言っているのか、わからなかった。発言の意図を問いただすと、何でもない、とごまかされた。数日後、やつは横領の痕跡を残して消えた。

今なら、親友が言いたかったことがわかる。

仲間だから、友人だから、同じパンを食べるんじゃない。

同じパンを食べている時だけ、仲間でいられるのだ。

この世に永久不滅の関係などない。友情も、恋愛感情も、親子の絆も、時と場合によってめまぐるしく変わる。ついさっき、確かに「私と手を組もう」と言った。だがそれも、これから先ずっと、という意味ではない。ほんの一時、同じパンを食べよう。そう告げたに過ぎない。

幕田たちはすっかり打ち解けた空気で、雑談に興じている。中年の女性や若い男性も、これを機に正式に社員として登録するらしい。新しい船出といったところか。まったくバカらしい。

結局のところ、こいつらは従業員根性が抜けていないのだ。どこまでも楽観的で、自分以外の誰かが何とかしてくれると信じている。経営者がにこやかにインタビューに答えるその裏で、どれだけの苦悩を背負っているか想像することすらできない。

私はできるだけ人が好《よ》さそうに見える笑顔をつくり、相槌《あいづち》を打ちながら、腹の底でまったく別のことを考えていた。

どのタイミングで裏切り、どういう手はずで金を持ち逃げするか。

まずはいくつかの取引先を紹介し、信頼させる。そのうえで機を見て、取引先に振込口座を変更させる。これが最もスマートなやり方だろう。好都合なことに、私が分け前を横取りしたところで、彼らは泣き寝入りするしかない。詐欺師は詐欺にあっても警察に訴えられないからだ。

つい笑いがこみ上げる。窮地に追い込まれた時ほど、経営者の真価は問われるものだ。

テーブルの上に置きっぱなしにしていた偽の質問検査章に視線が吸い寄せられる。いつの間に滴《しずく》が飛んだのか、鈴木という偽名のところがコーヒーの染みで汚れていた。さりげなく指先で拭き取ると、染みは余計に広がり、偽名が黒く塗りつぶされた。

○

その社名には、まったく心当たりがなかった。

昨日の午後、フューチャーマックスの財務責任者を名乗る男から電話があった。たまたま手の空いていた私が対応したが、その会社に鈴木と名乗る税務調査官が来訪したらしい。うちには鈴木なんて調査官は在籍していないし、そんな調査も実施していない。

税務署の職員を名乗って個人情報を聞き出そうとしたり、金を受け取ろうとする詐欺は古くからある。警察には会社から連絡すると言っていたが、果たしてあの後通報したのだろうか。

作業が切りのいいところで終わったため、資料を閲覧してみた。株式会社フューチャーマックス。設立されたのは一年と少し前だ。事業概況説明書に目を通す限り、システム開発の受託が主な業務らしい。

決算書は形にはなっている。けれど、貸借対照表や損益計算書にはどことなく作り物めいた気配が漂っていた。頭で考えた数字を当て込んでいる感じがする。嘘をついている会社は必ずどこかに痕跡を残しているし、歴戦の税務調査官であればそれを嗅ぎ取る嗅覚を身につけている。これは抽象的な仕事論ではなく、長年の経験から悟った事実だ。

資料のコピーを取り、デスクの端のトレーに入れておいた。そのトレーには今後の調査先がリストアップされている。早ければ、来月にはフューチャーマックスの調査に入ることになるだろう。

それにしても。

世の中には、本当にバカな経営者が多すぎる。税務署が年間どれだけの会社を調査していると思っているのか。小手先の細工を見破ることなど、本職の私たちにかかれば朝飯前だ。それなのに、安易な抜け道を探して利益をごまかそうと試みる輩《やから》がいかに多いことか。

資本主義という舞台の主人公は、経営者だと言える。しかしその舞台の脚本を書いているのは、私たち税務署だ。どんなに優れた役者であっても、脚本には従うしかない。税務署がいるから、資本主義は成り立つ。

鼻から吐息が漏れた。鼻息一つで吹き飛んだ資料は、デスクの下に落ちて汚れてしまった。コピーでよかった。私は汚れた資料を処分するため、シュレッダーにかけた。

フューチャーマックスの社名は細かく断裁され、跡形もなく消え去った。

極楽

目の前に立っている制服の男は、私より干支《えと》三周分ほど年下に見えた。いかにも面倒くさそうな顔つきで、手帳に何やら書きこんでいる。私は硬いベンチに座って顔をうつむけていた。ボロが出ないように。それだけを祈っていた。

私たちは人気《ひとけ》のない公民館のロビーにいる。受付の女がそわそわとした様子でこちらを窺《うかが》っている。さっき話しかけた相手だ。名前も住所もわからないと告げると、しばらくしてこの男がやってきた。

男は県警の職員だと名乗った。

「通報を受けて、あなたの身元確認のために来ました。おうちに帰れるように、お手伝いしますんで。ちょっと質問させてください」

若い警察官の態度からは、早く済ませたい、という意思が透けている。さほど経験豊富には見えない。なんとか騙し通せるだろう。

「お名前と年齢、思い出せませんか」

問いかけに、少しだけ顔を上げる。戸惑ったような表情をつくってから、しおらしく頭を下げてみせる。

「……すみません。ちょっと、わからなくて」

福本清江《ふくもときよえ》。六十六歳。

生まれは和歌山の田舎町。短大を卒業して、和歌山市内の工場で経理として働いた。職場で出会った男と二十八歳で結婚した。息子が生まれてから夫は家に寄り付かなくなり、四十四歳で離婚。仕事を求めて大阪に移り住み、いくつかの飲食店で給仕の仕事をしながら息子を育てた。息子が詰まる生活のなかで、パチンコだけが唯一の趣味だった。息子が就職してからは歯止めがきかなくなり、カードローンや街金で金を引き出しながらパチンコを打った。誰にも言えないまま借金が数百万円にまで膨れ上がり、どうにもならなくなって逃げた。

私の頭は、自分の経歴をはっきりと記憶している。だがそれを口に出すことはない。

「鞄《かばん》のなかに、身元がわかるもの入ってないですかね」

警察官に促され、唯一の荷物であるショルダーバッグのなかを探ってみる。老眼鏡、ポケットティッシュ、飴《あめ》、財布。入っているのはそれだけだ。

「他にないですか？」

ベンチの上に品物を並べた私に、警察官が苛立《いらだ》たしげに尋ねた。開いたままのショルダーバッグを逆さにしてみせる。

「その、財布のなかにカードとか入っていませんか」

折りたたみ財布を開いてみせるが、そこには現金しか入っていない。運転免許証や保険証は、この公民館へ来る前に捨ててきた。携帯電話も水に浸して、金槌で叩いて、動かなくなったのを確認してから捨てた。大阪のアパートに置いていくことも考えたが、万が一借金取りがロックを解除して、知人に連絡したら面倒だ。

　身元がわかるものは、何一つ残っていない。

　財布に小銭と千円札しか入っていないことを確認すると、相手は盛大なため息を吐《つ》いた。

「どうやってここまで来たか、教えてもらえますか」

「はあ……ほとんど覚えていないんですけど……」

　方言が出ないよう注意しながら、経緯を語った。

　昨日の昼、買い物のため外に出たが、気が付いたら知らない町にいた。近くの停留所からバスに乗り、駅へ行った。家に帰らないと、と思いながら電車に乗ったが、いつの間にか知らない場所へ来ていた。慌てて電車を降り、近所を歩きまわってこの公民館にたどりついた。

「電車にはどれくらい乗っていたんですか」

「三十分かな」

「ご自宅の最寄り駅は」

「それは……」

「わからない？」

　こくりと頷《うなず》く。

　もちろん、すべて入念に準備した作り話だ。実際は新大阪から東京まで新幹線に乗り、在来線と東武線で栃木県内まで移動した。栃木を選んだことに大した理由はない。なんとなく東京から離れたかっただけだ。

　私の作り話を聞いた警察官は、多少安堵《あんど》したようだった。

「三十分くらいなら、ご自宅はそれほど離れていないようですね」

「じゃあ、すぐに帰れるんでしょうか」

心細げな声を出してみせる。相手はそれには応じず、ロビーの自動ドアに視線をやった。

「近くに警察署があるんで、そこでもう少し詳しい話を聞かせてもらえますか」

一瞬、緊張が走る。しかし不安げな表情は崩さない。

「はい。よろしくお願いします」

大丈夫。ばれてはいないはずだ。嘘だと見破られるようなボロは出していない。警察官に案内されるまま、私は公民館を出た。春の陽気が心地いい。散歩にはちょうどいい気候だった。

自動ドアを通り抜けるまで、受付の女の視線が背中に刺さっていた。


きっかけは、チンピラからのひと言だった。

先月の夜、猛烈な勢いでアパートの玄関ドアを叩かれ「火ぃつけたろか」と言われて渋々ドアを開けた。放火が怖かったというより、それを聞いた住人に通報されるのが嫌だった。取り立てに来たチンピラは二人組で、二十歳前後の金髪の男と、兄貴分と思《おぼ》しき三十代くらいの男だった。

若いほうの男がひとしきり喚《わめ》き散らした。ドアを開け放したまま、私は玄関で土下座をした。

「勘弁してください。もうちょっと待ってもらえませんか」

「なんぼほど待ったらええねん」

「……一週間」

ドアを蹴る音が辺りに響いた。

「どんだけ待たすつもりや。おい、ババア。お前ボケとんのか」

「……え？」

「前も一週間言うとったやろ。忘れよって、ほんまにボケとるんか」

忘れていたわけではない。本当に、一週間後には返すつもりだったのだ。パチンコで当たれば利息分くらいは何とかなる。だが、ここは忘れたふりをするのがいいような気がした。いや覚えてますわ、と言ったところで怒りは収まらないだろう。だったらとぼけたほうがいい。

「……ボケてるんかもしれません」

そう答えると、金髪の男は牙を抜かれたような、ぼんやりとした表情になった。玄関先に白けた空気が流れる。このままごまかせるかもしれない。そう思った矢先、背後にいた兄貴分が口を開く。

「ボケても入院しても、借金はなくならんで」

その発言で金髪の男は我に返り、また私を詰《なじ》りはじめた。

平謝りしながら考えた。先ほどの白けた空気。若い男は、明らかに責めあぐねていた。同情心からではないだろう。責めても響かない相手をどう脅していいかわからないからだ。

ひとしきり罵詈雑言《ばりぞうごん》を並べ立てた後、三日後までに利息分を支払うよう言い残してチンピラたちは去った。玄関ドアを閉めた私は、一人、逃走の算段を立てはじめた。

キーワードは認知症だ。六十六の私は、少し若いけれど、一応は認知症を患《わずら》ってもおかしくない年齢にさしかかっている。この病をうまく利用すれば借金苦から逃げおおせるのではないか。

最初に考えたのは、認知症を装い借金そのものを忘れたふりをすることだった。

だが、それは無理があるとすぐに考え直した。取り立てに来る連中は普段の私を知っている。いきなり借金なんて知らないと主張しても、信憑性に欠ける。それにあの兄貴分が言っていたように、ボケたという事実だけでは借金は消えない。仮に認知症だと信じたとしても、何とか私に責任を取らせようとするだろう。私自身、脅迫されても嘘を貫き通せる自信はない。

——待てよ。

狭い部屋で頭をひねっていると、ふと閃《ひらめ》いた。

——別に、チンピラ相手に嘘をつく必要ないやんか。

連中は、私から金を取り立てようという悪意に満ちている。怪しいところがあれば、決して見逃さない。けれど善意の人たちが相手ならどうか。病人のふりをすれば、騙すのは難しくないのではないか。

そう気付いた時、逃走計画がにわかに具体的になった。

どこか遠い場所へ逃げ、身元を忘れた認知症患者のふりをする。名前も住所も覚えていない私は、無名の人間として保護されるはずだ。顔や身なりだけで身元を捜し出せるほどの情報網はどこにもないとみた。借金取りたちも、名前を捨てた私を追いかける手立てはない。福本清江という存在をこの世から消す、完璧な逃走だった。

唯一の心残りは息子だった。すでに三十代なかばで、妻も子もいる。私が姿をくらませば、借金取りたちは息子のもとへ向かうだろう。心苦しさはある。だが、仕方ないとも思えた。大人になるまであの子を育てたのは私だ。立派な社会人になった息子なら、数百万は返せない金額でもあるまい。最後の親孝行だと諦めて、背負ってもらおう。

——これしかない。

思いついた名案に自分で感心しながらも、すぐには行動に移さなかった。一世一代の博打《ばくち》なのだから下手は打ちたくない。下調べくらいはしておきたかった。

翌朝、開館と同時に図書館へ飛び込んだ。認知症に関する本は山ほどあったが、そのなかでも徘徊《はいかい》や失踪者について書かれたものを選んだ。

認知症患者の失踪は日常的に発生している。ある本によれば、認知症やその疑いがあり行方不明になった人は、一年間で二万人弱もいるという。思いがけない多さに面食らった。同時に、二万分の一に紛《まぎ》れることはそう難しくないだろうという安堵もあった。

自治体が、身元不明者をどう扱うかも調べた。

一般的にはまず警察に連絡が行くらしい。そこで身元が判明しなければ、自治体が保護し、施設へ入ることになる。施設での生活費は生活保護でまかなうらしい。自治体が行方不明者の情報を共有するのはせいぜい同じ都道府県内で、それ以上の広範囲で照会されることは少ないようだ。

もしも、息子や借金取りが福本清江を行方不明者として届け出たらどうか。警察は全国の行方不明者情報を一括で検索できるようだが、私が本名を明かしさえしなければ捜しようはないはずだ。自治体でも警察でも、身元は特定できない。

保護された認知症患者は、老人ホームなどの施設に入れられることが多いらしい。老人ホームにもいくつかの種類があるが、とにかく入居できれば生活には困らない。贅沢《ぜいたく》はできないだろうが、それは今も同じだ。パチンコが打てなくなるのだけは心残りだったが、背に腹は代えられない。

調べるほどに逃走計画への決心は固まった。

問題は、認知症患者をどこまで演じきれるか。その一点にかかっている。警察官、自治体職員、施設職員といった人々を騙し通せるか。認知症ではないとばれればこの計画は破綻する。相手は善意の人々だが、偽物の病人を保護し続けてくれるほど甘くはないだろう。

私は閉館まで図書館に居座り、認知症患者の特性を頭に叩き込んだ。こんなに必死で勉強したのは生まれて初めてだった。

時間は残されていない。翌朝、計画を実行に移した。

午前八時、最寄りの駅から通勤ラッシュの時間帯を狙って電車に乗った。監視されていることも想定し、人ごみに紛れるためだ。自分程度の債務者にわざわざ見張りなどつけないだろうと思いつつ、万一のことも考えた。できるだけ人波に揉《も》まれるよう動き、ターミナル駅をいくつか行ったり来たりして、新大阪にたどりついた。

東京行きのチケットを買い、改札を抜ける。荷物はショルダーバッグ一つだけ。徘徊老人を装うのだから、着替えなど持参するわけにはいかない。

席に座り、新幹線がホームを離れると、どっと緊張が解けた。喉がからからに渇いている。ひとまず、誰かに見張られている気配はない。だが安心してばかりもいられない。ここからは、名もなき認知症患者を演じなければならないのだ。

窓を見ると、頰のたるんだ女がうっすらと映りこんでいた。

前日に図書館で得た知識を思い出す。認知症患者は表情の変化に乏しく、口元に力がなくなるらしい。試しに無表情をつくってみる。顔の力を抜いて口をすぼめると、何歳か老けたような感じがした。

——悪くない。

笑い出したいのを堪《こら》えて、しばらく無表情の練習を続けた。

公民館から警察署に移動しても、訊《き》かれるのは同じようなことばかりだった。氏名住所にはじまり、どうやってここまで来たのか、覚えていることはないか、持ち物を見て何か思い出さないか、などなど。

途中、質問をしていた警察官が、もう一人に言った。

「認知症だよ」

声を潜めたつもりだったのだろうが、私の耳には確かに聞こえた。思わず拳を握りしめたくなる。最初の関門は突破した。ランチタイムを過ぎた頃、おにぎりとペットボトルの緑茶を渡された。小部屋で一人、黙々と食べる。具はシャケと昆布だった。

——あいつらは、私がいなくなったことに気付いただろうか。

やることがないとつい考え事をしてしまう。二人組のチンピラは、明日までに利息分だけでも用意しろと言った。どんなに遅くとも明日には気付くだろう。携帯の番号にかけても無駄だ。辺りを捜し回っても見つからない。私は栃木にいるんだから。早晩、息子のところに連絡が行くだろうが、私が知ったことではない。いい大人なのだから、自分で何とかするだろう。

息子は〈いい大人〉になれなかった私とは違う。

しばらく小部屋で放置されていたが、やがて市役所の職員がやってきた。三十代くらいの女の職員で、また同じようなことを質問してきた。しかし苛立ちを表に出してはいけない。こちらも初めて応じるような素振りで答えた。

ひとしきり質問を終えた職員が言う。

「じゃあ今度は、市役所に来てもらえますか。もう少し訊きたいことあるんでね」

さすがにうんざりした。まだやるのか、と思ったがもちろん口にはしない。無表情と無気力を心掛けながら職員についていく。

市役所の建物に案内され、似たような質問をされたり、所持品を確認されたりした。私は退屈と闘いながらひたすらとぼける。デジタルカメラで顔写真も撮られた。できるだけぼんやりとした表情をつくったが、うまくいっているかはわからない。

日没が近づいてきた夕方、ようやく期待していた台詞《せりふ》が職員の口から出た。

「ここでは泊まれないんで、施設に行きましょうか」

その言葉に安堵する。とりあえず、今夜寝る場所には困らずに済みそうだ。こっちはまとまった現金も運転免許証も保険証も、何も持っていない。街に放り出されたら路上で生活するしかなくなる。

煙草《たばこ》臭いバンに乗せられ、二十分ほど移動した。運転手も、同乗した職員もひと言も発さない。無口だからか。疲れているせいか。あるいは、認知症患者に何を話しても無駄だと思われているのか。真意はわからない。会話がなければボロも出にくいため、楽ではあった。

やがて、三階建ての四角い建物が現れた。外観は病院のようでもあり、マンションのようでもある。バンは迷いなく敷地内へ入っていく。

門に掲げられていた看板から、特別養護老人ホームという施設だとわかった。六十六という年齢で現役を気取るつもりはないが、自分が老人ホームの世話になる日が来たことに感慨がないと言えば嘘だった。

正面入口を抜けると、広い玄関があった。靴脱ぎ場と廊下の間には段差がない。車イス利用者への配慮だろうか。屋内は静かだが、どこからか人の話し声が聞こえる。揃いのポロシャツを着た職員たちが立ち働いていた。

出迎えに現れたのは、五十代くらいの白髪の男だった。男はひと目でそれとわかる作り笑いを浮かべながら、ホーム長だと名乗った。この男が施設の責任者らしい。

施設で働く介護職員は日常的に〝本物〟の認知症患者と接している。警察官や市役所の職員よりも、はるかに認知症患者の実情を理解しているはずだ。ここまでどうにか騙しおおせたが、施設の職員たちは最も手ごわい相手だと思ったほうがいい。特に施設の長ともなれば経験豊富なはずだ。

つい、演技にも力が入る。

「あのう、私、なんでここにいるんでしょう」

状況が理解できない患者を演じたつもりだった。だが、ホーム長はきょとんとした顔をする。

唐突に言われて面食らっているようだった。

――やりすぎたか。

背筋がひやりとするが、すぐに相手は作り笑いに戻った。

「お腹《なか》、減っていませんか。今ちょうど夕食の時間なんですよ」

「……ごはん?」

「そう。あなたの分もあります」

あなた、と言われて、自分が名前すら忘れているという設定を思い出す。名前を呼ばれないからといって、福本清江です、と名乗るわけにはいかないのだ。下腹に力を込めて、気合を入れ直す。焦点の合わない視線で相手を見る。

「お腹……減っているかもしれません」

「では先にご案内しましょう」

ホーム長は通りかかった男性職員を「山根《やまね》さん」と呼び止め、私を食堂へ案内するよう指示した。山根は三十代くらいの男だった。小太りで、ポロシャツの腹の辺りが張りつめている。指示に頷きながら、「お名前は?」と問い返す。

「どうお呼びすればいいですか」

ホーム長が市役所の職員に尋ねたが、職員も首をかしげるだけだった。埒《らち》が明かない。イライラするが口を挟むことは控えた。ホーム長が声を潜め、困ったように言う。

「今の時点ではお名前がわからないんだよ。後で説明する」

「わかりました」

それ以上、山根は疑問を口にしなかった。こういう事態にも慣れているのだろうか。

「では行きましょうか」

山根の穏やかな声に先導され、廊下の先にある食堂へと足を踏み入れた。途中で後ろを振り返ると、ホーム長と市役所の職員が立ったまま話を続けていた。おそらく事情を説明しているのだろうが、自分の態度が疑われてはいないかと気になる。足を止め、耳をすませてみる。

「ありがとうございます……運がよかったです……」

市役所の職員が話す声が聞こえた。おそらく、このホームが即日私を受け入れてくれたことに感謝しているのだろう。しかし、受け入れ先の施設がなければいったいどうなっていたのか。嫌な考えがよぎり、慌てて打ち消す。

実際、私もここまで順調にいくとは想定していなかった。数日は入院させられるか、留置場のような場所で寝泊まりする羽目になると思っていたからだ。

「どうしました？」

気付いた山根に促され、「いえ」と応じて再び歩き出す。あまりきびきび反応してはいけない。慎重に、ゆっくり動く。私は自分の名前も家も忘れた認知症患者なのだ。そう見えなければならない。

食堂は、五十ほども席が用意された広い部屋だった。席は半分ほど埋まっていて、高齢者たちが夕食をとっている。若い者で私と同世代、年嵩《としかさ》の者で八十代後半くらいだろうか。自分で箸やスプーンを動かしている利用者は一部で、大半の者は職員の介助を受けながら食事をしていた。

トレーに並んだメニューはだいたい同じだった。小盛りの麦飯に、すまし汁、サバのみりん干し、根菜の煮物、たくあん。ただし、食材が細かく刻まれている人が多い。誤嚥《ごえん》防止のためだろうか。

食器が触れ合う音、誰かの咳《せき》や会話、イスを動かす音。ちょっとした音は聞こえてくるが、全体として静かだった。人は生命力が衰えるにつれて、物音も小さくなっていくのかもしれない。

私は奥のテーブルの、端の席に案内された。山根はそこで待つように言い置いて、どこかへ去ってしまった。

見知らぬ高齢者たちのなかに取り残される。

空席を挟んで左隣では、ひと回りくらい年上の男が食事をしていた。私が席につくなり、手を止めてじっと見つめてくる。見知らぬ闖入者《ちんにゅうしゃ》なのだから注目を集めて当然だ。最初はそう思っていたが、二分、三分と経過しても石のように固まったままの男に対して、違和感を覚えた。

怪しまれているのだろうか。トイレのふりをして席を立とうか。そう考えていると、男が口を開いた。

「……どこから来たの」

かすれた声だがはっきりと聞こえた。振り向くと、口の端に泡をつけた男と目が合った。さすがに無視できない。

「すみません。覚えてないんです」

「ああ、そう。ぼくはね、取締役だったの」

「はい？」

思わず、素で答えていた。

男はこちらの戸惑いなど構わず、ある家電メーカーの名前を挙げた。テレビコマーシャルなどでよく耳にする社名だった。

「あなたも一度は製品買ったことあるでしょう？　そこの取締役だった。本当に。しょっちゅう、アメリカやヨーロッパなんかに出張に行っていた。会長からずいぶんと信頼されてね。次期社長だって言われてた。派閥争いに負けて、取締役で終わったけどね」

「はあ」

「愛人もいたんだよ。二人いた。三十も年下だった」

一方的に話し続ける男に困惑しつつ、相槌《あいづち》を打った。トレーを手にした山根が戻ってくるまでの十五分ほどが、一時間にも二時間にも感じられた。

「曽田《そだ》さん、もうごはんおしまいですか」

山根は私の前にトレーを置いてから、元取締役を名乗る男のほうに近づいた。男は曽田という名前らしい。

「あれれ。半分も食べてないじゃないですか」

「その人から話しかけてきたんだよ。邪魔された」

言い訳を聞いてむっとする。曽田の主張は嘘だ。否定したかったがぐっと堪える。とにかく、正体がばれないことが最優先だ。曽田はまだ何か山根に言っていたが、聞き流して夕食をとることにする。

全体的に味付けは薄かった。コンビニ弁当に慣れた舌にはいささか物足りないが、タダで食べられるのだから文句は言えない。

サバの身を噛《か》みしめながら、改めて食堂を見渡す。

昨日調べたところによれば、特養というのは最期の時まで入居できる施設だったはずだ。ただし入居の条件は原則、要介護3以上。物の本には、足腰が不安定になり、トイレや着替えが一人ではできない程度の状態だと書いてあった。認知症患者も多いらしい。

利用者たちの様子を窺っていると、たしかに、席を立つのにも苦労している。ふと別のテーブルに視線をやると、八十代くらいの女が介助を受けて食事をしていた。その向かいの男は何事かつぶやきながら、上目遣いでスプーンを動かしている。

今の私の状態は、ひいき目に見ても要介護3とは言えないだろう。特養は人気で、順番待ちの長い列ができているとネットの記事に書いてあった。私が入れたのはまったくもってラッキーと言うしかない。

唐突に、きゃーっ、という鳥の鳴き声のような奇声が響いた。身体がびくりと動く。何事かと辺りを見渡すが、慌てているのは私だけだった。

声の主は、離れた席にいる女のようだった。食器が倒れ、料理がトレーにこぼれている。なぜか怒っているようだ。職員がなだめても一向に怒りは収まらないようで、座ったまま地団太《じだんだ》を踏んでいる。

「あの人、いつもああなんだよ」

曽田が性懲りもなく話しかけてくる。いつの間にか山根はいなくなっていた。

「びっくりしたでしょう。ああいう風にはなりたくないね」

私はもう応じなかった。妙に相槌を打って、またこっちから声を掛けたのだと主張されたらたまらない。無視して食事をしていると、曽田も話をやめた。

食器が空《から》になり、手持ちぶさたになったところで市役所職員が来た。ホーム長との会話は済んだらしい。

「じゃあ、たまにお話聞きに来ると思いますが。お元気で」

それだけ言い残し、そそくさと去っていった。あっさりしているようだが、彼女も多忙なのだろう。咎《とが》められず、すんなり特養に入れただけ幸運だと思わなければならない。

——とりあえず、成功かな。

一瞬だけよぎった息子の顔を打ち消し、ぬるい緑茶を啜《すす》った。


特養での日々はあっという間に過ぎていく。

刺激がない毎日はさぞかし退屈だろうと思ったが、テレビを見たり、ベッドでぼんやりしているだけでも時は経《た》つ。意外なことに、パチンコを打ちたいとも思わなかった。自他ともに認めるギャンブル依存だっただけに不思議だ。負けを取り返す必要がなくなったことで、執着も消えたようだった。

私が入居したのは四人用の大部屋である。個室も空いているらしいが、利用料が高いとかで人気がないらしい。同室の他の三人は全員が女性だった。比較的要介護度が低い利用者が集められているらしく、トイレや着替えも自分でできる人ばかりだ。皆、食事も刻まれていない通常食だった。

さすがに名前がないのはやりづらかったのだろう、入居二日目から私には〈佐藤和子《さとうかずこ》〉という仮の名前が与えられた。誰が考えたのかわからないが、その日を境に私は佐藤さん、または和子さんと呼ばれるようになった。

「佐藤さん。ちょっといいかしら」

入居三日目。朝食後にベッドで休んでいた私に、同室の利用者が話しかけてきた。傍らに立った女性の年齢は、私より少し上くらいか。小柄で背中は丸いが、口調ははっきりしている。杖《つえ》もつかず、自力で歩くことができている。

「なんでしょう……」

脱力した声音《こわね》で応じる。施設に来てからというもの、常に無気力に見えるよう心がけていた。

女性は愛想よく笑っている。

「あたしの名前、わかる？」

「……すみません。物覚えが悪くて」

本当は知っていたが、わざとそう答えた。同室の利用者の名前は初日に覚えている。

「中野《なかの》ひろ子《こ》です。よろしくね。よかったら、少しお散歩しません？」

中野は声を弾ませている。

正直に言えば、うっとうしかった。だがここで嫌な顔をすれば、後々やりづらくなりそうだった。病気が嘘だとばれなければ、私は死ぬまでこの施設で過ごすことになる。中野とは五年、十年、いやもっと長い付き合いになるかもしれない。

それに、情報収集もしたかった。この施設で平穏に過ごすためには、利用者の人間関係や職員との付き合い方を知っておいて損はない。私自身、他の利用者からどう思われているかも気になった。

「はあ。いいですよ」

消え入りそうな声で応じると、中野は先に立って歩きだした。

私は上下とも施設から渡されたスウェットだが、中野は深緑色のニットにグレーのズボンを穿《は》いている。利用者のなかでは比較的しゃれていた。よく見れば頭髪も黒く染めているようだ。

「天気がいいから、外にしましょう」

連れて行かれたのは中庭だった。広くはないが、植木も花壇もよく手入れされている。中野は一人掛けのイスに腰をおろした。それに倣《なら》い、隣のイスに座る。中庭には他に利用者も職員もいなかった。

「そろそろ施設には慣れた？」

中野の問いかけに「一応」と答えた。

「実は私、ここに来るまでのことまったく覚えていなくて」

「そうみたいね。職員さんから聞いたわ」

やはり噂になっていたか。しかし、職員が利用者に漏らすというのはどうなのか。私の疑念を読んだかのように、中野が苦笑した。

「山根さんがすぐ言っちゃうのよ。あの人、おしゃべりだから」

山根。初日に食堂まで案内してくれた男だ。この数日、他の職員から主任と呼ばれているのを何度か見かけた。現場のリーダーといったところか。口が軽いのは職員としてどうかと思うが、おかげで自己紹介が省けた。すかさず悄然《しょうぜん》としたふりをする。

「たぶん、頭がまともに働いていないんだと思います」

「ここにいる人は皆、似たようなものよ。あなた、最初の日に曽田さんにからまれていたでしょう？」

どきりとする。何かおかしなところがあっただろうか。

「あの、男の人ですか」

「そう。偉そうに、大企業の重役だったとか言っていたでしょう。あれ全部、嘘だから。本当は昔、系列企業に勤めていただけみたい。もちろん役員でもなんでもない、ただの平社員ね」

肩透かしを食った気分だった。曽田の発言の真偽など、どうでもいい。

その後も中野は機関銃のような勢いで、施設内の噂話を語った。利用者の誰と誰ができているか。次に辞めそうな職員は誰か。出入り業者の誰が優しくて誰が無愛想か。私は時おり相槌を打つだけでよかった。曽田の相手をした時にも感じたが、放っておけば何時間でも話していそうだ。皆、会話に飢えているのだろうか。

話題は私たちが入居している大部屋のことになった。

「あの部屋は、要介護1か2の人だけ集められているの。比較的動ける人間は、まとめておいたほうが管理しやすいみたい。あなたは見たところ普通に生活できそうよねえ。あたしも要介護1だもの」

話せば話すほど、なぜ中野が特養にいるのか不思議だった。日常生活に多少不自由はあるかもしれないが、十分、施設の外で暮らしていけそうだ。こんな退屈な場所にいるより、外にいるほうが本人にとっても幸せに思える。

空はよく晴れていた。雲一つない青空を見上げて、中野が言う。

「あたしは自分で望んで申し込んだんだけどね。独居で認知症だと、点数が加算されるの」

「認知症なんですか」

つい、訊き返していた。本で読んだ認知症患者のイメージとはかけ離れている。初めて、中野の横顔から笑みが消えた。

「猿が見えるの」

「猿?」

「あそこに見えるのよ」

中野は中庭の一角を指さした。そこにはパンジーの花壇があるだけで、猿などいるはずがない。どう答えるべきか戸惑っていると、中野は静かに「困るでしょう」と言った。

「あたしの目には、はっきりと映っているの。そこの花壇の上で、茶色い毛むくじゃらの猿がうずくまっている。三、四歳の子どもと同じくらいの大きさ。歯を剝《む》いて、今にも飛び掛かってきそう」

どう見ても猿など存在しない。背筋を冷たいものが走る。淡々とした中野の口ぶりが、余計に怖かった。

「あなた、おかしなやつと思ったでしょ?」

「いや……」

「大量の虫が身体を這《は》っていることもある。布団のなかで知らない男が寝ていることもある。怖いのよ、あたしも。だって全部、本当に見えているんだから。これでも少しは見分けがつくようになってきたんだけどね。普通、老人ホームに猿はいないから」

中野は自嘲《じちょう》っぽい笑みを浮かべた。

とうとう相槌すら打てなくなった。要するに、この女は日常的に幻覚を見ているということか。

それは認知症の範囲なのか。何か、もっと深刻な病ではないのか。言葉を失っている私を前に、彼女は語る。

「お医者さんが言うには、認知症もいろいろなんですって。物忘れだけが認知症じゃない。感覚がおかしくなったり、言葉が出てこなくなるのも全部、認知症。あたしの場合はちょっとわかりにくいみたい。いわゆる、認知症っぽさが薄いから」

中野はそこで急に口をつぐんだ。顔を覗き込むと真っ白だった。

「大丈夫ですか」

「あ……ちょっと、トイレ」

そう言って腰を上げた時、アンモニアの臭いが鼻をついた。中野のズボンの股の辺りに、じんわりと液体が滲《にじ》む。

「ああ……」

彼女の顔に落胆の色が浮かんだ。トイレが間に合わなかったことへの失望が、痛々しいほど伝わってくる。ズボンの染みは見る間に広がり、股から膝にまで達した。臭いがいっそう濃くなる。

軽くパニックだった。突然目の前で人が失禁した時にどう振る舞うべきか、考えたこともなかった。ただ狼狽《ろうばい》する私に、中野は「ごめんなさいね」と穏やかな声で謝った。

「たまにこういうことがあって。まだオムツはしたくないんだけど」

白い顔のまま、中野は中庭から廊下へと移動した。私は彼女の横を歩き、ドアを開けておくくらいしかやることが見つからなかった。通りかかった職員が気付き、中野をトイレへ連れて行ってくれた。

私はその後ろ姿を見送り、ガラス越しに中庭を見た。どれだけ目を凝らしても、そこに猿はいなかった。


入居から一週間が経った日の午前中、施設に医者が来た。私は施設内にある診察室へ通され、自分の半分ほどの年齢の医者に言われるまま検査を受けた。

今日は何年何月何日ですか。ここはどこですか。そんな簡単極まりない質問をされた。さすがにバカにするなと思ったが、わざとわからないふりをした。正答すれば認知症ではないとばれてしまうかもしれない。

「今から言う三つの単語を復唱してください。桜、猫、電車」

「桜、猫、電車」

「はい。後でまた訊きますので、よく覚えておいてください」

いい加減にしろ、と言いたくなるがぐっと堪える。そんな単純なことを忘れるわけがない。私は認知症、と頭のなかで言い聞かせて気持ちを鎮める。

「次は、計算をしてもらいます。100から7を引くと？」

「93」

「では、さらに7を引くと？」

「えー……87」

計算に集中したせいで、つい普通に答えてしまった。

「はい。ありがとうございます」

医者は手元に何か書き込む。その瞬間、さっきの答えが誤っていたことに気付いた。正解は86だ。訂正しようとしたが、医者は次の質問に移る。このままでは認知症だと思われてしまう。いや、それでいいのか。

「先ほど覚えてもらった三つの単語を教えてもらえますか」

「ええ。えーと……」

信じられなかった。頭が真っ白で、一つとして思い出せない。

頭に血が上る。ついさっき覚えたばかりなのに。焦れば焦るほど、何も浮かばない。いや、待てよ。認知症だと思われたほうがいいのだから、いずれにしろ答えないほうがいいのではないか。そう思っても、プライドが邪魔をする。

本当の私は、福本清江は、認知症なんかじゃないんだから。

「植物とか、動物とか」

医者の出した助け舟がきっかけとなり、思い出した。

「桜、猫、電車！」

思い出せた安堵感のせいか、つい大きな声を出していた。医者は「はい」と言い、また何かを手元に書き込む。

「じゃあ、次の質問です。これは何ですか」

医者はシャツの袖をまくって、腕時計を指さした。いくら何でもコケにしすぎだ。

「時計に決まってるやろ！」

また叫んでしまった。言ってから、地の訛《なま》りが出てしまったことに気付く。医者はたじろぎもせず、また「はい」とだけ応じて別の質問に移った。

その後も文章を復唱させられたり、図形を描き写したりさせられた。一つ一つは簡単な作業ばかりだが、検査だと思うと妙に緊張する。普段なら絶対に間違えないようなところで間違えたり、質問の意味が理解できなかったりした。

――本当は、もっとうまくやれるのに。

だがすべての質問が終わってから、本来の目的を思い出した。そもそも正解してはいけないのである。私は自分の名前も、住んでいた場所も覚えていない認知症患者なのだから。すらすらと答えられなかったことは、結果としてよかったのだ。そう言い聞かせることで、どうにか正気を保った。

薄味の昼食を済ませ、いったん部屋に戻ったが、退屈だったので再び部屋を出た。この施設には食堂の他に談話室という部屋がある。積極的に談話をしたいわけではなかったが、そこには居室よりずっと大型のテレビが据えられている。うまくいけば独り占めできるかもしれない。この時間帯は昼寝をしている利用者が多い。

狙い通り、談話室には誰もいなかった。

私はテレビの正面にあるイスに腰かけ、リモコンを操る。取り立てて興味を引かれる番組はなかったが、旅番組を選ぶ。タレントたちの訪れている先が関西だったせいかもしれない。年配の男一人に中年の女二人という組み合わせで、三人は京都の街中を歩きまわっていた。数日ぶりに他人の口から関西弁を聞き、気持ちが和む。

「楽しそうでいいね」

唐突に声をかけられ、「わっ」と声が出た。振り向くと、見覚えのある男が杖をついて立っていた。曽田だ。難しい顔でこちらを睨《にら》んでいる。どう応じていいかわからず会釈を返した。

「一人で見てるの?」

「はあ、まあ」

見ればわかるだろう、と思ったが口にはしない。

曽田は一メートルほど距離を空けて立ったまま、しばらくテレビを見ていた。それ以上、何かを話しかけてくるわけでもない。薄気味悪かったが、とりあえず放置しておくことにした。そもそもこの男にはいい印象を持っていない。

十分ほどテレビを見て、コマーシャルに入ったところで曽田が口を開いた。

「自分の名前、覚えてないんだって?」

一方的に投げつけるような問いかけに、反感を覚える。この男は、ぶしつけな質問をしても許されると思っているのだ。今までもそうしてきたのだろう。内心の苛立ちを抑えて、しおらしい態度で答える。

「ええ。お恥ずかしいですが」

「恥ずかしくはない。病気のせいなんだから」

返ってきた答えは意外なものだった。てっきり私をバカにしているのだと思っていたが、そうとは限らないようだ。曽田はまだ何か話したいようだった。相手が立ったまま、こちらだけイスに座って話をするのは妙に居心地が悪かった。

「座らないんですか」

「いい」

曽田はきっぱりと断った。

強い拒絶に再びむっとする。一方、曽田が座らない理由には思い当たる節があった。この数日間で、職員の手を借りて何とか立ち上がる利用者たちの姿を幾度も見ていた。ここは特養だ。多くの利用者は足腰が弱っている。きっと曽田は、立ち上がる時に大変な思いをするからあえて座らないのだろう。

「ぼくの妻も、重度の認知症なんだよ」

曽田がぽつりと言った。テレビのなかではコマーシャルが終わり、旅が再開されている。

「ぼくは三十一の時に結婚したんだけどね。妻は二十八だった。美人で評判だったよ。国立大を出た才女でね。旅行代理店の仕事を続けるか悩んでいたが、家庭に入ってぼくを支えることを選んでくれた」

訊いてもいないのに思い出話がはじまる。中野の話では、曽田の経歴は嘘だらけだという。妻の話もどこまで信じていいかわからない。美人だとか国立大卒だとかは、話半分で聞いていたほうがいいだろう。

曽田はしばらく妻のことをぺらぺら語っていたが、やがて神妙な顔つきになった。

「様子がおかしくなったのは四年前からだった。最初は物の名前が出てこないとか、人の顔が覚えられないとか、その程度だった。歳をとれば誰だって、それくらいのことは起こるだろう。けれどある日、スーパーへ買い物に行ったのに手ぶらで帰ってきた。どうしたんだと訊くと、会計ができなかった、と言うんだ。言われた額の通り、財布から金を出すことができなかったらしい」

テレビの音声が遠ざかる。気が付けば、私は曽田の話に聞き入っていた。

「さすがにおかしいと思って通院を勧めたが、妻は意固地になって拒否した。認知症だと言われるのが恐ろしかったらしい。しかしトラブルは増える一方だった。ハンドソープやヨーグルトを、家にまだ在庫があるのに何度も買ってくる。友人との約束の日付を忘れるどころか、約束そのものを覚えていない。繰り返し勧めたが、やはり病院は嫌だとつっぱねられた」

咳払いが話を区切る。

「ある日、買い物から落ち込んだ様子で帰ってきた。聞けば、コンビニの店員と揉め事があったらしい。財布に金がないのを店員が盗んだと思い込み、問い詰めて、警察を呼ばれる寸前までいった。ついに人様に迷惑をかけることになった。民生委員に相談して二人がかりで説得して、どうにか医者にかからせた。それから二年ほど頑張ったが、こっちの身体ももたなくなって、宇都《うつの》宮《みや》の施設に入ることになった。じき、ぼくもこっちに入居した」

談話室は静まりかえった。タレントたちの会話が虚《むな》しく響く。ふと見ると、曽田の目にうっすら涙が浮かんでいた。この男は経歴を取り繕っているかもしれないが、妻の話は嘘だと思えなかった。

「認知症は、本人の意思だけで改善するわけじゃない。卑下することはない。堂々としていればいい」

来た時と同じように、曽田は唐突に話を終えて談話室を去って行った。もはやテレビの内容は頭に入らなかった。

もしかすると、曽田は私を励ますためにあんな話をしたのか。くよくよ悩む必要はないと伝えるために、認知症の妻を引き合いに出したのか。だとしたらあまりに不器用なやり方だが、ほんの少し胸の奥が温かくなった。見栄《みえ》のために嘘をつく男にも、見所はあったということだ。

それから数日後、午後のレクリエーションの後に山根と雑談になった。

「ホームには慣れてきましたか」

「はあ。おかげさまで」

「他の利用者さんとも交流されていますか」

「ええ。この間は、曽田さんから奥さんの話を聞きました」

談話室で聞いた曽田の話を紹介した。しかし山根はすっきりしない表情で首をひねっている。

「それ、別の方と間違えていませんか」

「どうして?」

「曽田さんは独身ですよ」

頭から水をぶっかけられたように身体が冷えた。絶句した私に、山根は気の毒そうな顔をした。

「たぶん、その話の一部は曽田さんご自身のことだと思いますよ。ここに来られる前は宇都宮の施設にいらっしゃったと聞いているんで」

山根の口の軽さが気にならないほど、私はショックを受けていた。談話室での話は、出だしからすべて嘘だったというのか。あれだけ詳しく語っていたというのに。目には涙すら浮かべて。

曽田に悪意はなかったのかもしれない。私を励ましたいという気持ちは本物だったと信じたい。だとしても、ありもしない記憶を饒舌《じょうぜつ》に語ることがまともだとは思えないが。

曽田や中野は、私とは違う世界を生きている。存在しない妻の認知症を気に病む世界。花壇に猿がいて、虫の群れが襲いかかってくる世界。私はそれらの世界を共有することができない。

こめかみを汗が伝う。視界が歪《ゆが》んだ気がして、とっさに目をつぶった。


ひと月も経つと、施設での生活にすっかりなじんだ。ぼんやりとした無表情や、焦点の合わない視線もすっかり板についた。

六時半に起床。八時に朝食。午前中は散歩か、週に二回の入浴。正午に昼食。午後はレクリエーションか趣味の時間。六時に夕食をとり、歯磨きと着替えを済ませて十時半には床に入る。

一日のスケジュールが身体に染みつくと、精神的にも落ち着いてくる。反面、刺激は極端に少なくなった。暇潰しの方法と言えばパチンコくらいしか知らないが、近隣にパチンコ屋はないようだし、手元に軍資金もない。そもそもギャンブルへの欲求がなくなっている。テレビを見るか、利用者と会話するくらいしか刺激がない。

時おり家族が訪問に来る利用者もいた。家族の訪問があると、利用者はたいてい元気を取り戻す。背筋が伸び、声に張りが出る。自分に会いに来る人がいる、という事実は活力の源になるらしい。

羨《うらや》ましい気もしたが、私の場合は家族を呼びようがない。この施設では、正体不明の女でしかないのだから。

息子は今頃どうしているか。借金の肩代わりを迫られ、途方に暮れているだろうか。いや、ひと月経ったんだからその段階は過ぎているはずだ。すでに何らかの計画を立て、少しずつ返済をはじめているだろう。借金の額は決して小さくないが、この先の長い人生でどうにか返していける。

楽観的に考えようとしても、口から漏れるため息は抑えきれない。これも親孝行だとうそぶいてみたところで、息子への罪悪感が消えるわけではなかった。

――なんで、こんなことになったんやろ。

最近はそればかり考えている。

息子は私一人で育ててきたという自負がある。夫は子育てにいっさい関わろうとしないだけでなく、外に女をつくっていた。家に寄り付かない夫は当てにできなかった。家のなかに息子と二人でいるとおかしくなりそうだった。二歳で保育園に入れて、元の職場にパート社員として復帰した。夫からは気まぐれに金を渡されるくらいで、暮らしは実質的にシングルマザーだった。

イライラして息子を叩いたことも、道端に置いて帰ったこともある。後になって申し訳ないと思う反面、その程度で済んだことに安堵した。あの頃の私は、息子と一緒に心中してもおかしくないほど追い詰められていた。それでも、息子に手がかからなくなるにつれて楽になってきた。

困ったのは、息子が中学に進学すると同時に勤め先が人員整理をはじめたことだ。パートの私は真っ先に辞めさせられ、仕事を失った。夫には金を入れるよう求めたが、聞く耳を持たなかった。限界だった。

夫と離婚し、人生をやり直すために和歌山から大阪へ転居した。安アパートを借り、給仕の仕事を転々とした。息子は偏差値の高い公立高校に行きたいからと、勉強を頑張っていた。お世辞にも立派な環境とは言えなかったが、息子は優しく、賢い子に育ってくれた。何とか高校には行かせたかったから、私も懸命に働いた。

余裕のない生活のなかで、唯一の息抜きがパチンコだった。

きっかけは忘れてしまったが、大阪に来てからはじめたのは確かだった。ぴかぴかと光る盤面を見ている間は、浮世の辛《つら》さを忘れることができた。足元に銀玉の入った箱が積み上げられると、笑いを堪えることができなかった。勝った日は少しいい総菜を買って帰り、息子と二人で食べた。

息子は高校に進み、奨学金で大学に通い、就職して家を出た。私の手元に残ったのは、パチンコへの執着だけだった。

「なんでやろなあ」

居室のベッドでぼんやりと考え事をしていると、勝手に口が動いていた。最近は無意識に独り言を発していることが多い。関西弁を隠すこともなくなった。どうせ、私のことなど誰も見ていない。

「佐藤さん、関西の人なの？」

振り向くと、同室の中野がいつの間にか近くにいた。独り言が聞こえていたらしい。

「佐藤って、誰？」

「いやだ。あなたのことでしょう。まあ、本名じゃないから無理もないけど」

中野はくすくす笑っている。そこまで言われてようやく思い出した。そうだ、私はこの施設では佐藤和子という仮名を与えられているのだ。

——本当の名前は……。

福本清江。忘れるわけがない。だが、思い出すまでほんの一瞬、間があった。そのわずかな間が怖い。自分の意識が〈福本清江〉から徐々に離れているようだった。

「今、あなた関西弁で話していたけど。出身はどこ?」

「和歌山……」

つい、本当のことを話してしまった。何を話して何を隠し、どんな嘘をついたのか、よくわからなくなっていた。中野は「和歌山」と反復して、頷いた。

「ご家族は?」

「夫と息子……でも、夫はほとんど家にいなくて。息子と二人で暮らしています」

「そうなのね」

中野に問われるまま私は過去を語っていた。施設になじみすぎたせいで、警戒心が薄れていた。相手が利用者ということもあり、これくらいなら話しても構わないだろう、と油断していた。

離婚前の状況をつぶさに語ったところで、中野が時計を見て「あっ」と言った。

「そろそろ晩ごはんの時間ね。行きましょうか」

「晩ごはん?　昼ごはんじゃなくて?」

部屋の掛け時計に視線を移す。針は六時前を示していた。

「あれ?」

てっきり午前中だと思っていた。現に昼食を食べた記憶がない。一日のスケジュールはしっかり身体に染みついている。忘れるわけがなかった。中野はもう笑わず、心なしか硬い表情で私を見ている。

「お昼に中華丼、出たでしょう?」

まったく覚えていない。だが中野の心配そうな表情を見ているのが辛くなり、とっさに笑顔をつくった。

「ああ、そうやったわ。ごめんなさい。忘れててん」

「そう……今、また関西弁が出たみたい」

中野は微笑したが、どこか作り物めいた笑みだった。

食堂へ移動し、煮魚やおひたしを食べている間も、頭は必死で今日の出来事をたどっていた。今食べているのが夕食だというのは間違いない。朝食を食べたことも覚えている。だが、その間の記憶がすっぽり抜け落ちていた。今日は入浴もレクリエーションもなかった。テレビを見たり、うたた寝をして過ごしていたはずだ。

そうだ。寝ていたに違いない。昼食の時間もずっと眠っていたせいで、食べそこねてしまったのだ。その割に空腹は感じないが、運動量が少ないからだろう。私はそう結論を出して、箸を動かした。

食後、部屋に戻ってから猛烈に腹が立ってきた。

どうして、中野ごときにこの私が心配されなければいけないのか。相手は中庭で猿の幻覚を見るような、認知症患者である。私はあくまで認知症のふりをしているだけだ。病気の人間が病気でない人間を心配するなんておかしい。

考えるだけでむかむかしてきた。中野のベッドは空だ。まだ夕食を終えていないようだが、帰ってきたら文句を言ってやろう。

だが一時間待っても、中野は居室に現れなかった。彼女は自分で箸を動かし、固形物を咀嚼《そしゃく》できる。特養に入居している利用者のなかでは、食事に手がかからないほうだった。その中野が夕食に一時間以上もかけるのは妙だ。

胸のうちで怒りをくすぶらせたまま、部屋を出た。さっさとこの苛立ちを吐き出してしまいたい。どうせ、どこかで雑談でもして油を売っているのだろう。

食堂に中野はいなかった。夕食は済んでいるらしい。談話室と中庭も見て回ったが、やはりいない。歩きまわっているうちにまた苛立ちが募る。なぜ私があの女を捜さなければいけないのか。向こうが謝りに来るべきなのに。

再度食堂を覗きに行ったがやはりいない。諦めて居室へ帰ろうとした時、隣り合った静養室から人の声が聞こえた。静養室は、急に気分が悪くなったり、居室で休めない利用者のために設けられた部屋だと聞いている。

室内からの物音に耳をすませた。どうやら中野の声のようだ。私はためらいなくスライドドアをノックした。

「中野さん？　そこにおるん？」

数秒の間を置いて、ドアが細く開かれた。女性職員が顔を出す。

「佐藤さんですか。どうかされましたか」

「中野さんの声が聞こえたから。ちょっと話があって」

「今、中野さんは休んでいるので……」

言葉を濁す職員の後ろから、「いいですよ」と中野の声が聞こえた。

「佐藤さんならいいです。通してください」

その声のか細さに、苛立ちが萎《な》えかける。それでも気持ちを奮い立たせ、職員の返事を待たずにドアを引き開けた。

中野はシングルベッドに腰かけていた。顔が白い。小柄な身体が、いつもよりさらにひと回り小さく見える。血の気の引いた顔を見ていると、文句を言う気持ちが完全に失《う》せた。

「どうしたん？」

問いかけに、中野はうつむいたまま首を横に振る。

「あの部屋、穴が空いているから」

「え？」

「床全部が穴になっているの。そこにベッドだけがふわふわ浮いている。あたし、あんな部屋怖くて入れない」

口を開いたまま声を発せなくなった。この女は、何を言っているのだろう。職員が声を潜めて耳打ちをしてくる。

「たぶん、カーペットが」

居室には濃灰色のカーペットが敷かれている。床全部が穴になっている、というのは、暗色のカーペットが穴に見えるという意味なのか。バカバカしい。ベッドがふわふわ浮いているわけがない。

「落ち着いて。部屋に穴なんて……」

「わかってる。でも穴にしか見えないの」

中野は私の言葉を遮り、また首を横に振った。埒が明かない。行き場を失った苛立ちが、腹の底でとぐろを巻いている。

「佐藤さん、そろそろ」

職員はあからさまに迷惑そうな顔をしていた。かちんとくる。

「うるさいなあ。佐藤ちゃうわ」

そう言い放つと、職員は戸惑ったような顔で固まった。いい気味だ。

「ひゃっ」

いきなり中野が悲鳴を上げた。ベッドの上で膝を抱えて丸くなり、小刻みに震えている。顔色はさらに青白くなっていた。部屋のスライドドアの辺りを指さしている。

「あの男の人、誰？」

そこには男などいない。ただ、しらじらとした空気が漂っているだけだった。中野は現実に存在しない男に怯《おび》えている。

私はもう、そんな男おらん、とは言えなかった。言ったところで中野の視界から消えるわけではないのだ。私は傍らにたたずんだまま、震える彼女を見ていることしかできなかった。


入居してからの半年は、二か月ほどにしか感じなかった。

施設にいると、時間の感覚がおかしくなってくる。一週間を三日くらいに、一か月を一週間くらいに感じる。とりわけ、ひと月を過ぎた頃から時の流れが加速した。春が終わり、足早に夏が過ぎ、肌寒い季節がやってきた。数人の利用者がいなくなり、数人の利用者が入居した。

あいかわらず曽田は嘘つきで、他の利用者を捕まえてはいい加減なことばかり言っている。中野は幻覚を見るだけでなく、幻聴も聞こえるようになっていた。普通に話せる時間がどんどん短くなり、夏の終わりに別の部屋へ移っていった。手がかかるようになると部屋が替わる、と同室の利用者が言っていた。

ゆっくりと、だが確実に、私たちは老いていた。

私はこの半年でめっきり足腰が弱くなった。給仕の仕事をしていた頃は、立ち仕事で鍛えられていたのかもしれない。ベッド上で過ごすことが増え、明らかに筋力が落ちた。最近はイスから立ち上がるのも億劫《おっくう》だ。

健康診断を受けた数日後から、血圧の薬を飲まされるようになった。薬を飲むようになってから、余計に身体がしんどく感じるようになったから不思議なものだ。

救いは、頭のほうは以前と変わらないことだ。記憶力は自信があるし、言葉だってすらすらと出てくる。ただ、人の顔を覚えるのはほんの少しだけ苦手になった。特に職員の顔の見分けがつかない。先日、山根だと思って話していたらホーム長だったことがあった。だが大した問題ではない。

市役所の職員はたまに面会に来る。

前回の面会では、職員が私の過去を知っていて仰天した。和歌山出身であることも、息子がいることも、パチンコ好きだったことも知っていた。ずいぶん焦った。どうして知っているのか問い詰めると、特養の職員から教えてもらったという。さんざん聞いて回った結果、どうも中野が話したらしいとわかった。クレームの一つもつけたいところだが、相手は幻覚と幻聴でそれどころではない。

最近は、息子に会いたいと思うことが増えた。元夫に会いたいという気持ちは微塵《みじん》もない。私の家族は息子だけだ。

思い出すのは少年時代の姿ばかりだった。私とあの男の子どもとは思えないくらい、優しくて頭のいい子だった。顔はどちらかと言えば私に似ている。笑うと目が糸のように細くなり、頬骨がぐっと盛り上がる。

私の人生はあの子のためにあった。毎日の身の回りの世話は、大変だったが辛くはなかった。息子が進学したいと言えば身を粉《こ》にして働いた。安定した企業に就職が決まったと聞き、一緒に泣いて喜んだ。

ある眠れない夜、ベッドの上で唐突に気が付いた。

――寂しかったのか。

私はただ、寂しかった。息子がいない孤独に耐えられなかった。ギャンブルはいくらでも時間を溶かしてくれた。たった一人で死んでいく恐怖も、生活への不安も、何もかも忘れさせてくれた。

パチンコが好きだったのではない。孤独が嫌だっただけだ。

中庭に冷たい風が吹いた日、市役所から人が尋ねてきた。面会用の小部屋に通された私は、すぐに違和感を覚えた。いつもの女性職員の隣に、男が座っている。年齢は三十歳から四十歳くらい。紺色のジャンパーにジーンズというラフな服装だった。こわばった顔が私を正面から見ている。

「突然すみません」

職員は緊張した面持ちで頭を下げた。

「何がです？」

私には、目の前の女性がなぜ頭を下げているのかわからなかった。市役所からの訪問が突然なのは、今日に限ったことではない。それなのに、目の前の男女は揃って目を見開いた。

「今日は一人ちゃうんですね」

そう言うと、さらに驚いていた。わけがわからない。職員がおずおずと切り出す。

「あのう。この方がどなたか、わかりますか」

隣の男性を手で示す。改めて、男の顔をじっと見つめる。思い当たる節がない。半端に伸びた髭《ひげ》が清潔感を損なっていた。

「さあ」

首をひねると、男の目に涙が浮かんだ。その反応にこちらがぎょっとする。

「お母ちゃん。俺やで」

目の前の男は唾を飛ばし、息子の名を口にした。

「はあ？」

理解が追い付かない。私の息子はまだ中学生だ。確かに、声や顔は多少似ているような気もする。だが、息子はこんな中年男ではない。

「何言《ゆ》うてはるんですか」

息子を名乗る見知らぬ男の存在は、ただただ気味が悪かった。職員はいったい何を考えているのか。

「なんでこんな人、連れてきたんです」

「お母ちゃん。よう聞いてや」

男は身を乗り出してきた。思わずのけぞる。

「やめてや。人違いやろ」

「お母ちゃんが消えてから、俺、必死で捜したんや。事故に遭《あ》ったか、事件にでも巻き込まれたんちゃうかと思って。警察にも何回も相談したし、調査会社にも頼んだんやで。それでも見つからんくて、もうあかんと思ってたら自治体のホームページで見つけたんや。身元不明者として、お母ちゃんの写真が載ってた」

やたらと熱っぽく語っているが、その内容は半分も理解できない。私は事故にも事件にも遭っていない。自分の意思でここに来たのだ。ましてや、身元不明者として扱われている意味がわからない。私は自分が何者かわかっている。

「うるさいなあ。ええ加減にして」

「なあ、お母ちゃん。大阪帰ろう。認知症なんて嘘やろ。借金から逃げたかっただけなんやろ。そんなん、俺が一緒に返すから。警察にも施設の人にも、一緒に謝るから。だから、ほら、全部嘘やったってはよ言うてくれ」

「ええ加減にせえよ！」

我慢の限界だ。これ以上、見知らぬ男のざれ言に付き合っていられない。だいたい、こんな人間を連れてくる役所も役所だ。暇なのだろうか。後で改めてクレームを入れたほうがいいかもしれない。

男は棒立ちになっていた。ぽかんと口を開いたまま、虚《うつ》ろな目で私を見ている。おかしいのだろうか。

「……もしかして、ほんまなんか。ほんまにそうなんか」

気味悪さを通り越して、恐怖を感じはじめていた。この男はどういう思考のもとで発言しているのだろう。私の知らないところで、何かが動いている。女性職員は沈痛な面持ちでうつむいていた。

「自分の名前、言えるか」

男が失礼極まりない質問を発する。こちらが多少歳を食っているからといって、バカにした発言が許されるわけではない。

「当たり前やろ。私は……」

——私の名前は……。

なぜか唇が動かなかった。言うべき単語を思いつかないせいだ。

ちょっと待て。そんなはずがない。あっていいはずがない。顔がかっと熱くなる。何十年と名乗り続けてきた名前だ。だが思い出そうとするほど、頭のなかは真っ白になる。すこんと記憶から抜け落ちている。

「名前、言うてみ」

男が非情な声で急《せ》かす。冷たすぎる態度だ。高齢者をいたわろうという気持ちはないのか。これは精神的な虐待ではないか。

「私は……」

焦りと不快感がないまぜになり、頭に一斉に血が集まって、ぽん、と爆《は》ぜた。その瞬間、すべてがどうでもよくなった。恥ずかしさも怒りも、全部忘れてしまった。

——名前、なんやったっけ。

どうしても思い出せない。だが、それすらもどうでもよかった。

窮屈な部屋。愕然《がくぜん》とした男の顔。空調で温められた空気。あらゆるものが平面の上で均等に並べられている。それらを眺める私に感情はなかった。ただ穏やかな気持ちで、二次元上に配置された人やものを見ていた。

こんなに静かな気持ちになるのは、いつぶりだろう。生まれて初めてかもしれない。あらゆる混沌《こんとん》が消え、一枚の絵画のような世界だけが目の前に残った。

ふと見れば、知らない男の後ろに一頭の猿がいた。

私は思わず、悲鳴を上げた。

蟻の牙

資料1　書簡

相日電機産業《そうにちでんきさんぎょう》株式会社　人事部労務課課長　伊村徹《いむらとおる》様

拝啓

突然のご連絡、失礼します。昨年十二月まで貴社横浜工場に勤務しておりました、藤尾政彦《ふじおまさひこ》の妻の藤尾万奈美《まなみ》です。念のため申し添えておきますと、この手紙は夫の死亡退社に関わるものではありません。貴社が、夫の死について労働災害ではないとお考えであることは、よくよく承知しています。そちらについては、いずれ公《おおやけ》の場で結論が出ると確信しています。

これまで貴社とは双方の代理人を介して交渉を続けてきましたが、伊村様に直接お伝えしたい事柄があり、こうして手紙を書いています。

はっきり申し上げて、貴社との対話の過程ではがっかりすることばかりでした。夫が長時間の残業をこなし、頻繁に休日出勤をしてきたことは、家族である私が誰よりもわかっています。それなのに、勤怠記録上は問題ない、の一点張りでいっさい管理責任を認めようとしない貴社の姿勢には激しく失望しました。とりわけ、久保部長《くぼ》以下、従業員の勤務を管理すべき立場である人事部の皆さんには強い憤《いきどお》りを感じていました。

しかし先日、我が家に来てくださった伊村様のふるまいを見て、少し考えが変わりました。線香をあげ、涙を流して謝罪される姿は嘘ではないと感じたのです。夫の死後、自宅まで来てくださった会社の方は伊村様ひとりだけです。あなたにならば、この重大事を託せると信じています。

前置きが長くなり、すみません。本題に入ります。

先日、夫の遺品を整理しておりましたら、見慣れない書類の束が出てきました。ソウニチの社名や部署名が入っているため、貴社の内部資料と思われます。はじめは家に仕事を持ち帰ったのだろうと考えましたが、よくよく見ると、いくつか気になる点が見つかりました。

特に気になるのは、製品検査証明書です。夫が工場の品質管理部で働いていたことは、ご存じの通りです。ですから検査の証明書があること自体は不自然ではありません。

ただ、同じような証明書が二枚セットであるのです。しかも二枚の証明書では、検査値が微妙に異なっているのです。そんな証明書が何組も保管されていました。

さらによく見ていくと、証明書のうち一枚は基準値を外れていて、もう一枚は基準値内に収まっていることがわかりました。検査日もロットも同じなのに、数値だけが異なっている。しかも一方は基準を守っていない。

どういうことでしょう。

私が考えるに、これは貴社の検査不正を裏付ける証拠ではないでしょうか。本来なら基準値外、スペックアウトのはずの製品を、数値を改竄《かいざん》することで出荷してしまったのではないですか。

夫は立場上、その不正に深く関わっていたはずです。そういう意味では夫も不正の片棒を担《かつ》いでいたと言えるでしょう。けれど、いずれ会社を告発するために資料を保管していたと私は考えます。そうでなければ、自分の立場を悪くする資料をわざわざ自宅に持ち帰る理由がありません。

証拠として書類のコピーを添付しました。これ以外にも、私の手元には多数の書類があります。

私の希望は、貴社が内部調査に踏み切ってくださることです。亡くなった夫は生き返りません。ですがせめて、夫の遺志を汲《く》んでいただけないでしょうか。一部社員の独断で不正を行っているようでしたら、貴社にとっても大きな損失だと思います。

代理人を通じて通達すれば、貴社が引くに引けなくなるのはわかっています。ですから、こうして内々に連絡をしている次第です。他の方に連絡すれば握りつぶされてしまうかもしれない。伊村様だけが頼りなのです。

どうか真摯《しんし》に、お考え下さい。

誠意ある返答をお待ちしています。

敬具

令和五年六月二日

藤尾万奈美

資料2　企業概要（公式ウェブサイトから抜粋）

社名　：相日電機産業株式会社

本社　　：神奈川県横浜市中央区立岡《たておか》2丁目3番3号
代表者名：代表取締役社長　平沼貢《ひらぬまみつぐ》
事業内容：家庭用電気製品の企画、製造、販売
従業員数：3830名（連結）、1844名（単体）
上場市場：非上場
主要株主：ヒラヌマ管財株式会社（保有比率100パーセント）

資料3　電子メール

久保部長

お疲れ様です。至急ご相談したいことがあります。
Fさんの奥様から私宛に手紙が届きました。
添付のPDFを確認次第お電話いただけますか。

伊村

資料4　書簡

藤尾万奈美様

拝啓
　ご無沙汰しております。藤尾さんが亡くなってから六か月が経《た》ちますが、ご家族の皆さんは辛《つら》い毎日をお過ごしのことと拝察します。お悔やみに伺った時にも少しお話ししましたが、私はもともと、藤尾さんが入社された際の採用担当でした。もう十七年前になります。

　大学四年生の藤尾さんと初めて会った時のことは、今でも覚えています。体育会野球部のキャプテンという肩書きにぴったりの、はつらつとした印象でした。立ち方、話し方も堂々として、気持ちのよい人だと感じ、ぜひ入社してほしいと思ったものです。当時すでに四十前だった私には、その清々《すがすが》しさはまぶしいほどでした。

　言うまでもありませんが、藤尾さんが亡くなられたことは私にとっても非常にショックです。同時に、労務課の課長としてもっとできることがあったのではないか、と日々反省しています。いただいた資料に関しては社内で吟味して返信差し上げます。

　藤尾さんのご冥福を、心よりお祈り申し上げます。

敬具

令和五年六月十八日
伊村徹

資料5　書簡

伊村徹様

拝啓

前回の返信を読んで、怒りでどうにかなりそうでした。

なぜ、私の訴えを無視されるのですか？

私はお悔やみを言ってほしいわけではありません。検査不正の可能性があるため、調査をしてほしいとお伝えしたはずです。思い出話でお茶を濁すような真似はやめてください。二週間待った末の返答があれでは、夫も浮かばれません。

社内で吟味する、とはどういう意味ですか。吟味した結果、揉《も》み消すことを決めたということですか。

電話をかけてもあなたは出ませんね。手紙を書くしかないのが腹立たしいです。

あれがあなたの本心ですか？　上司にでも相談して、そう書いておけ、と言われたんじゃないですか？　私だって、会社員のあなたが誰にも相談していないとは思っていません。久保部長かもっと上の人から、適当に濁しておくよう指示されたのではないですか。

そちらがその気なら、こちらにも考えがあります。

夫が亡くなった直後や、裁判を起こす前後でたくさんの取材を受けました。私の手元には、テレビ、新聞、週刊誌、色々なメディアの名刺があります。

手はじめに、懇意にしている週刊誌の記者さんに、検査不正の件をお話しします。もちろん、怪しげな検査証明書も提供します。興味を持ってくれれば、記事にしてくれるかもしれません。

楽しみにしていてください。

敬具

令和五年六月二十五日

藤尾万奈美

資料6　週刊宝玉《ほうぎょく》　令和五年七月十二日号（抜粋）

名門家電メーカーに「検査不正」疑惑　呆れた手口と「従業員の証言」

相日電機産業という会社をご存じだろうか。社名に覚えはなくとも、「快適な毎日、ソウニチ」のテレビコマーシャルを覚えている方は多いだろう。家電メーカーとして冷蔵庫、洗濯機、掃除機などの分野で高いシェアを誇り、昨年創業五十年を迎えた名門企業である。現在は創業者の息子である平沼貢氏が、二代目社長を務めている。

その「名門」で、信じがたい不祥事が続発しているのだ。

昨年十二月、同社横浜工場の品質管理部に勤めていた男性が脳梗塞で亡くなった。この男性は常態的に月百時間を超える残業をこなしており、多い月には残業時間が二百時間に及んでいたというのである。当然、過労死ラインをはるかに超えている。会社としては労働災害と認定し、ただちに職場環境を是正しなければならない。

ところが、である。同社は勤怠記録上、男性は月あたり三十時間を超えて残業をしたことはなく、会社としての管理責任はないと判断した。一方で、遺族や周囲の従業員の証言からも、男性が過重労働をしていたのは明らかである。

つまり、男性は勝手に違法労働をして、そのせいで亡くなったと言っているに等しいのだ。この説明で納得するバカがどこにいるというのか。むしろ、どんなに働いても三十時間を超えた残業をつけないよう「会社が指示」していたのではないか。そんな疑念すら抱きたくなる。現在、遺族は同社に対して損害賠償請求の訴えを起こしている。裁判の過程で、男性の勤務実態が明らかになることを期待する。

しかも、不祥事はこれで終わりではない。むしろここからが本題なのである。

我々は、同社関係者からある資料を入手した。「製品検査証明書」という名目である。同社の主力製品である、冷蔵庫の検査にかかわるものだ。奇妙なのは、同じ日付、同じ製造ロットにもかかわらず、二種類の書面が存在する点である。内容はほとんど同じだが、唯一、「検査値」だけが異なっている。一方の書面では基準値をオーバーしており、もう一方の書面ではきちんと基準値に収まっているのだ。

この二枚の証明書が意味するところは一つである。数値の「改竄」だ。

製造業での検査不正は、悲しいかな、今にはじまったことではない。しかし相日電機産業においては、これまで不正が報告された例はなかった。我々がふだん使用する家電で検査不正があれば、いずれ重大事故につながるであろうことは想像に難くない。

この衝撃的な疑惑を追及するため、同社への取材を試みたが、同社広報部に送付した質問状にはいっさい応答がない。そのため我々は現場従業員にアプローチし、同社横浜工場に勤務する方から貴重な話を聞くことに成功した。

「検査不正は、私が入社した時から常態化しています。そうしないと現場が回らない。とにかく人も設備も足りないんですよ。海外メーカーと競争するため、コスト削減を進めすぎたツケが回ってきたんです」（同社従業員）

現場の悲痛な叫びに耳を傾けず、コスト削減に邁進《まいしん》してきた結果が現状ではないか。亡くなった男性の過重労働も、本質的には同じ問題に端を発するように思えてならない。いつからか、従業員にとっては「不快な毎日」を送る会社になっていたというわけだ。

日の丸製造業の失墜は、止《とど》まるところを知らない。

資料7　電子メール

伊村さん

平沼社長への報告終わりました。うちにかかわる要点だけ。
・証言者は人事と生産管理で捜す。生産管理部は大浦《おおうら》次長が指揮。
・Ｆの家族への対応は伊村さんが窓口になる。
別件があるので取り急ぎ。読んだら削除で。

久保

資料8　電子メール

人事部
久保部長、伊村課長

お疲れ様です。例の件、ヒアリングの結果をまとめました。
話したのは品管の鈴井《すずい》職長で間違いなさそうです。（Fさんの元部下）
詳しくは添付ファイルを確認してください。
取り扱い注意でお願いします。特に監査室には渡さないように。

横浜工場生産管理部　大浦

資料9　書簡

伊村徹様

拝啓

お久しぶりです。今もマスコミ対応に追われていますか。正直、ここまで影響があるとは思っていなかったので、私自身も少し驚いています。あなたからの電話を無視して、告発してよかったと思っています。

一般人ひとりじゃ、大したことはできないとお考えでしたか？

週刊宝玉さんは私の告発を真摯に受け止めてくださいました。私の持参した資料だけでなく、他の社員の証言まで取ってきてくださったんですから、本気度が違います。まさかとは思いますが、その社員さんを特定して辞めさせるような真似はしていませんよね？　もっと他にやるべきことがあるはずです。

まずは社外の専門家などに委託して、第三者調査を実施するべきではないでしょうか。告発した私自身が言うのもおかしな話ですが、社内調査でどうこうできる段階ではないと思います。社外の目を入れてしっかり調査しないと、世間も納得しないんじゃないですか。

もはや検査不正は世間に知れ渡っています。変な悪あがきはせず、記者発表なりなんなりで今後の方針を示すべきではないですか。

本来、これを伊村さんに言っても仕方ないことはわかっています。でも、他の人に送ればそれこそ無視されるかもしれない。伊村さん宛で送っているのは、せめてもの、私なりの礼儀のつもりです。

私の手元には他にも資料があります。ソウニチさんのアクションがなければ、今度はそれもメディアに渡します。

賢明な判断をお願いします。

敬具

令和五年七月二十二日

藤尾万奈美

資料10　面談議事録（社内資料）

日時　令和五年八月二日　午後二時〜四時
場所　横浜工場会議室Ａ
出席者　生産管理部：大浦次長、品質管理部：鈴井職長、人事部：久保部長、伊村（書記）

〈結論〉
・鈴井直正《なおまさ》職長が「週刊宝玉」の取材に応じたことは事実。
・検査不正は三年ほど前から続いている。

〈詳細〉

（鈴井職長コメント）

藤尾さんの元部下として、週刊誌の取材に応じないわけにはいかなかった。検査不正は三年ほど前から、品質管理部全体でやっていること。課長クラスはもちろん、部長も知っているはず。

おそらく第一製造部もほとんどの社員は知っている。

とにかく人が足りない。この人数で工場を回せというのは、どこかで不正をやれと言っているようなもの。例の資料を週刊誌に持ち込んだのが藤尾さんの奥さんだということも記者に聞いた。藤尾さんは現状に心を痛めていたし、証拠固めをしていた。今回の件がなくても、いずれどこかから発覚したと思う。

取材では、労務管理上のことも話した。藤尾さんが亡くなった直後は残業もずいぶん減ったが、今はまた元の水準に戻りつつある。自分も先月は百時間以上、時間外勤務をしている。勤怠をつけられないのは、そういう雰囲気があるから。職長のなかには、部下に三十時間を超えるな、と明言している者もいる。いずれ続報が出るかもしれない。

人事部は「知らなかった」と言うが、人の採用を決めているのも、労務管理をするのも、人事部の仕事ではないか。こういう時だけ他人事《ひとごと》として捉えるのはやめてほしい。今すぐに改善してほしい。

（久保部長コメント）

検査不正に関しては、流出資料と社員一名の証言だけでは、事実であると判断することはできない。不正であると認めるためには、もっと客観的な証拠が必要。現時点では鈴井さんの妄想と言われても仕方ない。

労務管理も同様で、勤怠記録上はまったく問題ないことになっている。残業すればその分の記録をつけるのは当然のこと。記録をしていない以上、残業があったと認めることは不可能。ちゃんと百時間分の残業をつけてくれれば、こちらも相応の対処はする。もっとも、そんな激務をしている従業員は存在しないと信じている。

いずれにせよ、鈴井さんには休養期間が必要だと思う。生産本部長とも話し合い、現在の多忙な職場から移すことも検討する。

以上

資料11　書簡

藤尾万奈美様

拝啓
ご無沙汰しています。伊村です。お返事が遅くなりすみません。

この手紙は、上長にも相談せず、私だけの判断で書いています。前回のお手紙も他の社員には見せていません。嘘ではないです。ここから先の内容を読めば、納得してもらえると思います。

少しだけ愚痴を書かせてください。

私は人事畑で二十年仕事をしてきました。もう五十代も半ばに差しかかっています。一応、部内ではベテランと言える立場です。それなりに苦しい場面もありましたし、理不尽だと思う仕事もやってきました。

それでも、藤尾さんと奥さんに対する会社の対応は、常軌を逸していると思わざるを得ません。

会社は藤尾さんの労災を認めないばかりか、不正行為の証拠を握りつぶそうとしています。ご懸念の通り、会社では社長指示のもと、速やかに犯人捜しがはじまりました。現に、週刊誌にコメントを出した社員は特定されてしまいました。近く、異動の辞令が下るでしょう。

労務課課長という立場上、常に矢面《やおもて》に立って仕事をしているつもりです。トラブルが起これば率先して火を消し、会社の名誉を守るために必死で働いてきました。ですが、もう我慢の限界です。これ以上は私の良心が許しません。

近日中に、第三者委員会の立ち上げを社内で提案します。人事部内ですと久保部長らに潰されるでしょうから、取締役会での緊急議題として提起します。取締役会では各事業所の勤怠管理についても話し合われますから、労務課長である私は毎回出席しているのです。

私も人並みの愛社精神はあるつもりです。相日電機産業が誇りを失っていく姿を、もう見たくはありません。私が暴走を止めます。亡くなられた藤尾さんのためにも。

今しばらく、時間をください。

敬具

令和五年八月十二日

伊村徹

資料12　令和五年度八月　取締役会議事録（社内資料、抜粋）

◆緊急の議題として、人事部伊村労務課長から以下の提案があった。

「横浜工場における検査不正疑惑に関して、早急な対策が必要。消費者からの懸念に応える意味でも、弁護士等の識者を入れた第三者委員会を可及的速やかに立ち上げたい」

（平沼社長コメント）

検査不正疑惑については社内調査で結論を出すことが先決であり、現時点では不要。不正が事実でないなら我々は堂々としていればいい。むしろ、人事部労務課長の職責にある者からこのような考えの浅い提案が出ることが問題である。久保部長の管理不足ではないか。

（久保人事部長コメント）

私も事前にまったく聞いていなかったこと。管理不足については申し訳ない。個人的にも第三者委員会は必要ないと考える。伊村課長とは後ほどしっかり話し合う。

資料13　令和五年九月一日付　人事情報（社内資料）

鈴井直正

異動前　生産本部品質管理部　職長

異動後　人事部付

伊村徹

異動前　人事部労務課　課長

異動後　人事部付

資料14　書簡

伊村徹様

拝啓
前回のお便りからひと月が経ちました。そちらの状況はいかがですか。
はっきり言って、あなたのことは完全に信用しているわけではありません。ただ、口から出まかせだとしても夫のために動いてくれると明言してくれたことは嬉しかったです。
私もいつまでも待てません。この状況が続くようなら、追加の情報を記者さんに渡します。迅速な対応をお願いします。

敬具

令和五年九月十三日

藤尾万奈美

資料15　書簡

藤尾万奈美様

拝啓

はじめてお手紙差し上げます。相日電機産業の横浜工場に勤めております、大浦秀文《ひでふみ》と申します。生産管理部という部署で次長の職を務めています。藤尾政彦さんとは入社同期で、お互い横浜工場一筋ということもあり、生前は仲良くさせていただきました。お二人の結婚式にも出席したのですが、十年以上前のことですので、ご記憶にはないかと存じます。

電話は通じず、メールアドレスも不明のため、手紙で連絡を取っていると伊村さんに伺いました。ですので、悪筆を承知でこの手紙を書いております。

用件は二点です。
・近く、面談の機会をいただけないでしょうか。
・これ以上のマスコミへの情報提供は止めてください。
以下にその理由を申し上げます。

社内調査の結果、週刊誌等で報道されたような不正検査は、「存在しない」ことが明らかになりました。その経緯をご説明するため、面談を希望する次第です。また、更なる誤情報を流布することは当社としても避けたいため、週刊誌はじめマスコミとの連絡は絶っていただくようお願いします。

このひと月半、私も担当者の一人として社内調査に携わりました。当初は、自分の勤務先で検査不正などという悪事を働く者がいることに愕然《がくぜん》とし、憤りを感じました。

しかし実際に調べてみると、週刊誌に掲載されていたような基準値オーバーの記録はどこにも見当たりませんでした。不正を行ったとされるロットの製品を再検査しましたが、これも問題はありません。また、調査期間中はすべての製品の検査工程を監視してきましたが、現場作業員の不正行為は認められず、基準値を外れるような製品も出ませんでした。

それでも、私の親友ともいえる藤尾さんが握っていた不正の証拠です。どこかに不正の痕跡があるはずだと、念入りに調べました。

すると、ある社員（ここではSとします）が不審な行動をとっていることがわかりました。Sは藤尾さんの部下だった社員です。

社内調査の過程で、週刊誌の取材に答えたのはSであることがわかりました。本来なら個人を特定することは望ましくないと理解していますが、S自ら名乗り出たような面もあり、致し方なかったのです。

Sは私たちの目の前で、現場では検査不正が横行しているとぶちまけました。しかし、調査を行っている私たちからすれば、どこに不正があるのかさっぱり理解できません。なぜ、私たちの認識とSの主張はこれほどまでに違うのか。もしかすると、Sには「不正が起こってほしい理由」があるのではないか。可能性の一つとして、そう考えました。

同じ会社の仲間に疑いの目を向けるのは、心苦しいことです。しかし、誰かがやらねばならないことでした。

調査を進めるなかで、Sが最近になって当社の機密情報を持ち出している形跡が発見されました。また、同業他社と接触し、機密情報と引き換えに何らかの見返りを得ている記録も見つかりました。

ここで、Sにとって「不正が起こってほしい理由」がおぼろげに見えてきました。

Sは対価と引き換えに、当社へのスパイ行為を行っていた。つまりは、同業他社の手先だったのです。他社にしてみれば、当社の不祥事は自社の利益になります。ですから、Sを利用してありもしない不正を仕立て上げ、無実のスキャンダルを起こしたのです。

これらの行為は会社に不利益をもたらすだけでなく、刑事罰の対象となります。証拠を揃えてSを厳しく追及したところ、私たちの考えが正しいことを認めました。初めから、検査不正はまったくのでっちあげでした。

藤尾さんの手元にあった、二枚の検査証明書についても尋ねました。あれもSがわざわざ用意した偽の書類でした。Sが自分で告発すると不自然なため、藤尾さんにその役を背負わせようとしていたようです。どこまでも卑劣なやり口です。

気の毒なことに、藤尾さんは部下から騙されていたのです。

正義感の強い藤尾さんですから、おそらくはSのことも信じていたのでしょう。Sの行為が藤尾さん、そして万奈美さんまで傷つけたのだと思うとやりきれません。

長文になりましたが、ご納得いただけたでしょうか。詳細については面談の席で改めてご説明したく思います。

何卒、よろしくお願いいたします。

敬具

令和五年九月二十二日
大浦秀文

資料16　令和五年十月一日付　人事情報（社内資料）

人事部付　鈴井直正
依願退職

資料17　書簡

大浦秀文様

先日は面談ありがとうございました。藤尾万奈美です。

対面でもお伝えしましたが、改めて書面でお詫《わ》びを申し上げなければならないと思い、こうして手紙を書いております。

この度は私の浅慮により、貴社の名誉を傷つけるような行動に出てしまったこと、誠に申し訳ありませんでした。まさか、改竄資料自体が捏造《ねつぞう》されたものとは思わず、夫の死や貴社との裁判で精神的に不安定なこともあって、早まった行動に出てしまいました。不問に付していただき感謝いたします。

面談では言いそびれましたが、大浦さんのことは覚えています。結婚式の余興で扮装をして歌ってくださったのが、大浦さんでしたね。夫がとても愉快そうに笑っていたのを記憶しています。その大浦さんから説明していただいたおかげで、私も落ち着いて話を聞くことができました。誠実な対応をいただきありがとうございます。

Sさんの行いについては到底許せるものではありませんが、すでに退社されており、貴社や私と関わることも二度とないでしょうから、早く忘れてしまおうと思います。

率直に言えば、検査不正の証拠と引き換えに、夫の労災を認定してもらえないかという下心もありました。念のため言っておくと、お金のためではありません。夫が亡くなった理由が不明瞭なままだと、彼の名誉も守られないと思うからです。

ご迷惑をかけておいてなんですが、夫に関する賠償請求訴訟は継続させていただきます。

貴社が伊村課長を更迭なさったことは理解しましたが、だからといって夫が還《かえ》ってくるわけではありません。労務環境の改善についても伺うことができなかったのは残念です。もっとも、これは大浦さんに言うべきことではありませんね。久保部長や新しい労務課長が環境改善を推進してくださるのを祈るばかりです。

大浦さんも、お身体にはお気をつけください。

令和五年十月十七日

藤尾万奈美

資料18　電子メール

大浦次長

お疲れ様です。
今回は本当にありがとうございました。
大浦さんの機転がなければ、危なかったと思います。

伊村さん

元はと言えば取締役会での伊村さんのスタンドプレーが一因です。
火消しに動いてくれた大浦さんにはよくよく御礼お伝えください。

久保

資料19　令和五年十二月一日付　人事情報（社内資料）

伊村徹
異動前　人事部付
異動後　人事部労務課　課長

資料20　電子メール

伊村徹様

ご無沙汰しています、鈴井です。フリーアドレスから送っているので、無事に届いているか不安です。

退社から二か月以上経ちますが、いまだに次の仕事は見つかっていません。というより、探す気力が湧かないんです。会社に裏切られたことが本当にショックで、次に就職した先でも同じ目に遭わされるんじゃないかと怖くて仕方ありません。

大卒で入社して十年ちょっと働きました。覚えていますか？　伊村さんが採用を担当した最後の年です。同期のなかでも、伊村さんは親切だと評判でした。経営幹部のような迫力はありませんが、誠実で優しい人柄は伝わってきました。

藤尾さんも飲み会で、伊村課長にはお世話になったと言っていました。労務は全社員と接点を持つ仕事で、きめ細かい対応が求められる。伊村さんだから務まる仕事なんだ、と藤尾さんは力説されていました。

そんな伊村さんが不正の揉み消しに加担したこと、本当にがっかりしました。

明日で藤尾さんが亡くなって一年になります。あの日のことは鮮明に覚えています。

朝、私が出勤すると、ロッカールームで着替えている藤尾さんと鉢合わせしました。驚きましたよ。徹夜で会社に居残って仕事をしていたというのですから。本来、私たち品質管理部は日勤専門のはずですが、藤尾さんは夜勤シフトに付き合って夜通し検査をしていたんです。これから少しだけ家に帰って、またすぐに戻ってくる、と笑顔で言っていました。誰よりもしんどいはずなのに、いつも他人には優しい人でした。

そして帰宅途中、藤尾さんが帰らぬ人となったことはご存じの通りです。

伊村さんが難しい立場なのはわかります。経営陣や久保部長に頭を押さえつけられて、正義を貫きたくてもなかなかそうはいかないでしょう。でも、存在している不正をなかったことにするのはやりすぎです。

私が何も知らないと思っていますか。社員から色々聞いています。

スパイ行為って何です？　そんな証拠が存在しないこと、会社が一番わかっているんじゃないですか。稚拙な嘘で藤尾さんの奥さんを騙して、マスコミを封じ込めたつもりですか。

予言しますが、そう遠くないうちにまた告発者が出ますよ。

検査不正も、過重労働も現実に起こっていることです。現実から目を逸《そ》らして、嘘ばかり並べ立ててもいずれ化けの皮は剝がれます。社員もバカではありません。私は退社させられましたが、いずれ第二、第三の鈴井が出てきますよ。

その時、会社はどうするつもりですか？

伊村さんは今、どんな気分ですか。

労務課長に復帰されたと聞きました。三か月経って、ほとぼりが冷めたら元の職場に戻れるんですね。正直、羨ましいです。

妻や子どももいるので、いつまでも落ちこんではいられない。そろそろ職を探さないといけませんが、どうしても身体が言うことを聞いてくれません。自分は二度と社会復帰できないかもしれない。いっそ死んだほうがましかもしれない。今はそう思っています。
どうしてくれるんですか？

鈴井直正

資料21　サガミ放送報道局　2023年12月21日配信

警察によると、20日午後9時ごろ、神奈川県横浜市の国道で、乗用車と軽自動車が衝突する事故があった。この事故で、軽自動車を運転していた無職・鈴井直正さん（33）が病院に運ばれたが、まもなく死亡が確認された。乗用車に乗っていた2人はいずれも軽傷という。警察は、鈴井さんの運転する軽自動車がスピードを出し過ぎていた可能性もあるとみて調べている。

資料22　通話記録（書き起こし）

通話開始時刻は令和五年十二月二十二日午後七時五分。以下、久保耕一郎《こういちろう》人事部長（当時）は〈久保〉、伊村徹人事部労務課長（当時）は〈伊村〉と表記する。

〈伊村〉お疲れ様です。今、よろしいですか。

〈久保〉はいはい。

〈伊村〉鈴井さんが亡くなった件ですが。

〈久保〉ああ、あの件ね。どうしました?

〈伊村〉何も対応しなくてよいものかと。

〈久保〉えっ? 元社員なんだし、逆に対応する必要ありますか。

〈伊村〉会社としてはあれですが、私は個人的に通夜に参列しようかと。

〈久保〉やめたほうがいいんじゃないの。家族から恨まれるだけでしょう。

〈伊村〉個人的にメールももらっていましたし、ご挨拶だけでもしたいんです。

〈久保〉そうなんだ。どうしても行きたいなら、いいですけど。ただ、会社としての参列ではないと強調してくださいね。ソウニチと、鈴井君が亡くなったことは無関係なんだから。それだけですか?

(五秒間沈黙)

〈久保〉聞こえてます? 何か言いたいことあるんですか?

〈伊村〉鈴井さんが亡くなったのは、なぜでしょう。

〈久保〉不注意による事故でしょう。それ以上、言いようがありません。

〈伊村〉メールには、会社から裏切られてショックだったと書かれていました。

〈久保〉彼の立場からするとそうなるでしょうね。でもね、こっちに言わせるとやり方がまずすぎますよ。いきなり週刊誌の取材に応じて、私たちに不満をぶちまけて。危険分子だと思われても仕方ない。

〈伊村〉鈴井さんのやり方はともかく、その後の私たちの対応に問題があったのではないでしょうか。

〈久保〉伊村さん。いい加減にしてくださいよ。あなた、取締役会で爆弾放り込んだの忘れたんですか。あの事後処理、どれだけ大変だったか。

〈伊村〉あの件については申し訳ありませんでした。ですが、鈴井さんの話はまた別です。彼が亡くなった原因は、彼を辞めさせたことにあると思っています。

〈久保〉辞めさせた、って。依願退職ですよ。

〈伊村〉表向きはそうですよ。でも、毎日出社させて小部屋に閉じ込めるのはあからさまな嫌がらせでしょう。違いますか？

（四秒間沈黙）

〈伊村〉会社として、鈴井さんの死に何らかの反応をするべきではないですか。

〈久保〉勘弁してくださいよ。できるわけがない。

〈伊村〉やはり、彼や藤尾さんの奥さんの告発を真摯に受け止めるべきではないでしょうか？遅くなりましたが、今からでもそうしたほうがいい。

〈久保〉無理ですよ。伊村さん、何年人事やってるんです？

〈伊村〉一応、二十年になります。

〈久保〉それだけ長いこと人事にいて、まだわからないんですか。断言しますよ。何千人と人間がいる会社を相手に回して、個人が勝てるわけがない。そりゃあ、私も本当は綺麗事《きれいごと》を言いたいですよ。でも現実には、法律や制度は組織の味方をしているでしょう。社員は従順に働くしかないんです。

〈伊村〉検査不正があっても？

〈久保〉あれは、現場が勝手にやっていることでしょう。

〈伊村〉過重労働があってもですか？

〈久保〉それも、彼らが自主的に残業時間をつけてないだけ。勤怠つけりゃいいんですよ。

〈伊村〉でも先ほど、社員は従順に働くしかない、と。

〈久保〉ねえ伊村さん。これ、何のための電話ですか。私をイライラさせるためにかけてきたんですか。

〈伊村〉部長の本音をお聞きしたかったんです。

〈久保〉私の本音はさっき言った通りですよ。不正も働きすぎも、現場が好きでやっていることです。私らの責任じゃない。鈴井君が亡くなったことも、うちとは関係ない。

〈伊村〉承知しました。ありがとうございます。

〈久保〉もういいですか。では。

資料23　書簡

伊村徹様

拝啓
お久しぶりです。藤尾です。
夫が亡くなって二度目の正月が過ぎました。いまだに実感がありません。こうして手紙を書いている間も、次の瞬間には玄関のドアが勢いよく開いて、夫が帰宅してくるような気がしているのです。
それでも、亡くなった直後に比べれば精神的に落ち着いてきたと思います。あの頃はちょっとしたことで涙が出てきたり、叫び出したりと、自分でも感情がコントロールできなかったです。子どもがいたら違ったのだろうか、と意味のない空想をすることも度々ありましたが、最近はそういうこともありません。

人事部労務課に戻られたそうですね。鈴井直正さんの葬儀に参列した際、奥様から伺いました。最初、耳を疑いました。どうして不正の隠蔽《いんぺい》に加担した伊村さんが、労務の現場に戻っているのか。伊村さん一人の責任でないことはわかっていますが、それにしたって責任者であることには変わりありません。

まさか、私が大浦次長の言い分をそのまま信じたとでも思っていますか？

あれが出まかせだってことくらい、社外の人間である私にもわかります。鈴井さんの奥様も、あんなでたらめのせいで会社を辞めさせられて、大変無念だとおっしゃっていました。

私が騙されたふりをしたのは、ソウニチ側の態度を軟化させるためです。あそこで「それはおかしい」とごねても、私の側に証拠はありません。いくら鈴井さんがスパイ行為をしていないと確信していても、それを立証する術《すべ》はない。だったらいったん引き下がるほうが利口です。こちらが強硬な態度に出れば、そちらもまた妙な対策をしてくるでしょう。もう、不快な思いをするのはたくさんです。

訴訟そのものは続いているわけですから、反撃の機会はいずれ訪れる。そう考えました。

なぜ私がこの手紙をあなたに書いているのか、よく考えてください。

この手紙を読んで、私の納得が演技だったと知れば、今までのあなたなら久保部長や大浦次長にそのことを伝えるでしょうね。そして会社ぐるみで悪知恵を絞って、新しい嘘で再び言いくるめようとする。あるいは、私がおかしな行動に出ないよう監視を画策する。

もうやめませんか？

ソウニチのコンプライアンスはとっくに崩壊しています。過労死を認めない。検査不正を認めない。告発した社員を辞めさせる。これが人間のやることですか。

きっと個人としては、伊村さんも、久保部長も、大浦次長も、善良な人なんだろうと思います。でも組織の一員となった途端、まるで別人のようになってしまう。会社って、そんなに大事ですか。相日電機産業の看板は、そこまでして守る価値があるものですか。

これが最後のお願いです。

どうか、すべてを白日の下にさらしてください。それができるのは伊村さんだけです。当事者としてすべてを知っていて、それを立証する証拠も持っている。あなたがこの顚末《てんまつ》に、根っから納得しているとは思えません。夫や鈴井さんの死に関して心残りがあるなら、行動に移してもらえませんか。
伊村さんが勇気ある決断をしてくださると信じています。
敬具
令和六年一月十一日
藤尾万奈美

資料24　経済産業省　公益通報受付窓口　送信内容（抜粋）

通報者氏名
伊村徹

今回通報を行う理由・動機
私は相日電機産業株式会社で、人事部労務課課長の職を務めています。その間、同社横浜工場での違法労働および検査不正を知る立場にありながら、会社の体面を優先し、見過ごしてきました。詳細はいずれも別添ファイルをご覧いただきたいのですが、原因が極端な人手不足にあることは間違いありません。私自身、労務課課長として、不祥事が表面化するまで手を打つことができなかったのは猛省すべきことと思っています。
なお本件は、神奈川県警察および神奈川労働局にもすでに通報済みです。ぜひ、厳正なる対処をお願いいたしたく存じます。

資料25　令和六年二月一日付　人事情報（社内資料）

人事部労務課　課長　伊村徹
依願退職

資料26　週刊宝玉　令和六年二月二十一日号（抜粋）

腐敗にまみれた「名門」ソウニチ　ガバナンス不全の行方は

年明け早々、産業界を揺るがす衝撃的なニュースが飛び込んできた。

中堅家電メーカーの相日電機産業（ソウニチ）で、またも「腐敗」の実態が明るみに出たのだ。一昨年から昨年にかけて、社員の過労死疑惑、検査不正疑惑と、数々の不祥事が発覚してきた。しかも今回は疑惑ではない。元社員による実名告発である。

告発者は、二月一日付で同社を退社した伊村徹さん（56）。二十年にわたって人事畑を歩み、直近では労務課課長として社員の勤務管理に関わってきた。いわば、社員の働きぶりを最も身近で見てきた人物である。

この度、伊村氏は我々のインタビューに応じてくれた。待ち合わせ場所の会議室に現れたのは朴訥《ぼくとつ》とした男性で、折り目正しく挨拶する口ぶりからは誠実な印象を受けた。伊村氏は、ソウニチの腐りきった実態についてこう語ってくれた。

「もはやソウニチではコンプライアンスが機能していません。不祥事が明らかになった場合、経営幹部が真っ先に考えるのは隠蔽です。それしか考えていないと言っても過言ではありません」

具体的に、どのような不祥事があったのか。

「報道されていた通りです。横浜工場では過剰な時間外勤務が常態化しており、一昨年に亡くなった社員は、推定で月百時間を超える残業をこなしていました。悪質なのは、組織的に正しい勤怠記録をつけさせなかったことです。これは言い訳ですが、虚偽の残業時間を申告されると、労務の私も把握することができないのです。すべての現場を二十四時間監視することは不可能ですから」

検査不正はどうか。

「それも事実だと言わざるを得ません。製品検査証明書が改竄されている可能性は、昨年六月の時点で本社もつかんでいました。しかし対策をするわけでもなく、漫然と過ごしているうちに報道されました。その後、慌てて現場へヒアリングをしましたが、わかったことは現場判断で長らく検査不正が行われていたということです。遅くともこの時点で事実を公表すべきでした」

実は小誌では、いち早く「名門」ソウニチの異変をキャッチしていた。昨年七月十二日号の記事で同社の検査不正疑惑を取り上げ、社員のコメントを掲載している。今回、我々は改めて同社員にインタビューを行うため連絡をとろうとしたが、返答はなかった。この点について伊村氏に尋ねると、驚くべき答えが返ってきた。

「その社員は昨年末、亡くなりました」

故人となっていたのである。どういうことか。

「検査不正について社外へ話してしまったことで、社内で責任を問われたのです。現場から外され、工場の隅にある小部屋にデスクを移されました。いっさいの仕事を与えられない、閑職とすら呼べないような環境です」

いわゆる「追い出し部屋」ということか。告発した社員を特定したり、退社に仕向けたりすることは、言うまでもなくコンプライアンス違反である。これで、ソウニチ社内の第三の不祥事が明るみに出たことになる。

「その後、追い詰められる恰好《かっこう》で依願退職しましたが、精神的に調子を崩してしまい、次の就職先も見つからなかったようです。そんな中、自家用車で交通事故を起こし、亡くなってしまいました」

ソウニチが元社員に行った仕打ちと、交通事故の間に因果関係はあるのか。

「わかりません。ただ、ご遺族の気持ちを考えるとやりきれない思いはあります」

沈痛な面持ちの伊村氏は、我々の目には、凋落《ちょうらく》する名門を憂《うれ》いているように映った。

退職したばかりで現在無職だという伊村氏。大企業の正社員という安定した立場をなげうってまで、告発に踏み切った態度は誠実そのものである。元社員の誠実さにどのような応えを返すのか。ソウニチ側の反応に注目したい。

資料27　電子メール

伊村徹様

ご無沙汰しています。久保です。

退社時に伺った私用メールアドレスに送付させていただきます。

過日、貴殿が週刊誌「週刊宝玉」に語った内容には、当社営業秘密が含まれております。

貴殿は退社時に秘密保持の誓約書を取り交わしていますが、この誓約内容に違反する可能性があります。

当社としては、訴訟も視野に入れた対応を検討しております。

双方の認識について協議するため、打ち合わせの場を設けたく存じます。

ついては、至急、メールへの返信または電話での連絡をお願いします。

相日電機産業株式会社
人事部　久保耕一郎

資料28　電子メール

久保部長

お久しぶりです。伊村です。

メールいただいた件、打ち合わせには出席できません。
私は誰よりも会社の手口を知っているつもりです。
打ち合わせの席で何をしてくるかも、よくわかっています。
弁護士を通さず部長が直接連絡してきたのも、後ろめたさがあるからでしょう？
専門家に相談すれば、絶対に反対されるとわかっているんでしょう？
もう、そういう腹芸はやめましょう。
訴えるなら、ご自由にしてください。

伊村徹

資料29 プレスリリース「特別調査委員会設置のお知らせ」

各種メディアの報道で、当社において「製品製造工程における検査不正」および「一部社員への退職強要」の懸念が指摘されております。こうした懸念に対して、疑惑の真偽を含め実態を明らかにするため、外部有識者を交えた特別調査委員会（委員長・篠塚郁信《しのづかいくのぶ》弁護士）を設置いたします。

調査終了時には、報告書を受領次第、速やかに公表いたします。関係者の方々にはご心配をおかけしますことを深くお詫び申し上げます。

令和六年三月二日

相日電機産業株式会社

資料30　神奈川労働局　調査結果復命書（抜粋）

・調査官意見

前記調査概要によれば、被災者である藤尾政彦の時間外労働時間は死亡前一か月間で108・5時間、死亡前六か月間平均で97・0時間と推定される。すなわち、長期間にわたり過重な業務に従事していたことは明らかである。

同人の脳血管疾患による死亡は、過重労働との因果関係が類推される。よって、本件請求には十分な妥当性があると思料する。

資料31　書簡

伊村徹様

拝啓

ご無沙汰しています。藤尾万奈美です。

先日、労基署に調査結果復命書というものを開示してもらいました。労働災害が疑われる場合、労基署の担当者は、調査結果をこのような書面で残すそうです。労務課長だった伊村さんならご存じですかね。

開示請求自体は、弁護士さんの勧めもありずっと前から行っていました。今になって開示されたのは、調査に時間がかかっていたのが原因のようです。夫が亡くなったのは一昨年の十二月ですから、時間をかけすぎですよね。これも、ソウニチが非協力的な態度を取ったせいではないか、と勘繰ってしまいます。

結論としては、夫の死が過労によるものだと認められました。復命書のコピーを同封したので、読んでみてください。

時間外労働時間などは過小評価ですが、それでも違法な残業や休出があったこと、死亡との因果関係があると判断されたのは大きな一歩です。ソウニチとの裁判はこれからまだまだ続くでしょうが、労基署からこのような判断が出たことは一つの区切りになると思っています。


伊村さんのことは、許したわけではありません。

そもそもあなたが労務課長としてきちんと仕事をしていれば、夫が亡くなることはなかった。その恨みは消えていません。会社を飛び出し、実名で告発したところで、夫が生き返るわけではありません。

週刊誌、読みました。ネットには伊村さんのことを正義の告発者と持ち上げている人もいるようですね。会社の不正を明るみに出すため、辞職までしたのだから気持ちはわからないでもありませんが、全面的には賛成できません。

それでも、最終的には私の希望を聞いてくれたこと、可能な限り誠実であろうとしてくれたことには感謝します。
繰り返しになりますが、許したわけではないです。ただ、それはそれとして感謝は伝えておかなければいけないと思い、この手紙を書きました。お返事は無用です。

敬具

令和六年三月十五日

藤尾万奈美

資料32 書簡

藤尾万奈美様

拝啓
お手紙、ありがとうございました。返信無用とのことでしたがご容赦ください。労基署から認定が下ったことは、藤尾さんの裁判においても大きな材料になるかと思います。まずは安堵《あんど》しました。
私を許せないのはごもっともです。私自身、過去の自分を許せません。きっとこれからも後悔し続けるしかないのだと思います。
また、昔話を書いてしまいます。

　私がかつて藤尾さんの採用を担当していたことは、過去にも書いたかと思います。実はその後、亡くなられた鈴井直正さんの採用も担当していました。一昨年、昨年と、自分が採用した社員が亡くなるという事態が起こったわけです。二人とも働き盛りの中堅社員であり、しかもその死には会社がかかわっている可能性がある。

　私は五十六歳ですが、独身で子もいません。今は老いた母と二人で暮らしています。後悔はしていませんが、もし子どもがいたらどうだったかな、と思うことはあります。そんな私にとって、新卒採用した社員たちは息子や娘のような存在です。何しろ、その人の人生を背負って「うちの社員になってくれ」とラブコールを送るわけですから。

　大げさと思われるかもしれませんね。でも、採用担当というのはそれくらいの責任を感じる仕事です。

　なかでも藤尾さんと鈴井さんは、私が惚れ込んで、口説き落とした社員たちでした。入社を決めてくれた時は本当に嬉しかったし、その後の活躍を見るにつけ、自分の選択眼は間違っていなかった、と誇らしい気分になっていました。だからこそ一連の出来事はショックでなりません。

　ここまで来たら正直に書きますが、どちらか一人だけなら告発には踏み切っていなかったかもしれません。決して、藤尾さんの死を軽んじているわけではありません。ただ、相次いで亡くなったことで、ようやく疑いが確信に変わったのです。おかしいのは自分じゃない。会社のほうだ、と。

　いつも長々と思い出話を書いてしまい申し訳ありません。季節の変わり目、くれぐれもご自愛ください。

敬具

令和六年三月十九日

伊村徹

資料33　令和六年四月八日付　特別調査委員会　報告書（抜粋）

〈調査結果概要〉

当委員会は、相日電機産業株式会社（以下、同社）に対する①「製品製造工程における検査不正」および②「一部社員への退職強要」への疑念に対し、事実関係を調査した。その結果、以下の事実を確認した。

①同社横浜工場においては主力製品である冷蔵庫、洗濯機、掃除機等を製造している。このうち検査不正の疑いがあったのは冷蔵庫の検査ラインである。当委員会は過去数年分にわたって製造検査報告書等の書面を精査し、複数社員へのヒアリングを実施した。[redacted]

②同社が退職を強要したとされる社員Xは、同社横浜工場品質管理部に所属しており、昨年十月に依願退職した。当委員会は関係者へのヒアリングを行ったが、退職を強要した事実は確認されなかった。[redacted]

[redacted]これらの事柄から、社員Xの退職は強要されたものではなく、自主的な意思に基づくものと推察される。

以上の調査結果から総合的に判断し、当委員会では前掲の疑念については事実関係が確認できないものと結論した。

※同社の営業秘密の暴露および知的財産権の侵害が懸念される部分については、非開示としている。

資料34　週刊宝玉　令和六年四月二十四日号（抜粋）

悪手連発の「黒塗り」ソウニチ　崩壊へのカウントダウン

小誌では、昨年七月十二日号、本年二月二十一日号と、家電メーカーの相日電機産業（ソウニチ）にはびこるガバナンス不全について取り上げてきた。社員の過労死に端を発し、検査不正、退職強要と数々の疑惑に見舞われるソウニチだが、ここにきてさらなる「悪手」を重ねている。

ソウニチの不祥事を最初に報道したのは小誌だが、その後、追随する形で新聞、テレビでも扱われているのは読者諸賢もご存じの通りである。自社の恥部が広く世間に知られるに至り、同社はようやく重い腰を上げて、本年三月に「特別調査委員会」を設置した。

企業で不祥事が疑われた際、社外的な視点から検証するために設置されるのが第三者委員会と呼ばれるものである。この「特別調査委員会」も、一見すればそうしたセオリーに則《のっと》って立ち上げられた第三者委員会に見える。だがその顔ぶれをよく調べれば、第三者どころか身内の「お手盛り」を連想させる面々であった。

まず、委員長であるシージーエル法律事務所の篠塚郁信弁護士。篠塚氏は弁護士として三十年以上にわたるキャリアを持ち、倒産や事業再生を中心に、企業法務に通じたエキスパート。一見、特別調査委員会の委員長を務めるにふさわしい経歴の持ち主に見える。

しかし小誌の調査によれば、篠塚氏の甥《おい》であるA氏が、相日電機産業の海外関連会社で事業部長代理の職にあることが発覚した。すなわち、篠塚氏はソウニチの利害関係者なのである。親類が調査先にいるなど、「第三者」が聞いてあきれる。小誌は当該のA氏および海外関連会社に取材を申し込んだが、回答は得られていない。

その他の委員のなかにも、公平性に疑いを持たざるを得ない面子《メンツ》が交ざっている。

公認会計士の平田浩《ひらたひろし》氏は、数々の企業で社外監査役を務めるベテランである。平田氏の場合、そもそも調査委員としての適格性に疑問符がつく。平田氏はかつてとある監査法人に勤務していたが、その当時、顧客である中堅商社のB社の株式を購入していたことがわかった。不正取引を防ぐため、会計士が顧客企業の株式を保有することはご法度だ。問題発覚直後に監査法人を辞めた平田氏は、その後も特に処分を受けることなく現在に至る。

また、社内出身の常勤監査役だけを任命して、社外監査役は任命しないなど、意図的と言われても仕方のない委員の選び方をしている。こうした背景をふまえると、ソウニチの設置した「特別調査委員会」が客観的に調査できる立場にあるのかはなはだ疑問である。

極めつきは報告書の「黒塗り」である。

驚くべきことに、委員会が四月八日付で公表した報告書は、重要な部分の大半が黒塗り処理されていたのだ。疑惑を明らかにすることが目的であるはずの報告書で、内容が伏せられているなどあり得ない。しかもその結論は、検査不正も退職強要もなかった、というソウニチへの「忖《そん》度《たく》」が窺《うかが》えるものだった。

経営倫理の専門家である協《きょう》和《わ》大学経済学部の山《やま》田《だ》康《やす》之《ゆき》准教授はこう語る。

「調査委員会の報告書が黒塗りされているなんて、前代未聞です。委員会は営業秘密や知的財産権を理由にしていますが、疑惑の対象である不祥事がそういった内容と直接関係しているとはまず考えられません。仮に営業秘密等と関係があるとしても、詳述しなければいいだけです」

黒塗りの指示は、特別調査委員会のメンバーによるものだろうか。

「その可能性は低いです。委員の客観性についてはわからないですし、どのような調査がされたかは知りません。ただ、委員が手心を加えるのであればそもそも報告書に書かなければいいだけで、黒塗りなど不要だったはずです。公表の直前に、関係者の誰かが処理を指示したと推察するのが妥当でしょう」

お手盛りの特別調査委員会でもなお、見過ごせなかった点があるということか。

この「黒塗り」報告書は公表と同時に物議をかもしている。真相を解明するための報告書が用をなしていないのだから、当然である。消費者は納得するどころか、かえってソウニチへの反感を強めている。まるで自ら地雷を踏みに行くかのように、悪手を連発しているのである。

「このままでは消費者だけでなく、投資家、取引先からの信頼も急落していくでしょう。企業の存続にも関わる問題です」（山田准教授）
四月十七日時点で報告書の訂正や取り下げは行われていない。

資料35　車載カメラ録音音声（書き起こし）

以下は、令和五年十二月二十日午後八時五十二分から同日午後九時二分の記録である。


はい。鈴井です。

え？　ああ、大浦さんですか。はあ。お久しぶりです。運転中なのでちょっと待ってもらってもいいですか。

わかりましたよ。そんなに時間がないなら、すぐに終わらせてください。

それで？　今さら何ですか。こっちは用ないですよ。

はあ？

いや、そんなの関係ないでしょう。私が検査報告書を持ち出して、週刊誌とかに売ると思ってるんですか。バカじゃないですか。もう、ソウニチとは関わりたくないんです。藤尾さんの奥さんみたいに、あんたらと戦う気力はありません。生きるので精一杯です。今だって、日雇いの仕事から帰っている最中なんですよ。

ああ、もう、イライラするからアクセル踏みすぎましたよ。

どうせ大浦さんも誰かに指示されてるんでしょう？　久保部長ですか。役員ですか。

会社辞めさせられたことは恨んでますけど、こうして縁を切れたのはラッキーだと思うようにしています。あんな腐った会社にいたら、そのうち私まで腐ってしまうところでした。大浦さんはもう腐りきってますか？

ああ、まただ。危ないなあ。そろそろ切りますよ。

大浦さん？

今、なんて言いました？

私が競合のスパイをしていたとかいう嘘、あれ大浦さんが考えたんですか？

おい。

ふざけんなよ！

（怒号。不明瞭なため聞き取れず）

違うだろ、お前のせいだろ！

全部終わってる。全部腐ってる。

嘘ばっかりつくからこんなことになんだろが！

お前、絶対にぶっ
（対向車線の乗用車と衝突。以後、省略）

資料36　サガミ放送報道局　2024年4月23日配信

昨年12月、横浜市内で鈴井直正さん（当時33）が自家用車の運転中に対向車線の乗用車と衝突して亡くなった事故で、遺族が鈴井さんの元勤務先に約一千万円の損害賠償を求める訴訟を起こすことがわかった。

鈴井さんの妻（32）は事故当時の車載カメラに記録された音声を公開。鈴井さんが運転中の通話で元勤務先の社員と口論になり、動揺した末にハンドルを切り損ねたことが事故につながった可能性があるとしている。提訴の理由について「夫は不本意な形で勤務先を退職させられ、精神的に追い詰められていた。事故の遠因は元勤務先にもあると考えている」と語っている。

資料37　令和六年五月一日付　人事情報（社内資料）

大浦秀文
異動前　生産本部生産管理部　次長
異動後　人事部付

資料38　電子メール

伊村様

どうしても一言、言っておかないと気が済まないので簡潔に。
大浦さんが駅のホームから線路に飛び込んで負傷しました。
幸い電車との接触はなかったですが、転倒時の骨折で入院中です。
精神的にもうボロボロで、まともに会話できる状況ではありません。
あなたのせいだ。
あなたが妙な正義感を起こさなければ、こんなことにならなかった。
どう責任を取るつもりですか。

久保

資料39　書簡（匿名）

伊村徹
余計なことするな。お前のせいで社内はぐちゃぐちゃになった。
本社も工場もどんどん人が辞めている。取引も打ち切られている。製品が売れないからそのうちリストラがはじまる。お前が余計なことしたせいで数千人が迷惑する。
死ね。

資料40　平沼貢代表取締役社長　記者会見（書き起こし）

はじめに、このたびは一連のコンプライアンス違反についてお騒がせしたこと、心よりお詫び申し上げます。

まず社員の過労死については、現在係争中の内容を含んでおり、回答は差し控えさせていただきます。この件については非常にセンシティブといいますか、断言しにくいこともありますのでご容赦ください。

次に、検査不正疑惑。この報告を受けた時は、私自身非常に強い憤りを覚えました。お客様のもとに届く製品を、あろうことか基準値外で出荷する。これはもう、お客様に対する裏切り以外の何物でもない。幹部の面々も同様に聞かされていなかったようで、横浜工場の独断で行われたと考え、本当に許せない思いでした。私は創業者である父からこの会社を受け継ぎ、一生懸命働いてきました。それもすべて、お客様によりよい製品を届けたい、という一心からです。

しかしながら、第三者からなる特別調査委員会の報告書で、そのような事実関係は確認できないと結論されました。これを聞いて、よかった、と思ったのが率直な感想です。どうやらこれは、一部の元社員による暴走、でっちあげである、ということで、本当に安堵した次第です。

お静かにお願いします。質問は、書面でお願いします。

そして退職強要。これも同じ元社員による依願退職が、悪い形で広まってしまったというのが真相のようです。特別調査委員会の報告書にも、そう書いてあります。

静かにしてください。声が聞こえなくてもいいんですか。

とにかく懸念していたことはすべて勘違いであったということです。当社はそのように認識しています。ただ、経営を預かる者として、悪質な行為に走る元社員を出してしまったことは慙愧《ざんき》に堪えません。私の進退は後日、公表します。

お静かに。質問は書面でお願いいたします。今聞かれても答えられないよ。こっちだって大変なんだから。

資料41　プレスリリース「代表取締役の退任に関するお知らせ」（抜粋）

当社代表取締役社長の平沼貢が、令和六年七月三日をもって代表取締役を退任しますのでお知らせいたします。

相日電機産業株式会社

令和六年七月三日

資料42　書簡（匿名）

伊村徹様

わたしの父はソウニチの社員でした。ですが、あなたが起こした騒動のせいでリストラされ、新しい仕事を一生懸命探しています。父はただ真面目に働いていただけなのに、どうしてこんな目に遭うのかと泣いていました。
家にお金がないので、わたしは大学には行けず就職することになりました。就活の対策テキストを読みながら、どうしても腹が立ってこの手紙を書いています。祖母は施設に入っていますが、そのお金も出せるかどうかわかりません。住んでいる家も手放すことになると言われました。
正しいことをしたと思っているかもしれませんが、あなたはわたしの人生を破壊しました。絶対にあなたを許しません。

資料43　サガミ放送報道局　2024年7月30日配信

30日未明、横浜市保土ケ谷区《ほどがや》に住む無職、伊村徹さん（56）が自宅アパートで亡くなっているのが発見された。捜査関係者によると、現場の状況などから自殺とみられる。伊村さんは相日電機産業株式会社の元社員で、同社の検査不正疑惑などに関する情報を独自に発信し、注目を集めていた。

資料44　スマートフォン録音音声（書き起こし）

以下は、令和六年八月三十日午後一時二十一分から同日午後一時四十分の記録である。

まだまだ暑いねぇ。いつになったら夏が終わるのかね。こう暑いと外出るのも嫌になるね。いや、タクシー移動でもさ、車から店まで歩くじゃない。その数秒が耐えられないよ。でもまあ、前に比べれば外出の機会も減ったけどね。何やかんや言っても、毎日外出てたからねえ。今はだいたい家だよ。世間の興味もだいぶ薄れてきたから、たまに近所に行くくらいはするけど。少し歩かないと足が弱るからね。悠々自適と言えば聞こえはいいけど、寂しい生活だよ。

社長なんてやめてよ。聞きたくもない。うん、平沼さんでも、貢さんでもなんでもいいよ。俺は今ではただの株主なんだから。正確には資産管理会社の代表ね。そう、百パーセント保有してる。非上場だからね。だからまあ、今でも実質は俺の会社だけどさ。それくらい知ってなきゃ。あんた、特別調査委員会の委員長なんだから。

上場しなかったのは俺の最大のファインプレーだな。いっそ、株主代表訴訟でも起こそうかしら。あいつらビビるだろうな。これ冗談ね、あはは。残った人は大変だと思うけど、まあ頑張ってほしいね。俺を恨まれても困るよね、何にも知らなかったんだから。

篠塚先生はどうなの、最近。あ、そう。そっちも大変だね。そうそう。一つだけさ、先生に言っておきたいことあったの。

あの報告書。先生も忙しいのわかるけど、ちゃんとチェックしてほしいんだよね。ちょこっとだけ書くとか、中途半端なことするから黒塗りせざるを得なくなるんだよ。うん。そう、俺。公表する直前に俺のところへ持ってきたから、慌てて指示した。危なかったよぉ。こっちだってそれなりの便宜を図ってきたわけでしょう？　勘弁してよ。

うん？

いや、本当だよ。本当に知らなかった。疑ってんの？　やめてくれよ。数少ない昔からの知り合いなんだから。週刊誌とかテレビとか、めちゃくちゃだよ。あることないこと書かれて困ってるんだから。マジ、マジ。だいたい俺がさ、そんな現場のちっちゃいこと把握してるわけないでしょうが。こっちは一言で何億も動くような、切った張ったの世界で仕事してたの。そんな、労務管理とか生産現場のこととか、いちいち見てらんない。俺が言ってたのは一つだけよ。「給料もらってる分は結果を出せ」って、それだけ。誰も不正しろとか、ましてや犯罪やれとは言ってないじゃない。ね？

はっきり言って、こっちも被害者なんだから。親が創業した会社の代表をこんな形で辞めさせられて。いや、親戚はそこまでうるさくないよ。みんなうちの本家、要は先代とか俺の斡旋《あっせん》で仕事してる人ばっかりだし。言ってきたとしても、どの口で言ってんの、って話だよね。

俺だってちゃんと後任にバトンタッチしてやりたかったよ。かわいそうになあ。こんなことの尻拭いさせられて。同情するよ。

マスコミって本当にひどいんだから。「ソウニチ社員、死の連鎖」とか言ってさ。冗談でもきついよ。そりゃ人は死んでるかもしれないけど。そもそもあいつが悪いよね。誰だっけ。藤田か、藤野か……そうそう、藤尾。そいつが死んじゃうのがよくないよな。死ぬほど仕事するのはいいけど、死ぬまで仕事したら駄目だよ。その嫁さんが裁判起こしたのが、ケチのつきはじめだった。

それで、誰だっけ。名前忘れたけどもう一人死んだんだよな。工場の若いやつが自殺して。え、そうだっけ。車の事故か。ああ、そうそう。鈴井ね。スピード出し過ぎて。バカだねえ。そんなん自業自得じゃない。うちの責任なんてこじつけだよ。それを真に受けるマスコミもマスコミだね。

極めつきがあれね、伊村。これはさすがに名前覚えてる。取締役会で、課長の立場でいきなり発言したんだから。何様、って話さ。腹立って腹立って。その後あいつ、すぐに会社辞めて告発者みたいなことしやがってね。先月、自殺したでしょ。いやあ、あれ聞いた時は心の底からスカッとしたね。ずっと呪いかけてたのが効いたのかね。正義は勝つ、だね。

あいつこそ自業自得だよ。あんな余計なことしなきゃ、そもそも誰も傷ついてないわけ。あいつのせいで何十人、何百人が路頭に迷ったと思う？　あんなの善人じゃないよ。大悪人だよ。

大浦？　覚えてない。でも死んではいないんでしょ。ならいいや。

一番の元凶は人事部長の久保ってやつだな。あいつのこと、俺はすごい評価してたの。仕事人だから。揉み消しが上手でね、あいつに任せてれば今まではだいたい上手くいってたんだけど、今回は下手打ったな。人事部内で止めとけば、そもそもこういうことになってないんだから。あいつももう辞めたんでしょ。逃げ足早いよなあ。まあ、人のこと言えんか。ははは。

ん？　あ、そうね。藤尾の嫁さんとはもう一年以上揉めてるからねえ。まあ、最終的には会社が金払うんじゃない？　世論もこんな感じだし。示談なのか、徹底的にやるのか知らんけど。全部任せてるよ。俺はどうでもいい。裁判所呼ばれても、知らなかったんだからそうとしか答えようがないし。篠塚先生も、面倒だと思うけどよろしくね。

正直言ってね、人が二人や三人死んだくらいでなんだっていうの？　過労死なんて昭和の時代にはゴロゴロあったわけじゃない。それをいちいち取り合ってたらキリないよ。俺だって若い頃は月二百時間残業した。だからこれだけの大企業になったんだよ。ラクして甘い蜜だけ吸おうっていう、その性根がどうかと思うね。嫌な時代になった。人間、おおらかでいたいもんだね。

歳も歳だし、潮時ってことだな。さっきも言ったけど、資産管理会社の代表は俺だからさ。資産運用も上手く行ってるし、このままのらりくらりとやっていくよ。しかし、子どもに会社継がせられなかったのだけは心残りだな。本当あいつら、どうしてくれんだよ。人の会社を傾かせやがって。

この話やめよう。どうでもいいよ、あの会社のことは。

だって俺、もう社長じゃないし。

■総論　藤尾万奈美

以上、相日電機産業株式会社（ソウニチ）の一連の不祥事に関する四十四点の資料をウェブ上で公開します。資料の提供者、入手経路等の公表は差し控えます。ただ一点だけ、そもそも私がこの資料公開を思い付いたきっかけは、伊村徹氏の実母にお会いしたことであると申し添えておきます。

私がなぜこのような行動に出たのか、その目的について以下に説明いたします。

私は夫の死に関してソウニチに賠償請求訴訟を起こしていますが、この裁判はあくまで法人が相手です。鈴井直正氏の奥様が起こされた訴訟も同様です。ですが私は、取締役個人、特に元代表取締役社長であり、創業家である平沼貢氏の負うべき責任が非常に大きいと考えています。そのためどうにかして平沼氏の責任を問いたい、という目的が念頭にありました。

企業の不祥事に対しては、株主が株主代表訴訟を提起して取締役に責任を追及する例が多く見受けられます。しかしながらソウニチは非上場企業であり、資料2にある通りその株式は百パーセント、平沼氏が代表を務める資産管理会社（ヒラヌマ管財）が保有しています。このような状況から、実質的に平沼氏以外には株主代表訴訟を起こすことが不可能です。

この状況下で何ができるか。考えた結果、平沼氏にとって最大の痛手は「資産の価値が減ること」だと結論しました。そしてソウニチの経営が苦しくなるほど、その株式の価値も減少します。簡単に言えば、ソウニチの売上や利益を減らすほど、平沼氏の財産も減るのです。

私の狙いは、この資料を読んだ皆さんがソウニチ製品の購入をためらってくれることです。

もちろん、現時点ですでに敬遠している人はいるでしょう。しかしそうは言っても、安さからソウニチ製品を買っている人もまだいるのではないでしょうか。大企業の基盤はしぶといもので、家電売り場には今もソウニチの製品がずらっと並んでいます。これだけ不祥事が出ているにもかかわらず。

平沼氏による経営の下、どれだけの人が病み、死に至ったか。この資料を読んでも、まだその選択をされますか？

最後に、平沼貢氏へ。

夫は働き蟻《あり》としてあなたに使い潰されました。そして私もまた、大企業の前では小さな蟻に過ぎません。ですが、蟻にも牙はあります。私はどんな手を使ってでも、生涯を懸けてあなたを追い詰めます。

間もなく、蟻が忍び寄る足音が聞こえてくると思います。

堕ちる

額にじわりと汗が滲《にじ》んだ。

温湿度の調整された収蔵庫は、一年を通して過ごしやすい環境である。力仕事でもやらない限り汗をかくことはない。だが、相原加奈《あいはらかな》の額には汗の滴《しずく》が浮き出ていた。

眼前には、一枚の油絵がある。

事前に写真で確認した時はこれほどの迫力を感じなかったのだが、いざ実物を目の前にすると圧倒された。極細の線で執拗《しつよう》なほど丁寧に描かれた、一人の女性。その繊細さに反して絵具を塗りこめる力は強い。消えてなるものか、という描き手の怨念が伝わってくるようであった。

ラックの中段に掛けられた絵に、加奈はさらに顔を寄せる。

横長のキャンバスに、一人の女性が肘《ひじ》をついて寝そべっている。年齢は二十代なかば。赤いワンピースを着た彼女は、黒く艶やかな髪を後ろに流し、物憂げに宙を見ていた。作者の筆はその表情を克明すぎるほど克明に描き出している。猫のような目や高い鼻はもちろん、一本一本の睫《まつ》毛《げ》、手の甲に浮き出る血管、肘の皺《しわ》、爪の縦筋に至るまで、呆れるほど細かく描きこんでいる。

一枚の絵に、極限まで情報が詰めこまれていた。

見つめているうちに、加奈は目がくらんできた。作品を鑑賞している最中に酔うのは、たまにあることだった。作者がこめた熱にあてられ、正気を失いそうになる経験は幾度かある。だが現代の作家、それもほぼ無名の作家で、このような体験をするのは初めてのことだった。

作者は藤代恒彦《ふじしろつねひこ》。二年前に逝去した油絵画家である。

この稀有《けう》な描き手がなぜいまだ名声に恵まれていないのか、加奈には不思議に思えた。目の前に立つだけで、鑑賞者はその密度に威圧され、言葉を失うはずだ。

作品には〈二十九番〉という、そっけない名前がつけられている。加奈は視線を外し、絵画ラックに掛けられた他の絵に目をやった。そのラックに掛けられているのは、すべて藤代の作品である。

隣にある〈三十番〉は、女性の顔を正面から捉えた小品だった。その下に掛けられた〈三十一番〉は、縦長のキャンバスに白いブラウスをまとった女性の上半身が描かれている。加奈はラックの前を歩いていく。

〈三十二番〉、〈三十三番〉、〈三十四番〉……。

どの絵にも、同じ女性が描かれていた。やや持ち上がった目尻。大きな瞳。丸みを帯びた鼻翼。頬骨《ほおぼね》は低く、赤みを帯びた唇は分厚い。首は細く、狭い肩幅から華奢《きやしゃ》な印象を受ける。

この美術館には藤代の作品が百二十五点収蔵されている。そしてそのすべてが、彼女を描いたものであった。

加奈はラックの間を歩きながら、順番に作品を鑑賞していく。番号が大きくなるにつれて、絵のなかの彼女も少しずつ歳を重ねる。膨らんでいた頬はこけ、目尻や口元の皺が深くなり、染みが目立つようになる。藤代の絵筆は残酷なほど冴えており、彼女の老いは鮮明に記録されている。

モデルは老いても、描き手の執念は一向に衰えない。

やがて、加奈は最後の〈百二十五番〉にたどり着いた。

彼女は病室のベッドに横たわっていた。水色の入院着に身を包み、真っ白になった髪は短く切り揃えられている。痩《や》せて骨の浮き出る腕をシーツの上に投げ出し、ぼんやりとした顔で窓の外を眺めていた。加奈は流れる汗を手の甲で拭う。病室から空を見る老女は、口を半分開いて、今にも何かを口にしそうなたたずまいであった。

この〈百二十五番〉が完成したおよそ一か月後、彼女は亡くなった。そしてその翌日、作者である藤代も死んだ。

モデルの女性の名は、藤代比佐子《ひさこ》。藤代恒彦の妻である。


T市の美術館に赴任したことに、特別な意味などなかった。加奈の出身は東京であり、中部地方のT市には縁もゆかりもない。面接を受けに来るまでは、旅行で訪れたことすらなかった。はっきり言って、正規職員になれればどこでもよかった。

加奈は都内の大学で学芸員資格を取り、修士課程を修了した。大学院でアメリカ現代美術を専攻した加奈は、西洋美術の研究者を目指していた。将来的には留学し、イギリスやアメリカでキュレーターとして働くのが夢だった。

そのため、関心のない美術館の採用試験は、正規職員であっても受けなかった。正規か非正規かということよりも、興味を持って働ける職場かどうかを優先した。その結果、加奈は非正規雇用の職場を転々とする羽目になった。

それでも専門性を身につければ、いずれ海外で働くことができると信じていた。実力があれば、業績があれば、多少流動的な立場でも我慢できる。むしろ若いうちだからこそ、不安定な立場で挑戦するべきだと考えた。

しかし何年働いても、好転の兆しはなかった。

そもそも、海外の「キュレーター」が研究を業とする職であるのに対し、日本の「学芸員」はカバーする職域があまりに広すぎる。企画展の立案や運営、教育普及や広報、収蔵品の貸借、保存管理などなど。さらには図録執筆や講演、来館者の質問対応や展示物のデザインの一つ一つまで学芸員が対応する。あまりに雑事が多いため、自虐で「雑芸員」と称するのが定番になるくらいだった。

そのような環境で研究成果が出せるはずもなく、日々の業務を消化するのに精いっぱいだった。職場が落ち着かないから、研究テーマも定まらない。次第に仕事への熱意は薄れていった。

非正規のまま三十二歳を迎えた加奈は焦った。同年代の正規職員と比べて、給料は明らかに低い。独身という状況も焦りを加速させた。もはや留学など、どうやっても実現できそうにない。

SNSを見れば、うまく立ち回った学芸員の知り合いが海外での仕事を満喫したり、早くに結婚した大学の友人が週三日、時短で仕事をしたりしている様子が目に入る。まるで、学芸員がキラキラした理想の仕事のように見える。

降りかかる業務と蓄積した嫉妬に押しつぶされ、とうとう加奈は夢を捨てた。海外でキュレーターになることはきっぱり諦めた。

いったん決めた以上、一日でも早く非正規の立場から抜け出したかった。正規職員で働ける美術館を探し、そこそこの給与がもらえる職場に片端から応募した。　勤務地も、専門性も問わなかった。

　結果、最初に採用通知が来たのがT市立美術館だった。給与も福利厚生もそこそこの水準で、定年は六十歳。非正規雇用と比べれば申し分ない条件だった。加奈は採用通知を受け取った翌日、当時の職場に退職願を提出した。

　そういう経緯だったから、加奈はT市ゆかりの作家や作品のことをほとんど知らない。

　初出勤日であった昨日、朝礼で同僚たちに挨拶《あいさつ》をした後、学芸課長と面談をすることになった。課長は五十歳前後で、常にハッカの匂いをまとった覇気のない男性である。小さな会議室に加奈を呼び出すと、出退勤や早番遅番のルールについて簡単に説明した後、唐突に問うてきた。

「相原さん、藤代恒彦っていう画家知ってる？」

「なんとなく聞き覚えは」

　本音を言えば、まったく記憶にない名前だった。だが気が張っていた加奈は、知らない、とは言えなかった。無知を晒《さら》せば舐《な》められるかもしれない、という防衛本能がとっさに働いたのだ。

「本当に？　すごいねえ」

「詳しくはわかりませんけども。すみません」

「いや、わからなくて当然だと思うよ。有名な作家じゃないから」

　課長は持参していた分厚いファイルから、一冊のパンフレットを抜き取った。

「これは、過去に一度だけ開いた藤代の個展」

　受け取ったパンフレットの表紙に目を通す。日付は八年前だった。館に収蔵している藤代作品を集めた企画展で、つけられたタイトルは〈ただ、妻のみを愛す〉。フライヤーにデザインされた作品をよく見れば、すべて同じ女性を描いたものだった。

「なんですか、これ」

加奈はとっさにそう口にしていた。

「全部同じ人ですよね？」

「そうだよ。藤代の作品はすべて、妻がモデルなんだ」

課長に促され、加奈はパンフレットを一読した。

藤代恒彦は昭和二十年代、T市に生まれた。裕福な質屋の次男として生まれた藤代は、十八歳の時に上京して美術大学に通いはじめた。後に妻となる恋人、比佐子と出会ったのはその頃だという。美大卒業後、藤代は比佐子を連れてT市へ帰り、質屋の仕事を手伝いながら半世紀にわたって絵を描き続けた。

藤代作品のモデルは一貫して比佐子であり、その他のモチーフを描くことは一切なかったという。いくつかの公募で入賞した経験はあるものの、全国的な知名度を博するには至らなかったようだ。なお、二人の間に子はいなかった。

パンフレットには藤代の肖像写真も印刷されていた。白髪を短く刈りこんだ、三白眼の老人が正面を睨《にら》んでいる。

「藤代さんは、今もご存命で？」

「すでに亡くなった」

課長は淡々と語る。

「比佐子さんが二年前の春、病気で亡くなられてね。その翌日、藤代は自殺した」

加奈は「なるほど」と言った。他に言いようがなかった。

特定の女性をモデルに多くの作品を残した画家には、先例がある。ピエール・ボナールは数十年にわたって妻のマルトを描き続けた。ダリやシャガールも妻を描いた。だが全作品というのは異例の徹底ぶりであった。

「うちはもともと藤代作品を収蔵していたんだけど、亡くなってからご遺族——甥《おい》の直樹《なおき》さんという方が、全作品を寄贈してくださってね。今年は企画展として、藤代恒彦の回顧展をやることになっているんだよ」

課長は最新の入館案内を広げた。そこには年間の展覧会スケジュールが記載されている。たしかに、秋に三か月の会期で「藤代恒彦回顧展（仮題）」と記されている。会期初日まではあと半年もない。

「この企画展を、相原さんに担当してほしいんだよね」

「えっ、私ですか」

口ではそう言いつつ、内心、話の流れからこうなるだろうことは想像していた。

これまでの職場でも、いきなり仕事を投げられるのは日常茶飯事だった。対面で説明してもらえるだけ、まだましですらある。とはいえ、藤代恒彦についてはまだ何も知らないと言っていい。

「あの、引き継ぎしたいんですけど。前任の方は？」

「前任はいないよ。しいて言えば、企画したのは僕だけど。あっ、甥の直樹さんには会ったほうがいいよ。生前の様子を知っているのは彼ぐらいだし、いい人だから。全体的な進め方は任せます。スケジュールに乗せられさえすれば」

課長は早くも腰を浮かせた。とにかく、担当さえ決められれば用済みらしい。関係者や、付き合いのある施工会社の連絡先は後で教えてもらうことになった。薄々予感していたが、課長は頼れなさそうだと悟った。

「とりあえず収蔵庫の作品、見てきたら？」

「そうします」

勤務初日は、温湿度管理のルーティンワークを覚えたり、パソコンの設定をしたりしているうちに潰れてしまった。収蔵庫で藤代の作品を目《ま》の当たりにできたのは、翌日午前のことだった。

翌週、加奈は藤代直樹と面会することになった。藤代恒彦の甥であり、相続した作品を美術館へ寄贈した人物だ。

職業はリサイクルショップの社長。直樹は親から継いだ質屋の屋号を変え、売上を急拡大させることに成功した。現在、T市を中心に六店舗を展開している。事前に課長から得られた情報はその程度だった。

市内のターミナル駅から徒歩数分の場所に、会社の事務所はあった。オフィスビルの二階から四階までを借り上げている。加奈が受付で名乗ると、中年の女性社員が応接室へ案内してくれた。社長はまだ来ていないらしい。

「美術館の人ってことは、あれですか。画家センセイの件ですか」

お茶を出してくれた女性社員は、好奇心を露《あら》わにして尋ねた。画家センセイ、という言葉には、隠しようのない蔑《さげす》みの気配が漂っていた。

「藤代恒彦氏のことですか」

「そうそう、そうです。社長の叔父《おじ》さんの……もしかして最近来た人ですか？」

「先週来たばかりです」

女性社員はちらちらと部屋の外を窺《うかが》いながら、「大声で言うことでもないけど」と前置きをしてから語った。

「私なんか素人だから、画家センセイがどれだけ偉い人なのか知りませんけどね。ただ、あんまり売れてなかったんでしょう？　だから活動費はもっぱら先代社長——お兄さんに支援してもらってたみたいですよ。先代社長が亡くなってからは、今の社長にたかってたらしいですけど」

加奈にとっては特段驚く話でもなかった。画家といっても、経済状況は人それぞれである。貧しい生活を送る有名アーティストの例はいくらでもある。藤代恒彦のような知名度のない画家であれば、親族に養ってもらっていたとしても不思議はない。

反応が薄かったのが予想外だったのか、女性社員はいささかむきになって「しかもあれですよ」と続けた。

「奥さんが働こうとしたら、止めたらしいですよ」

「比佐子さんを、ですか？」

「そんな名前でしたっけね。ひどいと思いませんか？　自分は売れもしない絵ばっかり描いて、身内からお金もらってたくせに……」

女性社員は藤代に関する悪評を、くどくどと述べ続けた。父親からの遺産は早々に食いつぶし、終生身内に寄生していた。妻には最低限の用足し以外、外出することを許さなかった。存命中に美術館からレクチャーへの登壇を依頼されたが、取り付く島もなく拒否した。

「そういう困り者が親族にいると不幸ですよね。社長本人は悪くないのに、身内のせいで苦労させられて」

加奈は肯定も否定もせず、彼女の話に耳を傾けた。ここまで堂々と悪態をつくということは、彼女個人の意見ではなく、近隣住民たちの間である程度共有されている認識なのかもしれない。

じきに、廊下から足音が近づいてきた。女性社員ははっとした顔で「じゃあ私は」と言い残し、そそくさと立ち去っていった。

入れ替わりに現れたのは、紺の背広を着た五十歳前後と思《おぼ》しき男性だった。上品な印象で、どことなく藤代恒彦の面影を感じる。

「お待たせしましてすみません」

彼は流れるようなしぐさで名刺を取り出した。紙片には〈藤代直樹〉と記されている。肩書きは〈代表取締役社長〉。加奈は真新しい名刺を取り出して交換した。直樹は正面のソファに座るなり、「ご足労いただき恐縮です」と切り出した。

「相原さん、ですか。新任の方ですよね。こちらにはご縁があって？」

「まあ、色々と」

加奈は適当に濁した。直樹は深入りせず「学芸員さんにも色々ありますでしょう」と笑みを見せた。

「恒彦の回顧展の件ですよね。課長さんからは聞いてます」

「そうなんですか」

「作品を寄贈して一、二か月のうちに連絡もらってね。回顧展を企画していいか、って。もちろん、こっちに否やはありませんよ。叔父の仕事を紹介してもらえるなんて願ってもない話ですから。協力させてもらいます」

直樹の如才ない笑顔や、さりげなく主導権を握る口ぶりには、経営者としての才覚が滲んでいた。このままでは相手のペースに吞《の》まれてしまう。加奈は隙を見て「いくつか伺いたいことがありまして」と口を挟んだ。

「なんでしょう」

「はじめに、恒彦さんの経歴について確認したいのですが」

直樹との面会の目的は、藤代恒彦に関して少しでも多くの情報を収集することであった。

図録や作品に添えるキャプションの執筆は、外部の業者に発注することもあるものの、予算のない公立館では学芸員が執筆する場合が多い。この企画展も例外ではない。回顧展の解説は、すべて加奈が執筆する。また、会期中に来館者の質問に答えるのも加奈の仕事である。制作の背景や、作者の生い立ち、生前の人間関係については熟知しておかねばならない。

直樹は存命する唯一の親族であり、藤代と交流のあった人物でもある。加奈にとっては最も重要な情報源であった。

「生家は質屋であったと聞いているんですが……」

「ええ。私の父が長男で、恒彦は次男です」

加奈はメモを取りながら質問する。

「その質屋を継いだのがお父様、そして直樹さん、ですね？」

「そうです。私は継いですぐに屋号を変えましたけどね。二十年近く前です。元々東京で商社マンをやってたんですけど、父が心臓の病気で急逝したもんで、急遽跡取りになりました。死に目にも会えず、最後の挨拶もできなかったですよ……」

直樹は経営の苦労を語りはじめた。本筋ではないが、付き合い程度には耳を傾ける。ほどよいところで加奈は「すみません」と遮《さえぎ》る。

「恒彦さんは生前、経営には関わっていらっしゃったんでしょうか」

「一応、長年にわたって取締役ではあったんですよ。だから給与は出てましたけど、実質的にはまったく関わっていません。本人にその気がないし、父も私も、恒彦にビジネスをやらせようなんて思っていませんでした。絵を描くことしかやってこなかった人ですから」

「取締役を解任しようとは思わなかったんですか？」

「解任したら、路頭に迷ってしまいますよ」

直樹は苦笑した。加奈は、先ほどの女性社員の態度を思い出す。

「社員の方々からの反発はなかったんですか？」

「ありましたよ、もちろん。社長の身内というだけで、ろくに姿も見せない人間が取締役に居座っていたら普通いい気はしませんよね。それでも身内には違いないですから。見捨てるわけにはいかないですよ」

気まずい話題だったせいか、直樹は「そういえば」と一方的に話題を変えた。

「叔父が亡くなる前、最後に話した相手は私なんですよ」

「自殺する直前ということですか？」

藤代は、妻比佐子が病死した翌日に自ら命を絶った。直樹は大きく頷《うなず》く。

「比佐子さんが亡くなった日の夜、いきなり電話がかかってきたんですよ。あきらかに切羽詰まっている雰囲気でね。『百二十六で終わりにする』って言われたんです」

メモを取る手が止まった。

「百二十五、ではなくて？」

「ええ。百二十六と言っていましたね」

美術館に収蔵している藤代の作品は、一番から百二十五番までである。一つずれているが、直樹はその点にさほど頓着していなかった。

「私もまさか自殺するとは思っていなかったですから、『そうですか』としか答えられなかったですけど。叔父はそれから数時間以内に亡くなったそうです。自宅で首を吊ってね」

直樹は胸元に入れていたスマホを操作し、画面を加奈に向けた。

「叔父の遺体があったのと同じ部屋に、これが残されていました」

加奈がおそるおそる覗きこむと、そこには一枚の短冊を撮った写真が表示されていた。短冊には、細い線で〈堕ちる〉とだけ記されている。

「これが藤代恒彦の遺書ですか」

「遺書というか……意味がわかりませんよね」

スマホの画面を、加奈はじっと見つめる。〈堕ちる〉。この言葉が何を意味しているのか、現時点では判断できなかった。

藤代恒彦の自宅は、郊外の丘の上にあった。

最寄り駅からは徒歩で二十分以上かかり、近くにはコンビニやスーパーマーケットもない。直樹いわく藤代は自動車を持っていなかったらしいから、さぞかし生活は不便だっただろう。ただ、その自宅も兄に与えられたものだったから、文句は言えなかったのかもしれない。

加奈は駅前からバスに乗った。寂れた住宅街の光景が、延々と窓の外を流れていく。商店は稀《まれ》で、たまにあってもシャッターが下りていた。印象に残るのは、くすんだ青や橙《だいだい》の瓦ばかりである。

交差点近くの停留所で降りて数分歩いたところで、ようやく目当ての住宅を見つけた。黒い山型の瓦屋根を戴《いただ》いた、二階建ての小さな家屋である。劣化した壁は鼠色《ねずみいろ》に染まり、ところどころにひびが入っていた。築三十年は経《た》っているだろうか。コンクリート塀と建物の間の細い庭では、雑草が腰の高さまで生い茂っていた。住人はいないが、門柱にはいまだに〈藤代〉の表札が掲げられている。

本当は一人で来たくなどなかった。藤代はこの家の二階で首を吊った。クリーニング済みだと聞いてはいるが、自殺現場に立ち入るのは気味が悪い、というのが率直な感想であった。しかし同僚たちは皆忙しそうだし、直樹にも多忙を理由に断られた。

住宅の外観を写真に収めてから、預かった鍵を使って玄関の扉を解錠した。ドアノブを引くと、ぎい、と大仰な音が鳴った。歓迎されているとは思えない。加奈は勇気を振り絞って、扉を押し開けた。

持参したスリッパに履き替え、廊下に上がる。真昼だが、雨戸の閉まった家内は夜のように暗い。懐中電灯をつけると、光の外で何かが動いた気配がした。虫か小動物か。靴箱の上方にあるブレーカーを探しあて、電源を入れた。廊下を歩きながら、目に付いたスイッチを片端から押す。廊下の左手は台所だった。クリーニングしているだけあって、家のなかは片付いている。台所には食器棚があったが、皿一枚残っていない。

逆側、廊下の右手に入ると、そこはコンクリート敷きの土間であった。シャッターが備えられていることからも、ガレージとして設計されたと推察される。ただ、立てかけられたイーゼルや未使用のキャンバスは、ここが実質的にはアトリエだったことを物語っていた。床や壁は絵具で汚れている。

百二十五点ある作品のうち、初期の二十点強は東京の美大生時代に描かれている。藤代はT市に戻ってきてすぐにこの家を与えられ、半世紀もの間住み続けた。つまりこのアトリエでは、その後のおよそ百点が制作されたことになる。

照明をつけ、アトリエの写真を撮ってから、加奈は玄関正面の階段を上った。

二階にある三つの部屋を手前から確認したが、いずれの部屋も綺麗《きれい》であり、死の痕跡など微塵《みじん》も感じられなかった。加奈はいささか拍子抜けした。覚悟していたほど恐ろしい目には遭《あ》わずに済んだ。

三つ目の部屋は洋室で、背の高い本棚に雑誌や書籍が詰めこまれていた。興味本位で本棚を眺めてみる。ほとんどが画集や美術関係の雑誌であり、特筆すべきものはないように思えた。ただ、最下段にある分厚い書籍は気にかかった。背表紙には美大の名前、卒業年と一緒にこう記されていた。

〈卒業制作作品図録〉

加奈は本を抜き取って開いてみた。書名の通り、藤代と同じ年に卒業した学生たちの卒業制作集である。ページをめくるたび、ぱりっ、と糊《のり》の剝《は》がれるような音がした。

藤代恒彦の作品は中ほどに掲載されていた。

作品名は〈二十一番〉。写真でも超人的な細かさで描かれているのがわかる。例によって、モデルは比佐子であった。チェック柄のシャツを着た比佐子は、恨みがましい表情で正面を見ている。

写真の横には、藤代本人のコメントが付されていた。

〈すべての絵画は虚像です。現実をありのままに描いた絵などこの世に存在しないことは、皆さんご存じかと思います。しかし私はその原理に抵抗する方法を見つけ出しました。それは、堕ちることです。人が人であることをやめれば、不可能は可能になります。〉

思わず、あっ、と声に出しそうになった。

遺体のそばに残されていたのと同じ、〈堕ちる〉という言葉がここにも現れた。これが偶然であるはずがない。半世紀前から、藤代は〈堕ちる〉という言葉を創作活動の核に据えていたのである。

さらに驚くべきは、その数ページ後に〈鈴木《すずき》比佐子〉の作品が掲載されていたことであった。どうやら、比佐子は藤代と同じ美大の学生だったらしい。卒業年だけでなく、油画専攻である点まで同じだった。同名の他人という可能性もあるが、漢字の使い方からそうそう被《かぶ》る名前とは思えない。

比佐子の作品は、藍色《あいいろ》や橙色をまぶした抽象画であった。どこかで見た記憶のある構図であり、技術的にも新味は感じない。加奈の目には凡庸な学生の作品としか映らなかった。

作品の横のコメントは、一行だけだった。

〈私の人生を、絵画に捧げます。〉

意味はわからない。ただ、他の学生たちのコメントも似たようなものだ。明確に制作意図を語っている者のほうが少数派なくらいだった。

少し迷ったが、図録を持って帰ることにした。企画展でこの図録ごと展示しても面白いかもしれない。家のなかにある私物は持ち出して構わない旨、直樹から許可も得ている。加奈は図録をビニール袋で包んで鞄《かばん》にしまった。

その後も家のなかを探索したが、めぼしいものは発見できなかった。

照明を消し、ブレーカーを落とした。玄関を退出する間際、振り返ると、廊下の奥に濃い闇が広がっていた。玄関を施錠した加奈は、深く息を吐《つ》いた。

やはり、この家はどこか気味が悪い。


数日後、加奈は館内の会議室で施工会社と顔合わせをした。

施工会社は壁面や展示什器《じゆうき》、パネルといった展示まわりの造作《ぞうさく》に関わる。展覧会では施工会社との意思疎通が必要であり、コミュニケーションが不十分だと大きな失敗につながることもある。加奈も造作まわりでは幾度か苦い経験をしていた。

幸い、営業担当者の吉田《よしだ》はこの美術館の展覧会を幾度も担当しているベテランであった。加奈と同年配の小柄な男性である。新任の学芸員である加奈に、「初陣《ういじん》ですね」と軽口を叩いた。

前回の個展パンフレットを差し出すと、吉田は「この時も、私が担当したんですよ」と言った。

「なので当時の資料を参考にして、簡単な図面案を引いてきました」

「本当ですか。助かります」

心強い担当者に恵まれ、思わず顔がほころぶ。

部屋の広さから、展示できるのは二十四、五点が限界のようだった。百二十五点のなかから選ぶのはなかなか骨の折れる作業である。ただ選べばいいというわけではない。藤代と比佐子の生涯を浮き彫りにするような、明確な意図に沿ったセレクションが求められるのだ。

加奈は、一般の観覧客に近い人の意見を聞いてみたくなった。大半の客は学芸員のように専門的な教育は受けていない。そういう人たちが、藤代の絵に対してどんな感想を持つのか知りたかった。

「前回の個展で、藤代の作品をご覧になりましたか？」

「それはもちろん。インパクトのある作品だったのでよく覚えています」

「どういう印象を受けましたか？」

「印象、ですか……」

彼はしばし考えてから、「妥協のない絵だなと思いました」と言った。

「妥協のない絵？」

「突っこんで訊《き》かれると困っちゃいますけど……仕事柄多少は絵画も見てきましたけど、あそこまで徹底したリアリズムにはそうお目にかかれないですよね。写実主義の極北、と言ったら言い過ぎかもしれませんけど。文字通り、生き写しというか。しかも生涯奥さんがモデルでしょう。この表現でいいのかわかりませんけど、奥さんの人生が丸ごと絵のなかに閉じこめられたみたいですよね」

苦心して感想を言葉にしていた吉田が、ひょいと頭を下げた。

「素人なんで、こんなもんで勘弁してください」

「いえ。こっちこそ、突然すみません」

やはり、普通は藤代の絵の巧みさに目が行きやすいようだ。ただ、加奈には藤代が技巧だけの画家だとは思えなかった。最初に収蔵庫で作品を目の当たりにした時の、息を呑むような緊張感。あれはテクニックだけでは醸成《じょうせい》できない。技術の上にもう一枚、特別な感情が乗っていなければ不可能な表現だった。

その秘密が、〈堕ちる〉という言葉に隠れていると加奈は睨んでいた。

あれから幾度か作品を見たが、そのたびに加奈は新鮮な驚きに打たれた。はっきり言って、地方の美術館に埋もれているような作家ではない。藤代恒彦は広く世に知られるべきだ。名を知らしめるためには、この回顧展をどうにかして成功に導かなければならない。

久しぶりに、学芸員としての使命を思い出していた。資料を守ることや、著名な作家の作品を展示することも重要な仕事ではある。ただ、無名作家の作品を掘り起こし、その価値を世に問うことこそが、美術の専門家として最大の醍醐味《だいごみ》だと加奈は考えている。

データ受け渡しなどの期日を確認して、この日の打ち合わせは終わった。吉田を見送った加奈はその足で収蔵庫へ向かう。回顧展への情熱が冷めないうちに、もう一度、藤代の作品を網膜に焼き付けておきたい。

無人の収蔵庫に足を踏み入れ、絵画ラックの前に立つ。

目の前には〈一番〉があった。

戸惑いの表情を浮かべた比佐子が、こちらを見ている。例によって、異常な精度の描き込みようである。耳たぶの産毛、小鼻の毛穴、極小の黒子《ほくろ》に至るまで再現されている。最初に制作された作品から、藤代の偏執性はすでに確立されていた。

白いブラウスに黒いスカートの比佐子は、見たところ二十歳前後である。正確な制作時期は不明だが美大在学中の作品だろう。おそらく、この絵を描く少し前に二人は出会ったはずだ。

藤代恒彦のことを、もっと知りたい。

なぜ妻しか描かなかったのか。〈堕ちる〉とは何か。

〈現実をありのままに描いた絵などこの世に存在しない〉という藤代の意見には、加奈も同意していた。たとえば肖像画であれば、モデルの顔の造形を描けばいいというものではない。その人物の内面に踏み込み、表情や視線の機微を捉えて描かなければ、真に迫ることはできない。それでもなお、現実と完璧に一致させることは不可能だ。

これまで数々の作家が、写実的絵画の手法を作り出してきた。ダ・ヴィンチはスフマートと呼ばれる技法を開発したと言われ、フェルメールは下絵制作にカメラ・オブスクラという当時の最新装置を使っていたと推定されている。藤代恒彦の常軌を逸した精密さにも、それらの先例に匹敵する革新が眠っているかもしれない。

加奈の胸は高鳴っていた。夢を諦め、地方美術館の学芸員として一生を終えるはずだった。しかし今、自分は絵画の深奥《しんおう》に触れようとしているのかもしれない。そう考えると、藤代恒彦との出会いは僥倖《ぎょうこう》としか言えない巡り合わせであった。

何としても、藤代の制作の真意に迫らねばならない。そのためには、もっと手がかりを集める必要があった。

翌日から、加奈は藤代の同級生たちの消息を調査しはじめた。

直樹以外の親族が他界している現在、生前の藤代を知っている者はT市内にいない。ならば、より広い範囲で調べればいい。藤代や比佐子と同じ専攻の同級生であれば、若い頃の夫妻について何か知っているかもしれない。

とはいえ、同級生たちの年齢は七十代後半と推察される。鬼籍《きせき》に入っている者もいるだろうし、存命だったとしても五十年も前のことを覚えている保証はない。それでも、他に手が思いつかなかった。

卒業制作集を元に、油画専攻の卒業生たちを片端からネットで検索したところ、それらしき人物が数名見つかった。近年大規模な個展を開いたり、大学の教員になったりと、作家として成功した者たちばかりである。加奈は氏名と所属、連絡先をリストアップし、メールや電話で連絡を試みた。

二週間後には三件の反応があった。うち二件は、当該の人物が故人だと知らせるものだった。残り一件は、存命だが大病の後遺症で話せる状態ではない旨だった。

さらに二週間が経ち、加奈が諦めかけた頃、美術館に電話がかかってきた。平日の夕方、同僚から「相原さんにお電話です」と言われ、自席の固定電話に転送してもらった。

「お電話代わりました。相原です」

「ご連絡いただいた、滝《たき》ですけれども」

しゃがれた男性の声が返ってきた。相手が何者かとっさに判断できない。

「すみません、連絡といいますと?」

「藤代君の同級生だった滝です」

その返答を聞いた瞬間、加奈の背筋がしゃんと伸びた。たしか、美術系の専門学校で教員をしていた人物だったはずだ。

「ありがとうございます。実は、当館では藤代氏の回顧展を企画しておりまして……」

滝は時おり質問を差し挟みながら、加奈の説明に耳を傾けた。発せられる問いかけは的確で、かくしゃくとした高齢者であることが窺える。

「滝さんは、現在もお仕事をされているんですか?」

「高校の非常勤講師です。今年度で最後にしようとは思っていますが」

加奈は納得した。現役の教員であれば、会話が上手いのも頷ける。藤代夫妻との思い出を聞きたいのだと切り出すと、滝は「お望みの情報かわかりませんが」と前置きをしたうえで了承した。できれば対面で話を聞いてみたかったが、遠方に住む滝の希望で電話取材となった。

「なにぶん昔のことですから、正確さには不安がありますが、多少はお役に立てると思います。何しろ、藤代君は同期のなかでも一、二を争う才能でした。初めて彼の作品を見たのは、二年の秋くらいで……」

「ごめんなさい、ちょっと待ってもらえますか」

このまま、なし崩し的に取材がはじまってしまいそうな気配である。加奈はいったん通話を切り、一時間後にかけ直すことを約束した。急いで会議室を取り、録音用のレコーダーやメモ用紙を準備する。前回の通話を終えてからきっかり一時間後、スマホからかけ直した。

滝は先刻と変わらない調子で語りはじめた。

「当時、油画専攻の同期だけで百名以上おりましたから、同級生と言えども全員と知り合いというわけではないですし、作品を見たことがない人も大勢いました。私と藤代君も、入学から一、二年は交流がなかったんです。最初に藤代君の作品を見たのは、大学二年の後期の講評会だったと思います」

「どんな作品だったか覚えていますか？」

「建物ですね。日本建築だったと思います」

加奈は「えっ？」と問い返していた。

「比佐子さんの絵ではなかったんですか？」

「そうです。彼が鈴木さんをモデルに描きはじめたのはもう少し後で、それまでは人工物ばかり描いていましたね。あまりに精緻だったんでよく覚えていますよ。壁や屋根の質感が、そこにあるように感じられる絵でした。その出来に感動を覚えて、私から彼に話しかけました。そこから、顔を合わせると話す仲になりました」

直樹は相続した絵画をすべて寄贈したはずだが、T市立美術館にそのような作品は収蔵されていない。若い時期の作品は、藤代自ら処分してしまったのだろうか。

滝いわく、当時の藤代は建物や家具、自動車など、人工物ばかりをモチーフに選んだという。

「藤代氏は同期のなかでも一目置かれるような存在だったんでしょうか?」

「講評会では学生が吊るし上げられるのが当たり前でした。でも、彼だけは毎度褒められていましたね。そんな学生は他にいなかったんで、私に限らず、藤代君のことは優秀な学生として記憶していると思いますよ」

「人工物を描いていたのはなぜなんでしょう?」

「おぼろげですけど、『人が作ったものなら、人の手で再現できるはずだ』みたいなことを言っていたと思います」

スマホを握る手に力が入る。

「もう少し、詳しく聞かせていただけますか?」

「その……自然物は人が細工できない精度で作られているので、本当の意味で紙の上に再現するのは無理だ、というのが彼の意見でした。だから人工物を描くのだと。人工物なら、人の手で作られているんだから再現できないはずはないと言っていました」

その感覚は、加奈にもわからないではない。しかし——。

「後に藤代氏は人工物ではないもの、要は比佐子さんを描くようになりますよね。変化が起こった理由はいったい何なんでしょうか」

「そこなんです」

滝の語調が強くなる。

「大学三年の春ですかね。いつからか、藤代君と鈴木さんが妙に親密になっていることに気付いたんです。それまでは二人が話しているのも見たことがなかったんですが、座学では隣同士で座っているし、アトリエでも並んで作業をしているようでした」

「その時点で、すでに交際していたんでしょうか」

「はっきりとは覚えてないですけど、たぶんまだでした。本人に訊いたらはぐらかされた記憶があるんで。それに……」

そこで滝は言葉を切り、別の話をはじめた。

「当時は三年の夏季休暇明けに、専攻内でのコンクールが開かれておりましてね」

「はあ」

「そこに藤代君が出したのが、鈴木さんの肖像画だったんです」

加奈の脳裏に、収蔵庫で見た〈一番〉が蘇る。

「それが、初めて比佐子さんをモデルに描いた絵だったんですか」

「私が知る限りではそうなります」

ボールペンでメモ用紙を突《つつ》きながら、加奈は思案する。この転換は重要だ。大学三年の夏季休暇に、何かがあった。モチーフをそれまでの人工物から、比佐子個人へ変更するきっかけが。

「あの……相原さん？」

滝の呼びかけに、加奈は我に返る。

「すみません。少し考えこんでしまって」

「私の話し方がよくなかったかもしれません。それほど難しい話ではないと思いますよ」

「というと？」

「藤代君は恋をしていたんだと思います」

滝の声がにわかに丸みを帯びた。

「彼が鈴木さんを見る目には、熱がこもっていました。他の人に向ける視線とは明らかに違う。それは、傍《はた》から見ているだけの私にもわかるくらい、藤代君は彼女に恋焦がれていたんです」

「だから、モチーフを比佐子さんにしたのだと？」

「他には考えられません」

きっぱりとした言いぶりだが、加奈は鵜《う》呑みにはしなかった。ここは、藤代の思想を明確にするうえで最も重要なところだ。安易にわかったふりはできない。

「それは本人に確認しましたか？」

「その必要もありませんでした。だって、作品を見れば誰でもわかりますよ。学内のコンクールに、同じ専攻の女性をモデルにした絵を出すんですよ？　普通は恥ずかしくてできません。自分はこの女性に想いを寄せている、と知らしめるようなものですから」

「夏季休暇の間に、二人が急接近したということですか」

「きっとそうでしょうね。長期休暇を挟んで男女がくっついたり離れたりということは、よくありました。私が教えていた専門学校でもそうですが……」

「それまでのモチーフを捨ててまで、彼女を描こうとしたのはなぜでしょう」

「愛する女性を描くことに理由がいりますか？　ルノワールはアリーヌを描き、モネはカミーユを描き、マネはシュザンヌを描いた。愛する人を描くことが彼にとっての最大の幸福であり、才能を昇華させる術《すべ》だったのです。彼女は藤代君にとっての女神《ミューズ》だったんです」

滝の話には筋が通っているが、まだ腑《ふ》に落ちない感覚があった。一般論ばかりで決定的な証拠がないせいだ。

加奈は卒業制作集に掲載された、藤代のコメントを伝えた。さらに、藤代の自殺現場に残されていた短冊のことも話した。この二つに共通している、〈堕ちる〉という言葉の意味は何か。そう問うと、すぐに答えが返ってきた。

「それは、恋に堕ちる、という意味ではないですか」

滝の返答には迷いがなかった。

「事実、藤代君は亡くなる直前まで彼女を描き続けたのでしょう。愛のなせる業《わざ》でなくて、何なのですか。ずいぶん昔ではありますが、私はこの目で二人の関係を目撃しました。二人の間にあったのは、間違いなく親愛の情です」

加奈は沈黙した。生身の藤代恒彦を知る者にそうまで言い切られると、返す言葉がなかった。

「妻が亡くなった翌日に自殺するというのも、悲しいですが藤代君らしいと思います」

「ただ……それは、愛というには重すぎませんか」

つい、加奈の口から本音が漏れ出た。妻を描いたのが愛ゆえだとしても、亡くなるまでの半世紀にわたって描き続けるのは普通ではない。それはもはや、一種の軟禁状態ではないのか。

——奥さんの人生が丸ごと絵のなかに閉じこめられたみたいですよね。

吉田の感想ではないが、藤代と出会ってからの比佐子は、まるで夫のモデルとなるために生きていたかのように思える。彼女はそれでよかったのだろうか。そんな人生が、幸せと言えるのだろうか？

「愛は重いものです」

加奈の耳に、滝の声が低く響いた。

「藤代君は人生を絵に捧げた。その彼が、終生妻以外のものを描かなかった。それは最大の愛情表現だと思いませんか？」

収蔵庫で鑑賞したいくつもの作品が、加奈の瞼《まぶた》の裏を過ぎ去る。たしかに、あの作品群は対象への偏執的な観察がなければ描けない。藤代の場合、その原動力となったのは比佐子への愛だった、ということか。

確信に満ちた滝の言葉を聞きながら、加奈はかすかに眉をひそめた。


新しい職場に慣れてきた初夏、施工会社との二度目の打ち合わせがあった。

加奈は事前に送った展示品リストを使って、一つずつ大きさや展示方法を説明していく。絵画作品二十三点の他、卒業制作集や、自宅アトリエのパネル写真もリストアップしていた。吉田は時おり確認を入れながら、図面に書き込みを入れていく。

二人は一時間半かけて、作品とその展示位置を確認した。一通り作業が終わり、図面から顔を上げた吉田は「ふう」と息を吐いた。

「こんなもんですかね」

「お疲れ様でした」

吉田は緑茶に口をつけ、ネクタイを締めた首元を緩めた。ここ数日、にわかに気温が上昇している。本格的な夏が迫っていた。

「キャプションの執筆はいかがですか？」

手で顔を扇《あお》ぎながら、吉田が尋ねる。

「それが、まだ手をつけられていなくて……」

「お忙しいですよね」

吉田が苦笑する。

これまでの勤務先で一番というわけではないが、実際仕事は忙しかった。美術館は基本的にどこも人手が足りていない。資料の受け入れや貸し出し、棚卸し、常設展の応援、研究者からの問い合わせ対応やメディア対応など、回顧展の準備以外にやるべき通常業務は山ほどある。

「構想はだいたいできてるんですけど」

「今回のテーマも、〈ただ、妻のみを愛す〉ですか」

吉田が口にしたのは八年前の個展のタイトルだった。加奈は当時の資料も確認していた。展示内容や解説から察するに、当時の担当学芸員は藤代と比佐子の夫婦愛を軸に構成プランを作成したらしい。

「そんなところです」

基本的には前回と同じ構成プランにしていた。もちろん、違う箇所もある。展示する作品は替えているし、解説も一から作り直す。ただ、藤代の妻への愛情を柱とする点では同じだった。

本音を言えば、加奈はいまだ納得できていない。級友だった滝は断言していたが、藤代が愛だけを原動力に作品を制作していたとは、どうしても信じきれない。彼は本来、精緻な絵を描くために画家を志したはずだ。それなのに、恋愛感情に任せて妻だけを描くようになったとは考えにくい。

藤代は、卒業制作集でこう語っていた。

〈すべての絵画は虚像です。現実をありのままに描いた絵などこの世に存在しないことは、皆さんご存じかと思います。しかし私はその原理に抵抗する方法を見つけ出しました。それは、堕ちることです。人が人であることをやめれば、不可能は可能になります。〉

この一文からは、絵画そのものへの執着が立ち上っている。到底、恋に身を委ねている男の発言とは思えない。何より気になるのは、〈人が人であることをやめれば〉という部分である。これが〈堕ちる〉という言葉の真の意味につながっている気がしてならない。

しかし回顧展までの時間は、ほとんど残されていない。すでに構成プランは課長の承認も得ている。事前調査の期間は終わりつつあった。

「ご遺族の方からコメントもらったりするんですか？」

作業が一段落ついたためか、吉田はリラックスした表情である。

「少しだけ。あと、初日に挨拶をお願いする予定です」

「私も初日は来るつもりなんで、お顔を拝めるかもしれないな」

直樹がリサイクルショップの経営者であることは、吉田に教えていた。

「甥御さんでしたっけ？」

「ええ。藤代の兄の長男ですね」

「葬儀の喪主も、その方がやったんでしょうねえ」

作品を相続したのは直樹だから、おそらくはそうなのだろう。「でしょうね」と返答しながら、加奈はふと、あることに思い至った。

「そういう場合、奥さんの葬儀と一緒になるんですかね」

藤代は、比佐子が亡くなった翌日に自殺している。吉田は腕を組んだ。

「仮に私が喪主ならそうするでしょうね。最近は、亡くなってから火葬まで数日かかることもありますし」

「だとしたら、比佐子さんの親族にも連絡がいきますよね」

「まあ、普通に考えれば」

これまで藤代恒彦の身内といえば、甥の直樹しか念頭になかった。しかし、よく考えれば比佐子の家族も身内のはずだ。生前の藤代夫妻について、何か知っている者がいるかもしれない。

今さら気が付いた自分の甘さに、加奈は歯噛《はが》みした。

打ち合わせを切り上げて自席に戻り、すぐに直樹へ連絡した。会社の番号ではなく携帯電話にかけたところ、一発で出た。

「お忙しいところすみません。比佐子さんのご家族のことなんですが……」

突然の電話に直樹は快く応じ、「調べて折り返します」と約束してくれた。

翌日、直樹から電話がかかってきた。

「おっしゃる通り、叔父夫妻の葬儀は二年前に合同でやりました。菩提寺《ぼだいじ》には二人一緒に弔《とむら》ってもらっています」

「それで、比佐子さんの家族は？」

「連絡先がわからなかったので、葬儀には呼べませんでした」

落胆する加奈に、直樹は「ただ」と付け加えた。

「火葬の翌月になって、遺品からご実家の電話番号が見つかりました。そこから妹さんに連絡を取ることができたので、私とその方で相談して、比佐子さんの遺骨はそちらに分骨しています」

聞けば、比佐子の妹なる人物は東京に住んでいるという。

「その方に連絡を取ってもいいですか？」

「いいですけど、たぶん何も知らないと思いますよ。結婚して以後、そちらのご家族とは一切交渉がなかったそうですから」

加奈は「それでも構いません」と勢いこんだ。どれほど低くても真相に近づける可能性があるなら、挑戦する価値はある。直樹から連絡先を聞きだした加奈は、礼を言って通話を終えた。

瞼を閉じれば、藤代恒彦の絵が浮かび上がってくる。恐るべき精度で描かれた女の肉体は、雄弁に語りかけてくる。自分を見ろ、と。老いも醜さもさらけだし、すべてを目撃しろ、と。その語りは藤代ではなく、比佐子の声として聞こえてきた。


東京駅のホームに降り立つと、真夏の日差しがまばゆかった。

加奈はボストンバッグを提げて、新幹線から在来線へと乗り換えた。せっかく東京へ来たのだから、できれば上野《うえの》や六本木《ろっぽんぎ》の美術館に立ち寄りたかったが、その時間的余裕はなかった。今日のうちに用事を済ませて、T市へ戻らなければならない。あわただしい出張であった。

ただ正確には、これは出張ではなかった。課長の許可が下りなかったからだ。

加奈は少し前に、比佐子の妹――万紗子《まさこ》と連絡を取ることに成功した。ただし、万紗子は「東京の自宅まで来ること」を取材の条件とした。病身のため長時間の電話取材は難しく、オンラインでの面談などやり方すらわからないという。

加奈はすぐさま学芸課長に出張を直訴したが、予算の都合で却下された。

「あの回顧展に、そこまでやる必要ないよ。義理みたいなものなんだから。前回と同じ構成で、それっぽくやっておけば十分じゃない？」

課長の怠惰ぶりには呆れたが、どれほど軽蔑しても予算は出ない。仕方なく、加奈は休日に自腹で東京へ行くことにした。どっちみち、恋人も友達もいない加奈には休日の予定などない。それに、藤代の創作の舞台裏を聞き出せれば、自分の名を馳《は》せることもできるかもしれない。捨てたはずの、学芸員としての野心が芽生えはじめていた。

本当は都内に一泊したかったが、シフトの都合で日帰りにせざるを得なかった。明日も朝八時半から仕事だ。東京行きのことは課長や同僚には言っていない。余計な横槍《よこやり》を入れられるのは御免だった。

東京駅から中央線に乗り、新宿《しんじゅく》で私鉄に乗り換える。最寄り駅まで車体に揺られている間、万紗子とのやり取りについて思い出していた。

はじめに幾度か電話をかけたが、相手が出ることはなかった。仕方がないので、回顧展のパンフレット案を同封し、直樹から教えられた住所へ手紙を送った。返答が来るか不安だったが、数日後、万紗子からの手紙が届いた。拒絶の意思を示すような、硬質な字が綴《つづ》られていた。

〈姉夫妻の過去についてお話しすることはありません。〉

取り付く島もない反応だ。

だが、加奈は諦めず、それから何通もの手紙を書いた。藤代恒彦の作品がいかに素晴らしいかを長々と書き記した。この画家が世間的に無名のまま終わるのは、あまりに惜しい。遺族も、美術研究者も、いまだその価値を十全に理解していない。この回顧展を機に藤代、そしてその妻である比佐子は、もっと世に知られるべきだ。切々とした文章を便箋にしたためては送った。返信がなくても構わず、数日おきに送り続けた。

加奈を突き動かしていたのは、学芸員としての焦りだった。この描き手は多くの人に受け入れられる、という確信があった。そしてこれが、相原加奈が世に出る最後のチャンスかもしれない。今後、片田舎の美術館で、発掘するに見合うだけの作り手に出会える確率はほぼゼロに近い。

輝くか、朽《く》ちるか。

加奈は追い立てられるように手紙を書いた。

いつしか、藤代恒彦は加奈の未来を照らす灯火《ともしび》となっていた。親には心配と金銭的負担をかけ、夫も恋人もおらず、見知らぬ土地で友人もいない。孤独な加奈にとって、この無名の画家だけが心の支えだった。成功すれば、自分は〈藤代恒彦を発掘した学芸員〉として知られることになる。無味乾燥な人生に、ようやく彩りが与えられる。

加奈は藤代の作品を称える手紙を書いているうち、この画家と出会うために学芸員となったのだ、とまで思うようになった。

万紗子が折れたのは、加奈からの手紙が二十通を超えた頃だった。対面であれば、一度だけ取材を受けてもいい、という文面だった。

加奈は有頂天で返事を書き、早急に東京へ行く段取りを立てた。回顧展の構成プランはとうに確定し、キャプションも九割方書き上がっていたが、そんなことはどうでもいい。必要なら、二日でも三日でも徹夜してやり直せばいい話だ。

目的の駅で降り、さらに二十分ほどバスに乗る。そこから徒歩五分の場所に、万紗子が住む家はあった。

立派な和風の邸宅である。古びてはいるが、藤代の旧宅のように打ち捨てられた雰囲気はない。庭の下草も伸びているものの、見栄えが悪くならない程度の手入れはなされている。住人の気配が感じられる家だった。

加奈はインターホンもカメラもついていない呼び鈴を押した。じき、玄関から白髪の女性が出てきた。加奈が名乗ると、黙って門扉を開けてくれた。玄関までのアプローチを歩きながら、さりげなく前庭を見やる。白いプレハブ小屋が妙な存在感を放っていた。

和室に通された加奈は、最初に手土産を渡した。T市の銘菓である。

「これ、よろしければ」

万紗子は湿っぽい目で紙袋を見て、「どうも」と受け取った。どう見ても歓迎している様子ではない。無理を押して取材を頼んだのだから、これくらいの反応は織り込み済みではあった。

座卓を挟んで、二人は座布団に腰を下ろした。クーラーが動いていたが、効きが悪いのか室内はじっとりと暑い。だが万紗子は汗ひとつかかず、皺の刻まれた顔に不審の色を滲ませている。青白い顔色や丸めた背中は、幽霊を連想させた。

「お一人で暮らしていらっしゃるんですか？」

明るい声を出してみたが、万紗子は胡乱《うろん》なものを見るような目で「はい」とだけ答えた。

「ご家族は？」

「息子はとっくに家を出たし、夫はずいぶん前に亡くなりました。町内会にも顔を出さない、孤独な老人ですよ」

どう反応していいかわからず、加奈は神妙な顔をしていた。

「……身体がね、よくないんです」

「ご病気ですか」

「まあ。あまり体力がないもので、一時間ほどにしてもらえると助かります」

異存はない。加奈はさっそくレコーダーを取り出す。

「録音しても構いませんか？」

「できれば、遠慮してもらえますか」

「承知しました」とすぐさまレコーダーを取り下げた。録音できないのは残念だが、それほどまでに話したくないこととは何だろう、と余計に期待がふくらむ。事前に考えた質問を切り出そうとした矢先、万紗子に遮られた。

「だいたいの経歴は知っているんでしょう？」

加奈は面食らいつつ、「パンフレットに書いた程度のことは」と応じた。万紗子が鼻を鳴らす。

「だったら、それでいいじゃないですか。今さら私に何を訊きたいんですか。姉とは、結婚以来まったく連絡を取っていないんです」

加奈は怯《ひる》まず、単刀直入に問い返す。

「藤代氏は、比佐子さんを愛していたと思いますか？」

万紗子の瞼がかすかに動いた。

「なぜ、そんなことを訊くんです」

「同級生の方いわく、比佐子さんは藤代氏のミューズだったそうです。しかし、そのような単純な関係には思えません。生涯たった一人の相手しか描かないという態度には、愛というより、一種の無慈悲さを感じます」

万紗子は「無慈悲、ね」とつぶやいた。

「そう思いませんか？　画家である恋人から、お前しか描かない、と言われたらとてつもないプレッシャーになりませんか。その人が仮に画家として大成しなければ、自分がモデルだからだ、という責任感を覚えるんじゃないですか。そんな重圧を死ぬまでかけ続けることが、本当に愛と言えるんでしょうか」

加奈は胸のうちにわだかまっていた違和感を、必死で言葉へ変換した。

「藤代氏が亡くなった時、傍《かたわ》らに〈堕ちる〉とだけ書いた短冊が残されていました。恋に堕ちる、という意味だと推測する人もいましたが、私にはそんな甘い解釈はできません。二人の間には、もっと緊張に満ちた何かがあったと思いませんか」

万紗子が目を伏せた。内心の揺れが透けて見える。加奈は最後のひと押しとして、「悔しくないですか」と言った。

「比佐子さんを描いた絵は、お世辞にも世に知られているとは言えません。私はこの状況がもどかしいんです。藤代氏も、お姉さんも、もっと知られるべきです」

汗がこめかみを流れる。ごうっ、というクーラーの音が耳障りだった。

沈黙を経て、万紗子は上目遣いに加奈を見た。

「これは、ここだけの話だと約束してくれますか」

「約束します」

加奈は即答していた。そうしなければ、話を聞けそうになかったから。万紗子はいったん席を立ち、ペットボトルの緑茶を持ってきて口をつけた。加奈の分は用意されていなかった。

「……うまく話せるかわかりませんが」

語りはじめた万紗子の声に、加奈は全神経を集中させた。

○

姉も私も、生まれはこの家です。今に至るまで何回か改装はしてますがね。

二つ上の姉は、小さい頃から絵を描くのが好きでした。高校でも美術部でね。私にはよくわかりませんでしたけど、「これはすごい」って大人たちから言われて、本人もその気になって。夜遅くまで絵画教室に居残って、絵を頑張ってましたね。

努力の甲斐あって、第一志望の美大にも合格しました。私もさすがにびっくりしましたね。姉には本物の才能があったんだな、と素直に感心しました。

ですが、姉にとって本当に辛《つら》かったのは、むしろ大学に入ってからでした。

学生時代、姉は大学近くの下宿で暮らしてましてね。この家からも割とすぐに行けるんで、私もよく遊びに行ってたんです。入学して一年くらいは楽しそうにやってたんですけどね。

　でも二年になったくらいから、次第に表情が暗くなっていったんです。そのうち、「私は凡人だから」とか「絵を描いても楽しくない」とか愚痴っぽいことを言い出しまして。さすがによくないなと思ったんですけど、私も高校を卒業してからのことを色々と思い悩んだりしていて、足が遠のいてしまいました。そもそも美大を選んだのは姉ですから、私にできることはなかったと思います。

　翌年、私は短大に進学しまして。久しぶりに姉のところに遊びに行ったら、ずいぶんと荒《すさ》んだ生活ぶりでね。部屋にはビールの瓶が転がって、灰皿には煙草《たばこ》の吸殻が山盛りになっていて……割合、身の回りは綺麗にする人だったんですけどね。原因はわかりきっていました。絵です。

　姉は二十歳を過ぎた頃から、すっかり制作の意欲を失っていたんです。大学の外で作った友人と飲み歩いたり、男友達の家を泊まり歩いたりと、奔放な生活をしていたようです。とても一人にしておけるような状況じゃなかったんで、それからはまた頻繁に通って、家の掃除をしてやったり、話し相手になってやったりしました。

　当時、すでに姉は画家の夢を諦めていました。姉は地元の絵画教室では一番でしたけど、美大には全国から絵の上手い人が集まるわけですからね。自分よりはるかにいい絵を描く人たちと出会ったのが、ショックだったみたいです。二年までは頑張ったみたいですけど、努力にも限界がありますからね。

　今にも筆を折って、美大を中退しかねない勢いでした。でも、それは惜しいと思いました。才能に恵まれ、努力を惜しまない姉は、私の誇りでした。私にはそれこそ、何のとりえもありません。勉強も運動も芸術も何一つ誇れない。だから、姉には画家としての才能を証明してほしかったんです。

「大学で、誰がいちばん上手いと思う？」

そう尋ねたら、姉はしばらく考えてから答えました。

「藤代恒彦」

姉と同じ、油画専攻の同級生の名でした。写実主義の絵を描く人で、技巧が人並み外れているという話でした。

「先生よりも上手いの？」

「うん」

翌日、私は姉に黙って美大に忍びこみました。姉はなかば大学生活を放棄していたので、遭遇する心配はなかったです。忘れ物を届けに来たということにして、油画専攻の居室やアトリエをうろつき、藤代さんを見つけました。

藤代さんは色白で、ひどく冷たい目をした人でした。私は鈴木比佐子の妹だと名乗り、頭を下げました。

「姉に絵を教えてくれませんか」

藤代さんは驚いていましたね。常識外れの頼みだということは、美大生でない私にもわかります。しかし、姉が絵を続けるには、上手な人から教わるしかないように思えたのです。姉にそれを勧めても、プライドが邪魔して実行しないことは目に見えていました。だから私から直訴したんです。

最初、藤代さんは戸惑っていましたが、懸命にお願いしているうち真剣に話を聞いてくれるようになりました。

「鈴木さんとは話したこともないから、どんな人かわからない。とにかく一度、会わせてほしい」

それが藤代さんの答えでした。さっそく、姉に顚末《てんまつ》を話して会うよう説得しました。当然、姉は激怒しましたけれど、私が泣いて説得すると、会うだけなら構わないと言ってくれました。

結局、姉と私、藤代さんの三人で会うことになりました。しばらく私が一人でべらべらと話していました。いかに姉が努力家で、すばらしい絵を描いてきたか。やがて藤代さんが、姉に問いかけました。

「比佐子さんは、普段どういう意図で制作している？」

姉は最初、不機嫌そうでした。煙草をふかしながら、ぽつりぽつりと答えるくらいで。でも、藤代さんが興味を示すにつれて、だんだん熱っぽくなってきて。私にはわかりませんけど、若い画家志望の人たちって、絵を描いているというだけで共鳴するものがあるんですかね。二時間ほど経つとかなり打ち解けたようでした。

そこからはすんなり話がまとまりましたね。姉は少なくとも週に一度、藤代さんと一緒に作品を制作して、そこで藤代さんから感想や助言をもらうことになりました。私はほっとしました。余計なことをしてしまったかもしれない、と心配していましたから。これを機に、いい方向へ転がってくれれば……その一念でした。

姉の暮らしは徐々によくなっていきました。

出歩く頻度が減り、また大学へ通うようになりました。ただ制作のほうは捗《はかど》らないようで、いつも藤代さんの横でキャンバスを見ているだけだ、と言っていました。それでも、飲み歩くよりはずっとましです。いくらか安心して、私も短大生としての生活を楽しみはじめました。

ですが、この時にはもう姉はおかしくなっていたのだと思います。私は姉を藤代さんと引き合わせることで、結果的に、画家としての姉を殺してしまいました。

少し、お茶を飲みます。

……続けます。

その年の夏、久しぶりに姉の下宿へ遊びに行くと、藤代さんがいました。そういう関係になったんだろう、と早合点していたんですが、姉には「勘違いしないでほしい」と言われました。照れ隠しだと思っていたんですが、二人の間に漂っている空気がなんとなく緊迫していたので、本当らしいとわかりました。

その日、三人で食事に行ったんです。美大の近くにある安居酒屋でした。そこで、姉が切り出したんです。

「私はやっぱり、絵描きにはなれない」

ぽかんとしている私に、姉はものすごい勢いで語りました。

「藤代君の横で作業していて、よくわかった。上手い下手以前に、私には何を描きたいとか、どう描きたいとか、そういうものが一切ないの。ただ、褒められていたから絵を頑張っていただけ。その点、この人には才能がある。すごいよ。本物だよ」

藤代さんは黙ってビールを飲んでいました。

「現実をありのままに描きたい。それが藤代君の望みなの」

姉が横目で見ると、ようやく藤代さんが重い口を開きました。

「人の視界を、平面の絵で再現することはできない」

机の端を睨みながら、独り言をつぶやいているようでした。

「でも僕は、どうにかして絵の上で現実を再現したい。そのために必要なことは、何だと思う？」

唐突に、藤代さんが私の目を見ました。そんなこと、美大生でもない私にわかるはずもない。あてずっぽうで答えました。

「上手さ、ですか」

「違う。技術なんてものは努力すれば誰でも身につく。たかだか五年や十年の修練だ。その程度のことで、現実の再現など出来はしない」

藤代さんの態度には腹が立ちました。なぜこの人はこんなに偉そうなのか。姉がいなければ、席を立っていたかもしれません。

「でしたら、何ですか」

「観察だ」

姉は口をつぐんで、藤代さんの言に耳を傾けていました。

「時間をかけ、入念に対象を観察する。ほとんどの画家は、見ることよりも描くことのほうに力を注ぐ。しかしそれは誤りだ。本当に存在する通りに描きたいなら、描く前にいかに見るかが重要なんだ。それにもかかわらず、あらゆる画家は観察が不十分だ。なぜだかわかるか？」

もう否定されるのはいやだったので、「さあ」と答えました。藤代さんはぐっと顔を近づけてきました。

「時間が足りないからだ。画家が一つの対象を観察するのはせいぜい数か月。まったく不足している。観察して、その対象を知るには数年、数十年の時がかかる。だから必然的に、画家は観察不十分になる。かく言う僕もそうだった。ほんの少し見ただけで、モチーフを理解したつもりになっていた。しかしそれでは足りないんだ。もっと、もっと長い期間、一つの対象を観察し続けなければならない」

私には、ちょっと理解しがたい話でした。そんなに時間をかけて観察して、いったい何になるというんでしょう。困惑した私を前に、藤代さんは胸ポケットから真新しい万年筆を取り出しました。

「今、君はこの万年筆を見ている」

居酒屋のテーブルの上で、万年筆は静かにたたずんでいました。

「表層を見るだけであれば数秒で事足りる。しかし、それでは不足だと思う」

「じゃあ、どうするんです」

「とにかく時間をかける。一年もすれば胴軸が手垢《てあか》でくすんでくるだろう。さらに一年経てば、ペン先が錆《さ》びてくるに違いない。十年経てば、どこかにひびが入ったりするかもしれない。そこまで見届けて、初めて観察したと言えるんじゃないか」

「はあ……もっとわかりやすくお願いします」

私が生意気な物言いをしても、藤代さんは冷静でした。

「絵画が切り取るのはほんの一瞬だ。そこには時間の流れがない。新築住宅を描けば、綺麗な一戸建ての絵になるだろう。だが二十年、三十年経てば、実物の住宅は朽ちていく。絵のなかの住宅は綺麗なままなのに。そんなの嘘だと思わないか？　モデルが朽ち果てるさまを見届けて、ようやく観察したと言えるんじゃないか？」

「時間の流れまで描きたい、ってことですか」

藤代さんはそれには答えずビールを飲みました。姉はまだ黙っていました。

「僕は今まで無生物ばかり描いてきた。しかし無生物がモデルでは、絶対にできないことがある」

もう私への問いかけはありませんでした。

「対話さ」

だんだんと、藤代さんは恍惚《こうこつ》とした表情になっていきました。

「僕がどんなにモデルのことを知りたくても、無生物は答えてくれない。だから表層を観察するしかなくなる。しかし、人間が相手なら対話できる。その人が何を考え、何を食べ、いつ眠り、何を好んでいるのか。すべてを明らかにすることができる。どうしてこんな簡単なことに、今まで気が付かなかったんだろうね」

藤代さんは一人で話し続けていました。もはや、私はいないも同然でした。

「だから僕はね……たった一人の人を、数十年かけて観察しようと決めたんだ。対話を重ねながら。相手は誰でもいいわけじゃない。僕の目的を理解して、すべてを打ち明けてくれる人物。モデルというより、共犯者になってくれる人」

藤代さんと目が合った姉は、小さく頷きました。ようやくこの話の終着点が見えてきました。

「彼女には、その共犯者になってもらう」

私は内心、不快でした。姉には画家になってほしかったのに。そのために藤代さんと引き合わせたのに、どうしてモデルになるのか。でも、姉の緊迫した表情を見ていると、頭ごなしに否定できませんでした。姉自身が、それを強く望んでいることがわかってしまったので。

「数十年……って、具体的にどれくらいですか」

「わからない。死ぬまでかかるかもしれない」

あまりに事もなげに言うので、私は最も気になっていたことを尋ねました。

「あなたは姉のことを愛しているんですか？　死ぬまで姉をモデルに絵を描きたいというのは、求愛ではないんですか？」

藤代さんは身を乗り出した私の顔を見て、いったん姉の顔を見て、また私の顔を見据えました。

「愛なんてないよ」

もうそれ以上、言い募ることはできませんでした。


その日を境に、姉の下宿には行かなくなりました。

たまに実家へ帰ってくる姉からの話で、藤代さんのモデルをしていることは聞き及んでいました。形だけでも美大を卒業し、卒業後は藤代さんと結婚して彼の生家で暮らすつもりなのだと聞きました。

私にはどうでもいいことでした。好きにすればいい、と思っていました。

ある日、藤代さんが結婚の許しを得るため、うちに挨拶に来ることになりました。私も家族として同席するよう言われました。その場で全部ぶちまけてやろうかと思いましたが、結局、最後まで黙っていました。両親には姉が根回し済みだったようで、話はすんなりとまとまりました。

二人が帰る間際、私だけが姉に呼ばれました。

「駅まで一緒に歩きましょう」

何か意図があると思いつつ、従わないのも変なので三人で駅まで歩きました。わざわざ呼んだくせに、藤代さんも姉も一言も話しませんでした。背広を着た藤代さんは上品な御曹司といった風情でした。

やがて駅につくと、藤代さんが大型のコインロッカーから荷物を引っ張り出しました。板状の段ボールで挟まれた、一枚の絵画のようでした。

「これを僕たちから、万紗子さんに贈らせてほしい」

まさか絵を贈られるとは思っていなかったので、ずいぶん動揺しました。

「受け取れません。どうして私に？」

「僕と比佐子をつないでくれたのは君だろう。贈ることができるものと言ったら、絵画くらいしかない」

そう言われると無下にもできませんでした。姉の人生を狂わせてしまった、という負い目みたいなものもありましたから。私はどんな絵かもわからないまま、家まで持って帰りました。両親にばれないよう部屋に持ち込み、こっそり開封しました。

額装された絵には、姉の裸体が描かれていました。

息を呑みました。まるで姉が目の前で寝そべっているかのような手触りでした。これほどまでに精密に、姉の身体を再現することができるのか、と驚きました。藤代さんが、観察の重要さを説いた意味がわかった気がしました。キャンバスの裏には、〈ゼロ番〉と記されていました。

額の隙間に、一枚のメモ用紙が挟まっていました。そこには、姉の筆跡でこう記されていました。

〈私は人間をやめます。今日から私は、一個の肉塊へと堕ちます。〉

その短い文章を読んだ時、ようやく、姉の選択を受け入れることができました。

姉は画家にはなれなかった。でも、絵画から離れたわけではなかった。藤代恒彦という描き手のモデルとなることで、絵画に自分の人生を刻み込むことを選んだ。そういう覚悟を、あのメモ用紙から感じたんです。

姉は卒業の直後にT市へ転居して、藤代さんと結婚しました。以後、一度もこの家には帰ってきていません。私は夫と結婚して別の家で暮らしていましたが、夫が亡くなってからはここに越してきました。

二人からもらった〈ゼロ番〉は、大事に保管しています。両親にも、夫にも、息子にも、ずっと秘密にしていました。

あの絵は今も、プレハブ小屋に置いてあります。

話し終えた万紗子の表情には、疲労が滲んでいた。

一方、加奈の顔には興奮が満ちていた。ついに藤代の真意を理解したからだ。

藤代恒彦が比佐子を描き続けたのは、愛していたからではない。比佐子が、従順な観察の対象となることを承諾したからだ。半世紀にわたって、藤代は比佐子という人間を見て、触り、対話することで、キャンバスの上に彼女を再現し続けた。

すべては、絵のために。

究極の写実主義のために。

比佐子は人生を放棄し、純然たる画題へと〈堕ちる〉ことを選んだ。彼女が卒業制作集に寄せていたコメントを思い出す。

〈私の人生を、絵画に捧げます。〉

それは描く側ではなく、描かれる側としての決意表明だったのだろう。

藤代が自殺の直前、直樹に『百二十六で終わりにする』と言った意味もわかった。〈ゼロ番〉を含めれば、確かに作品数は百二十六となる。

「これで結構ですか」

万紗子は掛け時計に視線を送った。そろそろ約束の一時間になろうとしている。だが、加奈は湧き上がる好奇心を抑えることができなかった。

「その〈ゼロ番〉を、貸し出していただくことはできませんか？」

T市立美術館でも収蔵していない、未知の一点。展示できれば、間違いなく回顧展の目玉になる。だが万紗子はゆるゆると首を振った。

「お断りします。あれは、私個人に寄贈されたものです。お貸しする義務はありません」

「でも……」

きっぱりと拒絶するように、万紗子は立ち上がった。

「お引き取りください。それから、この話はくれぐれも口外しないでください。あくまで、あなたという一個人に打ち明けたのであって、展覧会やら美術館やらのためにお話ししたのではありませんから」

加奈は両手を握りしめた。藤代の描いた〈ゼロ番〉。そこには、創作の初期衝動が詰めこまれているはずだ。構図や色合いだけでもわかれば、貴重な研究材料になる。学芸員として是が非でも目にしたかった。

「でしたら、この場だけで結構です。一目、見せてもらえませんか」

正座をした加奈は、「お願いします」と両手をつき、額を畳に擦《こす》りつけた。万紗子の顔に動揺がよぎる。

「ちょっと、あなた……」

「少し見るだけでいいんです。見せてもらえれば、帰ります」

「お引き取りください」

幾度かそんなやり取りを繰り返し、とうとう、万紗子が折れた。土下座の恰好《かっこう》のまま固まっている加奈に、呆れた調子で告げる。

「見るだけですよ。写真も遠慮してください」

途端、加奈は顔を上げた。

「ありがとうございます」

冷ややかな顔つきの万紗子が先に立ち、猛暑の屋外へと歩み出た。前庭の奥にあるプレハブ小屋に近づき、鍵を開ける。スライドドアを引くと、充満していた熱気が解き放たれ、すぐ後ろにいる加奈の顔を撫《な》でた。

内部は四畳半くらいの広さであった。ゴム手袋や草刈り機、自転車などが無造作に押し込まれている。加奈はため息を吐いた。こんな環境で絵を保管するなんて、あり得ない。

小屋の片隅に、ブルーシートでくるまれた物体が立て掛けられていた。万紗子はそれを持ち上げ、シートを剝がす。中身はさらに段ボールで包まれていた。それも取り去ると、ようやく目当ての作品が姿を現した。

「これが〈ゼロ番〉です」

加奈はスマホのライトで照らして、隈《くま》なく観察する。

絵の大きさは、F20号（727×606㎜）くらいであった。全裸で横たわる比佐子が、全体に充満している。皮膚の肌理《きめ》、体毛の一本一本、唇に寄った皺まで、狂熱的な筆致で描かれていた。技術的には後半生の作品より未熟な点もある。だが、この一枚にこめられた熱量は、他の百二十五点をはるかに上回っている。とっさに加奈は思った。

欲しい。

未発表の〈ゼロ番〉は、藤代恒彦の原点にして、最高傑作かもしれない。少なくともこの一枚は、藤代の画家人生を語るうえで絶対に欠けてはならない。

加奈の身体の芯が、徐々に冷たくなっていく。

　万紗子から話を聞けたことで、藤代の真意はわかった。個人的には腑に落ちた。だが、それは公表することができない。未発表の作品を展示することもできない。自分は何のためにここに来たのか。学芸員として名を上げるために来たのではなかったか。それなのに、手ぶらに近い状態で帰っていいものか。

　せめて、この作品を持ち帰ることくらいは許されるべきじゃないか。

「……どうしても、貸していただけませんか？」

　加奈の口から、無意識のうちに言葉が衝《つ》いて出た。怪訝《けげん》な顔をする万紗子に「よく見てください」と絵を示す。

「この繊細な描き方、生々しい質感。この作品を埋もれさせてはいけない。藤代氏の最高傑作かもしれないんですよ！」

「だったらなんですか。これは私物です」

「たとえ私物でも、優れた芸術作品は世に出す義務があります」

「誰がそんなこと決めたんですか？　まだ騒ぐなら、警察呼びますよ」

　万紗子の意思は変わらないようだった。段ボールで包み直そうとした絵を、加奈は横から奪い取り、両腕で抱えた。

「何するの！」

　万紗子の目が吊り上がる。

「お願いです。私にはもう、これしかないんです」

「止《や》めなさい。非常識でしょうが」

「こんなに頼んでいるのに、貸してくれないほうが悪いんですよ」

「何言ってるの。どうかしてる」

万紗子はスマホを操作していた。通報するつもりだろうか。加奈は絵を置き、今度はスマホを奪った。万紗子は憎々しげに加奈を見る。

「何なの、あなた」

「学芸員として、この作品を見なかったことにはできません！」

ふっ、と万紗子が笑った。

「学芸員に何ができるの？　実作者でもないのに」

その瞬間、加奈の顔から表情が失われた。

さしたる悪意はなかったのだろう。だからこそ、その言葉は加奈の心の深い場所にまで突き刺さってしまった。一瞬のうちに、これまで味わってきた数々の屈辱が蘇る。

「食っていける仕事なのか」と言った両親。

「楽な仕事でいいよねえ」と放言したかつての恋人。

「社会のお荷物だ」と断言した政治家。

理不尽なクレームをつけたり、長々と自己流の解説を語ってくる幾多の来館者たち。セクハラまがいの言動をする上司や、あらゆる仕事を押し付けてくる他部署の職員も気に食わない。連中に足を引っ張られて、夢を諦めざるを得なかった――。

そして、そうやって他人に責任を押し付けている自分も、死にたくなるくらい嫌いだった。

すべてが嫌だった。

いい加減、人生を変えたかった。

「スマホ、返しなさい」

怒る万紗子の声は耳に届かない。

今、ここには未発表の〈ゼロ番〉がある。この作品は回顧展の目玉になる。それだけじゃない。この一枚には、藤代恒彦を流行作家にできる可能性が秘められている。ここで手放せば、惨《みじ》めな生活が一生続く。

やるしかない。

自分には、やる権利がある。

「すみません」

「えっ？」

次の瞬間、加奈は万紗子の腋《わき》の下に両手を入れ、プレハブ小屋の奥へ投げ飛ばした。年老いた彼女の身体は宙に浮き、尻餅をついた。加奈はすぐさま絵を抱いて小屋を出た。それからスライドドアを閉ざし、差しっぱなしになっていた鍵をひねって、鍵穴から抜いた。

「ちょっと！」

小屋の内側から万紗子のくぐもった声が聞こえる。加奈は鍵をポケットに入れ、震える腕で〈ゼロ番〉を抱えた。万紗子のスマホはハンカチで念入りに拭ってから、雑草の上に捨てた。ボストンバッグを肩にかけ、その場に持ち物が残っていないことを確認してから、一目散に逃げ去った。

万紗子の体力では、施錠されたドアを力ずくで開けるのは不可能だろう。病身だと言っていたから、体力もないはずだ。あの小屋には水も食料もなかった。もって二、三日といったところか。外に漏れ聞こえる声は小さいし、隣家や表通りからは距離がある。住民や通行人が声に気付く可能性は低い。

人を死に追いやった、という実感はなかった。ただ、心臓はうるさいくらいに高鳴っている。頭上から降り注ぐ真夏の日差しが、加奈の全身を焼いている。汗が噴き出し、〈ゼロ番〉をつかむ両手を濡らす。

最寄り駅に到着するまでの間、加奈は延々と言い訳をつぶやいていた。

私は悪くない。こうするしかなかった。病気だと言っていたし、どうせもう長くない。少しくらい早く死んだところで、大した違いじゃない。こうするほうが藤代だって喜ぶはずだ。そう、比佐子だって……。

夏が過ぎ、秋が到来した。

「すばらしい展覧会ですよ、これは！」

目の前の老人は興奮した面持ちで叫んでいる。展示された〈五十五番〉を指さし、手にした杖を振りかぶらんばかりの勢いで褒めちぎっていた。

「こんなにいい絵をね、今までなぜ飾らなかったんだろうか。それが不思議なくらいですよ。担当の方にどうしても一言感謝を伝えたくてね」

加奈は「ありがとうございます」とにこやかに礼を言う。その程度のことでいちいち呼ばないではしかったが、そんな本音はおくびにも出さない。

「これは市民の誇りだよ。ありがとう！」

老人はひとしきり語ると、気が済んだらしく去っていった。来館者の対応も仕事のうちとはいえ、細切れに作業を中断されるのは辛い。

展示室を見れば、どの絵の前にも人だかりができている。平日にもかかわらず館内は混雑していた。これまでの企画展や常設展ではありえない風景だ。開会直前、構成プランをがらりと変えた甲斐があった。施工会社の吉田は恨み言を口にしていたが、この盛況ぶりを見れば納得するだろう。回顧展のタイトルは〈堕ちる〉に変更した。今となっては、そのタイトルしか考えられない。

展示物のなかでも一際来館者が集まっているのが、〈ゼロ番〉だった。

精密に描かれた比佐子の裸体は、すでに数千人の目にさらされている。この半世紀、たった一人にしか見られていなかったというのに。加奈は自分の判断に満足していた。藤代に懸けたのは正解だった。

何しろ、この回顧展はT市立美術館が開館してから最多の来館者数を記録している。いまだ会期の前半にもかかわらず、である。他県からの来館者も多い。藤代恒彦の名は、すでに日本中の耳目を集めている。

成功の要因は、複数ある。ＳＮＳ運用にポスター掲示、フライヤー配布と、できる広報施策はすべてやった。地方紙にも自ら売り込み、文化面で特集してもらった。そこから地元テレビ局の取材にもつながった。

だが加奈は、最大の要因は作品そのものの力だと感じていた。

一度鑑賞すれば、誰もがその凄まじい迫力にあてられ、中毒のようになる。評判が評判を呼び、来館者は右肩上がりで増えていった。自分の目に狂いはなかったのだと、加奈は密《ひそ》かに安堵《あんど》した。

応対を済ませて自席に戻り、ノートパソコンで論文執筆にとりかかる。すでに草稿はできていて、タイトル案も決まっている。

〈藤代恒彦に見る二十一世紀型写実主義〉

この論文で、加奈は一躍アート界の寵児《ちょうじ》となるだろう。藤代についての研究論文はこれが本邦初だ。注目されないはずがない。草稿を読んでもらった知り合いの美大教授からも、お墨付きを得ている。

きりのいいところで執筆を中断してメールボックスを確認すると、新しいメールが届いていた。先日、取材を受けた雑誌の編集者からだった。インタビュー記事の文案を確認してほしい、という依頼である。加奈はさっそく添付されていたファイルを開き、文言を細かくチェックした。

学生時代から続く、藤代と妻比佐子の奇妙な関係。夫妻が残した言葉。〈堕ちる〉という言葉の意味。〈ゼロ番〉の発掘。インタビュアーに語ったそれらの事柄が、流れるような文章で記されている。

もはや万紗子に遠慮する必要はなかった。彼女がこの文章を読む機会は、永遠に訪れないのだから。持ち帰った〈ゼロ番〉は万紗子からの寄贈ということにして、必要書類を捏造《ねつぞう》し、強引に収蔵してしまった。怪しむ者はいなかった。誰もが自分の作業に手一杯で、人の仕事を詮索する余裕などなかった。

加奈は、成功へと続く階段を着々と上っていた。

閉館間際になって、またも来館者からの問い合わせ対応が発生した。監視員に呼ばれた加奈が展示室へ足を運ぶと、待っていたのは知り合いであった。人の少なくなった〈ゼロ番〉の前に、背広を着た藤代直樹が立っていた。目が合うと、直樹は一礼した。

「お忙しいところ恐縮です」

「直接電話してくだされればよかったのに」

「いや、館内で通話するのも気が引けたので」

直樹が頭を掻《か》いた。会うのは初日の開会挨拶以来だった。

「やっぱり素晴らしいですね、この絵は」

直樹は目を細めて〈ゼロ番〉を見つめていた。加奈は息をつめて、直樹が本題を切り出すのを待った。

「この絵は、比佐子さんの妹さん――万紗子さんから寄贈されたんですよね？」

「ええ」

「昨日、万紗子さんのご子息から連絡があってね。亡くなられたそうです」

慎重に「そうなんですか」と応じる。

「ご病気ですか」

「衰弱死だそうですよ」

直樹の話によれば、万紗子と連絡がつかないことを不審に思った息子が自宅を訪れたところ、プレハブ小屋から遺体が発見されたという。警察の見立てによれば、亡くなってから相当の時間が経っているということだった。加奈が万紗子から〈ゼロ番〉を奪ってから、すでに二か月が経過している。

彼女の生死については確認できていなかったため、内心、加奈は安堵した。

「それにしても、わざわざ藤代社長のもとにまで連絡があったんですね」

万紗子の息子にしてみれば、直樹は伯母《おば》の夫の甥ということになる。葬儀に呼ぶにはいささか縁遠いように思えた。直樹が「それがね」と応じてから、躊躇《ためら》うような間が数秒空いた。

「ご子息は、ただの事故とは考えていないそうです。プレハブ小屋の鍵は外からでないと開閉できない仕組みだったようですから。誰かが悪意を持って、万紗子さんを閉じこめたのだろうと推察しておられます」

「……物騒ですね」

「また、万紗子さんのご自宅には手つかずの土産物が残されていたらしいんです。それがT市の銘菓だそうで」

あの日渡した手土産だ。

加奈は必死で動揺を抑え、無表情を装った。

「T市に住む縁者ということで、確認のため私のところに連絡が来たんです。最近、万紗子さんと会っていないか、と。私にはまったく心当たりがありません。ただ、電話を切ってから思い出したんです。相原さんのことを」

直樹はゆっくりと振り向いた。

「以前、連絡先をお教えしましたよね。一度くらいは万紗子さんと会っているんじゃないですか？」

加奈はうつむき、しばし黙っていた。頭のなかでは思考が高速で回転している。できるだけ虚言は口にしないほうがいい。嘘は必要最小限に留《とど》めるべきだ。どこから綻《ほころ》びが生じるかわからない。

「夏に一度、お会いしました」

加奈はできるだけ平板な声で答えた。

「その時、お土産は？」

「お菓子を渡しました」

「では、ご自宅の土産物は相原さんが渡したもので間違いなさそうですね」

直樹は目を細めた。一瞬だが、その目に疑念がよぎったのを加奈は見逃さなかった。とっさに、言い訳が口から飛び出す。

「まさか、それだけで犯人扱いするつもりなんですか？　万紗子さんは体調が思わしくないようでしたから、手をつけなかったのかもしれません。そんなことで容疑者にされるのは心外です」

直樹は「容疑者だなんて」と言っていたが、顔に浮かぶ微笑は作り物めいている。加奈は鼻を鳴らした。

「他にもまだ？」

「いえ。それだけです」

「でしたら、失礼します」

これ以上会話を続けたら、余計なことまで話してしまいそうだった。加奈が背を向けると、直樹が「あの」と声をかけた。

「先ほどのお菓子の件もありますし、先方に相原さんの連絡先を教えてもいいですよね?」

拒否できるはずがない。断れば、犯人だと認めるのと同じだ。

だが加奈には自信があった。今の自分ならどんな逆境でも乗り越えられる。いや、乗り越えなければならない。もし罪が露見すれば、藤代と比佐子の名に傷がつく。それだけは避けなければならない。

加奈は振り返り、正面から直樹と相対した。

「もちろんです。いつでも協力させていただきます」

堕ちた女の顔には、満面の笑みが浮かんでいた。

◉初出
海の子　「ジャーロ」88号（2023年5月）
僕はエスパーじゃない　「ジャーロ」86号（2023年1月）
捏造カンパニー　「ジャーロ」84号（2022年9月）
極楽　「ジャーロ」82号（2022年5月）
蟻の牙　「ジャーロ」80号（2022年1月）
堕ちる　「ジャーロ」90号（2023年9月）

単行本化に際し、加筆・修正を行いました。

※この作品はフィクションです。
実在する人物・団体・事件などとは一切関係がありません。

岩井圭也

（いわい・けいや）

1987年生まれ、大阪府出身。
北海道大学大学院農学院修了。
2018年、『永遠についての証明』で
第9回野性時代フロンティア文学賞を受賞しデビュー。
以後、『文身』『水よ踊れ』『竜血の山』
『生者のポエトリー』『付き添うひと』など、
ジャンルに縛られない幅広い作風で
次々に作品を発表。
2023年は『最後の鑑定人』が第76回日本推理作家協会賞、
『完全なる白銀』が第36回山本周五郎賞の候補になるなど、
今最も注目される若手作家のひとりである。
近著に『横浜ネイバーズ』『楽園の犬』などがある。

著者　岩井圭也《いわいけいや》
発行者　三宅貴久
発行所　株式会社　光文社
〒112-8011　東京都文京区音羽1-16-6
電話　編集部　03-5395-8254
書籍販売部　03-5395-8116
業務部　03-5395-8125
URL　光文社　https://www.kobunsha.com/
組版　萩原印刷
印刷所　堀内印刷
製本所　ナショナル製本

暗《くら》い引《いん》力《りょく》

2023年12月30日　初版1刷発行

ISBN978-4-334-10175-6